永别的时候

贺西泉 著

西安出版社

图书在版编目（CIP）数据

永别的时候 / 贺西泉著 . —西安：西安出版社，2022.8
ISBN 978-7-5541-6266-8

Ⅰ. ①永… Ⅱ. ①贺… Ⅲ. ①散文集—中国—当代 Ⅳ. ①I267

中国版本图书馆 CIP 数据核字（2022）第 158625 号

永别的时候
YONGBIE DE SHIHOU

贺西泉　著

出版发行：	西安出版社
社　　址：	西安市曲江新区雁南五路 1868 号影视演艺大厦 11 层
电　　话：	（029）85253740
邮政编码：	710061
印　　刷：	西安雁展印务有限公司
开　　本：	787mm×1092mm　1/16
印　　张：	18
字　　数：	234 千
版　　次：	2022 年 8 月第 1 版
印　　次：	2023 年 12 月第 1 次印刷
书　　号：	ISBN 978-7-5541-6266-8
定　　价：	36.00 元

△ 本书如有缺页、误装，请寄回另换。

我写小文章（小引）

我经营的公司忽然没有了如日中天的感觉时，我恰好六十岁。我想，现在不交出手，七十岁也得交，七十岁不交，八十岁还不交吗？我可不想摇摇晃晃着和人谈生意。既然早晚得交，何不如现在就交，所以干脆就"洗手"不干了。有一句话叫"马放南山"，一个意思，总之是交给部属，让他们继续干，我歇手了。

据说官员退体时会顿感失落，心慌，魂不守舍，如同进入更年期。我不是官，没有这种困扰，但短暂的空虚总是有的。那时书画正热，可是我属于尖屁股，又没有童子功在身，所以只有羡慕，从不架势。于是想到写写小文章。写小文章尖屁股坐不住也不行，想想比书法画画容易点，就能坐住了。但我只能坐短时间，长时间还是坐不住，所以只能写小文章，短则一二千字，长则几千字。坐短时间到底有多短，具体说，写成一篇小文章，不管好赖，自己先高兴几天，这几天就什么也不写。实际就是三天打鱼，两天晒网。真正打鱼的时间就这么短。这样，产量当然谈不上，但也会有好处，写出一篇文章，能带来几天的高兴，让人心脑亢奋着，东想西想，显得年轻。

不是作家，能写出像样的文章吗？写出的文章会有人看吗？我楼下的一位老师说，文无定法，文理自通就好。这位在中国人民大学教汉语言文学的老师，还常年参与编写教材，这些话经她的口一说，感觉拨云见日，让我信心大涨。

我少年时上学、放羊、打猪草、挣工分，后来当过民办老师，又从军二十四年，其中做军事新闻十一年，之后下商海经营二十多年，没有辉煌经历，但算得上"从小卖蒸馍，啥事都经过"。这些经历不能说素材用之不竭，但还算丰富，我所写，大都是自己的经历和所见、所闻、所悟，是活生生的。还有，首先是打动了自己的。

经历了一段无书可读的历史，加之后来一门心思商海求生的个人原因，使我读书太少，底子很薄，是已经无法追回的损失。好在有做军事新闻的经历，对我的短板有了不少弥补，提高了我对写作的自信。写新闻稿还让我十分在意写作的真实性，同时也衍生出一个痼癖——再好的小说都看不进去了，因为我认定再好的虚构也是虚构。这个年龄的人了，虚构的东西怎么能哄得了我。这当然是偏见。在我的笔下，人物、会话、动作、故事、情景等等，全部是真实的再现。这或许少了虚构的生动，但我相信有着真实的可贵。曾经练就的新闻眼，还让我习惯在凡人凡事中找新鲜，嗅味道，总想在普通里看见不普通。您如果在我的短文里读出了新鲜和不普通，那是我们的心灵在互相招手，在致意。

我母亲不识字，但可谓是生活哲人。我小时候跟她锄地，抡几下锄就站着东看西看，母亲说："不怕慢，就怕站。"于是，跟着她不紧不慢地锄，果然很快就锄到头了。这几年我尽管又打鱼又晒网，但做到了坚持写小文章，不知不觉就写出了上百篇，现在从中选出七十余篇，结集成一本《永别的时候》。

贺西泉

2022年6月18日

目　录

永别的时候 …………………………………………（ 1 ）
父亲的身世 …………………………………………（ 6 ）
拉　炭 ………………………………………………（ 14 ）
大华路上 ……………………………………………（ 18 ）
两个小故事和一个字谜 ……………………………（ 23 ）
想起了父亲 …………………………………………（ 27 ）
亲　情 ………………………………………………（ 31 ）
母亲唱过的歌 ………………………………………（ 36 ）
母亲的眼睛 …………………………………………（ 39 ）
乌鲁木齐老舅 ………………………………………（ 43 ）
妗　子 ………………………………………………（ 46 ）
老屋里的哥德巴赫猜想 ……………………………（ 49 ）
选　号 ………………………………………………（ 51 ）
我家的老年 …………………………………………（ 53 ）
一斗渠 ………………………………………………（ 63 ）
村支书蒙百良 ………………………………………（ 67 ）
老校长的故事 ………………………………………（ 70 ）
山　娃 ………………………………………………（ 72 ）

仇　人	（75）
我的好朋友董小雨	（77）
又见董小雨	（81）
在北京吃陕西味道	（85）
老家的冬枣	（89）
蔓　菁	（93）
吃　醋	（96）
吃辣子	（100）
炸油糕	（103）
红　薯	（107）
远去的大雁	（110）
心里有"鬼"以后	（114）
在哈密偶遇中元节	（117）
买　刀	（120）
反　哺	（121）
G字头高铁上的绿皮火车司机	（124）
三个不相干的女人和水	（127）
萍水三女士	（130）
西城大妈	（133）
杜鸣先生	（137）
智斗老赖	（140）
邻居老头	（144）
邻家嬷嬷	（147）
偷　袭	（151）
叹失黄黄	（154）
灰喜鹊	（157）

灰喜鹊的四季生活 …………………………………（160）

长翅膀的朋友们 ……………………………………（164）

夜幕下 ………………………………………………（170）

藏獒的狗脾气 ………………………………………（174）

菜菜小朋友 …………………………………………（177）

邂　逅 ………………………………………………（180）

羊妈妈和它的孩子 …………………………………（183）

鱼命也是命 …………………………………………（185）

解救一只猫 …………………………………………（187）

智斗老鼠 ……………………………………………（190）

戈壁滩记忆 …………………………………………（192）

库木塔格沙漠里的那次任务 ………………………（204）

鄯善的瓜 ……………………………………………（208）

汽车连纪事之藏族兄弟 ……………………………（213）

汽车连纪事之围剿臭虫 ……………………………（216）

我和两个老头 ………………………………………（219）

我的中将战友 ………………………………………（226）

那个会拉手风琴的飞机机械师 ……………………（230）

想起了彭文华 ………………………………………（232）

告别爸爸 ……………………………………………（235）

一个小人物的历史记忆 ……………………………（237）

在蓝天上 ……………………………………………（243）

追　星 ………………………………………………（245）

喜遇《毛泽东诗词鉴赏》 …………………………（249）

隔洋看"大戏" ……………………………………（253）

北京的蓝天 …………………………………………（256）

阿龙，侬好！……………………………………………（258）
和气生财…………………………………………………（262）
回光返照…………………………………………………（264）
火车包厢里的年轻渔夫…………………………………（266）
旗袍和旗开得胜…………………………………………（271）
给鲁迅先生挑一处笔误…………………………………（273）
戈壁上的两头驴…………………………………………（277）

永别的时候

母亲在乌鲁木齐，女儿在北京。

母亲躺在病床上等候死神把她带走的时候，女儿肚子里正在孕育着一个新的生命。

一天，女儿在电话上给母亲说，她怀孕了，但现在这种状况她不想要孩子，想多点时间照顾妈妈。母亲说，你结婚两年多了，年龄也二十八了，不能不要。她还担心女儿万一以后再怀不上呢。又说，既然有了，就要。病这个东西，不好说，等病好谁知道等到啥时候。不要耽误你自己，也不要操心我和家里，有你爸，你把自己和娃娃养好。说这话时，是二零一七年八月，中旬。

母亲叫祝凡，正如其名，一个普通平凡的人。刚退休两年，却被癌症给死死盯上了。她两年前检查出乳腺癌，住院做了手术，化疗放疗效果还不错，都以为没事了，只是定时做做复查。上半年和丈夫去北京看女儿，她觉得头疼，想回乌鲁木齐检查。女儿说，那哪行啊，既然在北京，就在北京先检查。女儿网上挂号，天坛医院、协和医院、301医院，都查了，结论一致，癌细胞扩散了，已经驻扎在左脑，成瘤了。

女儿心里害怕，一刻没敢耽搁，在301医院让母亲做了手术，肿瘤切掉了，手术也顺利，半个月就出了院。回到乌鲁木齐，人熟医院也熟，直接住进医院化疗放疗。女儿有年假，本来想年底休，但心里牵挂着母亲,随后也赶回来,守在母亲身边照顾了十多天,才又赶回去上班了。

祝凡是个精神强大的人,接下来的两个多月治疗休养,人精神还行,吃饭也行,她不太相信自己会没了。北京的医生给丈夫说,脑瘤容易复发,复发了会更加疯长,那样两三个月人就没了。她听到了,她想自己可能会是个例外。女儿几乎每天晚上都要和她短暂视频,看看她的情况。女儿说,她春节回来陪她。她想,春节时女儿身孕七个月了,飞来飞去受不了,万一有个闪失,流产了怎么办,于是给女儿说,你不要回来。女儿说肯定回来。她说,我和你爸去北京,咱们在北京过年。女儿说,那好。她担心女儿和女儿肚子里的孩子,对自己却很有信心。

癌症是人类的敌人,抓住她就不会对她网开一面。到了十一二月,病情急转直下,右脑也长了瘤,而且癌细胞已布满全身,肺上有,肝上有,锁骨上有,淋巴上有,全身都是。医院说不能治了,放疗化疗都是杀白细胞,杀血小板,她的白细胞和血小板都降到了最低,维持生命都很危险,再做,就等于直接在杀她。别人打升白针就可以补回白细胞,她直接输血都补不回来了。医生说,接回去养着吧。

癌细胞征服了这个要强的母亲,她知道自己完了,生命就要画上休止符,也不可能再去北京看女儿了。不过,她没有一点惧怕的意思,想的还是女儿和女儿肚子里的孩子。她给丈夫说,不要告诉女儿太多,就说在家养一养,等硬实一点还要去北京。一直瞒到春节跟前,让女儿买票都来不及。

女儿打视频电话过来,她就强打精神,以最好的状态让女儿看,让女儿相信自己好着哩,没事的。视频一毕,她就瘫软一次。

人的生命走到尽头的时候,没心思再幻想未来,脑子里翻的都是生活里的旧书。祝凡阻止女儿回来,但满脑子想的都是女儿,她甚至想到以前对女儿太严厉了。祝凡当过老师,带过班,当过图书管理员，她有点儿把自己没实现的目标强加在女儿身上的倾向。女儿刚上学读一年级时，一天晚上写的生字让她签字，她觉得写得不认真，唰唰给撕了。女儿哇哇大哭，说：这么晚了，我明天怎么交作业？后来边哭边重写。女儿上学一直很努力，不是当班长就是学习委员，成绩掉到第三名都不行。初中、高中都考上市里最好的学校。高考本来冲着清华去的，由于太紧张没考好，上了南开大学，但在南开也很优秀，毕业时被保送读研。硕士毕业时，被一家国际著名会计师事务所和两家银行总部信息中心同时录用，女儿选择了北京一家银行。她还嫌女儿目标小，应该先读博，再工作。甚至说人家谁谁谁将来会比你发展得好。知道女儿不爱听这些，平时黏她少，反而和她爸有说不完的话。家里成了典型的严母慈父组合。她多么想和女儿当面说说话，都想给女儿道个歉：妈妈不该把自己的要强，强加给你。可是，她知道，没机会了，她只能自我解嘲，不易察觉地苦笑一下。

　　离开医院回到家，不几天，脑瘤压迫视神经，左眼看不见了，慢慢也睁不开了。再一个多星期，先是手脚麻木，渐渐腿和胳膊不能动了，上厕所得丈夫抱上抱下。白天丈夫把她抱到轮椅上，她坐不住，身子软塌，一会儿就趴下去。只好把她绑在轮椅上，推到厨房，丈夫边做饭，边陪她说话。挨到了春节跟前，她让丈夫给女儿说，最近不太好，天又冷，也坐不成飞机，不能去北京了，你们自己安心过年吧。终于把女儿稳在北京。

　　女儿怀孕八个月时，肚子大得像人家快要生时一样。女儿把医院拍的四维照片发过来，胎儿果然挺大，是个男娃，五官清晰，方脸，大贝儿。祝凡看了高兴，说，是个孙儿，很健康，不错，不错。

　　她整整有两天好精神，还老是无声地笑一笑。她更加的想女儿，想女儿带给她的温暖。查出乳腺癌时，女儿正在学校办毕业手续，得知母亲的情况，女儿把手续委托给同学，自己飞回乌鲁木齐，一见面抱住她就哭了。女儿陪了她一个多月，北京那边通知上班，才依依不舍地离开。女儿在网上把这种病查得很清楚，该怎么治疗，注意什么，三番几次和医生通电话沟通。医生给她说，虽然你女儿不在身边，但是挺操心你的。这次从医院接回家，女儿从网上给她买回多功能床，买回防褥疮气垫，还有各种护理用品，让她躺得舒服，生的一点褥疮也慢慢好了。想着这些，她心里满满的都是暖意。

癌细胞以自己的节奏和方式，在摧残这个母亲的肌体。整个肢体神经被破坏了，脖子以下，彻底没了知觉，一动不能动。给她擦洗、按摩，她是知道的，但是没有感觉。面部神经被破坏，没了表情，眼睛也不会眨。内脏的功能也不行了，吃不下饭，喝水都吐，人很快脱了形。癌细胞在全身发威，给她带来的唯一好处是，她没有了痛感。此前有一个星期，她疼得叫喊。刚回到家时，浑身内外发烧，近零下二十度的天气，她总是叫开窗。现在，不用了。癌症最后剥夺了祝凡说话的权利，她嘴唇不会动，也发不出声音。仅仅给她留下的，是脑子还清楚。

祝凡在嘴唇还能蠕动时，给这个世界发出过最后的声波。她给丈夫交代了两件事。她说，不要给我买寿衣，我喜欢女儿给我买的那套暗红色套装，女儿结婚时我穿过一次，我走的时候，给我穿上。她让丈夫把衣服装在一起放好，免得到时着急找不到。她又说，我的后事简简单单，你和女儿商量，把骨灰葬到你老家去，找棵树挖个坑埋了，你和女儿知道在哪儿就行。

再一件，她放心不下的还是女儿和她未出生的外孙。她说，我不在了，一定先不要告诉女儿，不能让她回来。快生了，不能有意外，小心早产。生了后，也要瞒着她，能瞒多久就瞒多久，免得太难过断了奶，喂不好孩子，也影响她恢复身体。她叮嘱丈夫和几个姐姐妹妹，一定不要说漏了嘴。

女儿依旧常常打来视频电话，爸爸心想这样没法瞒住女儿，就不再接视频。他给女儿说，家里网络坏了，不能视频了，也顾不上找人修，以后就打电话吧。丈夫还每隔几天给祝凡拍几张照片，备存了几十张，想在她去世后，隔三差五发给女儿，告诉她，妈妈还好好地活着。

去世前十几天，祝凡与女儿有过一次远隔几千公里的心灵感应。下午四点多，她忽然目光发直，脸上肌肉紧绷，像没了气息。丈夫赶紧叫她，轻拍她的脸，几分钟后又缓了过来。过了一会儿，正上着班的女儿打来电话，紧张地问：我妈怎么啦？怎么啦？爸爸说，好着哩。女儿说，我心好慌啊。祝凡通过天堂网络发出的信息，同时被她九十多岁的老母亲也接受到了。母亲痴呆多年，天天喊叫，却从没叫过她的名字，这天，祝凡、祝凡地叫了一个下午。

癌细胞摧垮了一个母亲，但摧不垮她的母爱。

祝凡是四月三十日悄无声息地走的。女儿在她去世后的第二十二天，生下一个七斤八两的男婴，祝凡的外孙子。母子平安。女儿产后百天时，爸爸才到北京来看外孙子。他想了很多怎么告诉女儿的方法，直到快凌晨时，才终于给女儿说出口：你妈妈，不在了。女儿无声地哭泣、哭泣……

2019 年 2 月 21 日

父亲的身世

前年春节前的一天，我、小弟和妹妹一早开车百十公里从西安来到华阴。

我们站在渭河南岸的大坝上，坝下是罗夫河自南向北的入渭口，面向东南方两河夹角地带平展展不见一个坟冢的耕地，我给小弟和妹妹说，婆（老家大荔把祖母叫婆）大概就埋在这里。我们向安葬婆的地方三鞠躬。这是我们第一次来看婆。婆一定会惊着，她想不到在世上还有孙子孙女，她甚至连儿子后来活下来没有都不知道，当然也不知道她的儿子三十五年前也已经长眠地下。婆的出现，我们兄妹也深感突兀，在我们的记忆里，我们只有贺家的婆，连父亲都是有去向无来路的人，我们从没想到过父亲有母亲，父亲也从来没有给我们提起过他的母亲。面对化成泥土的祖母，我们想象不出她的模样，我们甚至没有酝酿出多少悲伤，她的一个孙子明天就要结婚，我们也没有想起要告诉她，我们似乎觉得和她毫无关系。但是这一刻我们知道了，父亲是有母亲的，我们是有祖母的。

一个多小时之前，父亲的外甥、八十岁的训利哥告诉我们，祖母埋在这里。训利哥说我祖母死于遭年馑的民国十八年，娃娃（我父亲）活下来了，娘没了。家里啥啥没有，破席裹着埋在安家村坟地。训利哥小时候跟着他妈（我大姑）给我婆烧过纸。他知道的一切，大都是长大后听他母亲叨念的。推算下来我父亲那时刚出生或者一半岁,难怪从没见父亲说起过他的母亲,他就像从石头缝里蹦出来的孩子,他的记忆里没存储下母亲的底片。

我们这次来华阴南严村看望训利哥,就是想搜寻一些父亲早先的往事,想让父亲在我们心里完整起来。再贫苦再普通的人,都应该有他完整的人生。我们兄妹,还有我母亲,过去对我父亲的身世都知道的太少了。那时我们小,母亲不识字,华阴离我家路途遥远,父亲说话又少,在我们的记忆里,父亲像是独自活在世上的一个人。

训利哥患病多年,身体已经飘摇欲坠,从他十里不同风的方言里,我们终于弄清,父亲的出生地安家村,就在附近的渭河滩。这让我惊喜异常,连连追问训利哥,最后得以靠实。安家村早已荡然无存,我总以为安家村在更远的黄河滩上,那里是父亲永远回不去的地方,也是我们永远见不到的地方。没想到安家村就在跟前,父亲是在这里出生的,我们的根就在这里啊。

训利哥一家是前些年才从渭南高庙搬迁到南严的,他并不能确定安家村的准确位置。我们兄妹在紧邻渭河南坝的五合村,找到两户老安家村的人家,他们也是前些年才迁回华阴的移民,一家还有一位八十岁的老者。从他们这里,我们知道了老安家村在坝里边罗夫河尾紧西侧,再往北二三百米罗夫河水就浩浩荡荡入渭了。安家村正是在两河的西南夹角地上,是一个大村子。想象得到那是一个水丰土肥树木葱茏的地方,可是在政府腐败兵荒马乱的民国,百姓难以抵挡水患和贫穷,我祖母饿死后甚至无棺而葬,我父亲跟着我爷爷流落他乡。我给老者说到父亲的名字,以期得到惊喜,但是没有,老者摇摇头,只是给我们说,西边北洛村,也有迁移回来的老安家村的人家,看有没有年龄更大的老人。北洛村我是要择时再去的。

父亲家老屋在安家村哪一块?正巷还是后巷,东头还是西头,朝南还是朝北,几间老房,门前屋后栽的什么树?让我遐想无限。

父亲祖上姓李，猛然想起父亲曾经说过，李姓是百家姓里的大姓，我曾为此有过自豪，可是大姓也并没有给父亲带来好的命运。

安家村李家，我母亲和我们仅知道父亲有两个姐姐，他最小，是李家唯一的男丁。也是新近，从训利哥和他的妹妹、我们的印姐口里，我们才对这个苦难家庭，有了点零星了解。我们的大姑叫李玉爱，是训利哥和印姐的母亲，一个有大爱的苦命人，在我父亲之后去世，也是安家村李家这一辈活到最后的人。大姑大约认为她弟弟应该死在她之后，李家最后的男丁应该有好的晚年，他的晚年幸福应该把李家一门的苦难都抵消掉。父亲五十五岁突然去世时，大姑哭得死去活来。她边哭边含糊不清地喊着，我苦命的弟弟呀。小姑名字不详，印姐说小姑嫁到陕西洋县，有无子女不详，出嫁后回过华阴一次。我母亲之前总以为小姑嫁在山西。我很小时小姑去世，父亲远道去送的自己的小姐姐，回来说小姑家里过得很难，还把自己的半旧皮大氅给留下了。

我爷爷同样是连名字也没留下的人。只是听印姐说，大姑以前给她说，你姥爷就像你舅这样子，瘦瘦高高的。母亲听父亲说过，爷爷会泥瓦匠手艺，奶奶去世后，爷爷到哪里干活都把他带在身边，给人家说，钱多钱少都行，我要把娃带上，娃要吃饭。爷爷什么时候带着儿子流落他乡的，是照看着两个女儿都出嫁后吗？那时父亲多大了？训利哥和印姐，都无法说得清楚。总之，祖祖辈辈繁衍生息的安家村和破败的祖屋，他们父子一去没再回头。

父亲给我母亲说过，他跟着他爹落脚在离华山很近的吴村，有户人家只有个女人，收留了他们父子，爹成了女人的丈夫，自己自然成了儿子。父子俩没有更姓改名。吴村在哪里？母亲和我们兄妹只觉得是一个遥远的山村。父亲跟爷爷在吴村生活了多少年，我们不清楚，母亲只是听父亲说，爷爷和女人几斗粮食给他换下一个童养媳，之后爷爷去世的。

有一件事我母亲记得清楚，经常给我们念叨起。女人对父亲不好，收了国民党政府几斗还是几担粮食，就把父亲卖了壮丁。反正在家也是受气，父亲没说什么，就跟着队伍走了，离家时父亲给女人告别，女人连炕都没下。无论什么时候说起这件事，我母亲都不忘最后这一句，人家连炕都不下。

　　正是这次卖壮丁，使我父亲有过一次心惊肉跳，但在我看来是顶天立地的经历。一个士兵逃跑被抓了回来，连长训完话下令枪毙，队伍里气氛骤然紧张，父亲也两腿乱抖。父亲想，枪一响一条命就没了，就斗胆大声地说：连长，兴不兴保？连长说：你保？他再跑连你一起枪毙！父亲硬着头皮说：好，我保！谁知过了不些天，父亲晚上在城墙上站岗，那个兵摸过来又说要逃跑，父亲吓坏了，说：你跑了，我怎么办？那个兵说：我就是怕你受连累才告诉你，你也跑吧。那个兵溜下城墙跑了，父亲扔掉枪也跑了，幸亏一个老太太给他换了一身衣服，才躲过了一劫。这大概是在临解放，那时国民党部队和解放军在关中东部打拉锯战。父亲当国民党兵大概几个月或半年多时间。训利哥说，父亲救过的那个兵，解放后来看过父亲。

　　这件事符合父亲的性格，刚直，胆壮，好打抱不平。到大荔后父亲曾在养路队工作过，养路队发工资发粮票。一次，一个小伙子几十斤粮票在宿舍被人偷了，家里要断粮，小伙子急得直哭。父亲断定是一个手脚不干净的人偷的，私下给那人说：是你拿的，你悄悄放到他被子下边，否则这事完不了。第二天果然在被子下边翻出了粮票，这事没再追究。

　　不知道是不是父亲在国民党部队受到了惊吓，他很不愿意我当兵，他认为我当民办老师就挺好。我入伍走时，父亲叮嘱我，如果开汽车，要小心地雷、炸弹。没想到我一到部队真的开上了汽车。这是另话。

　　训利哥和印姐说，父亲从国民党部队逃走后，没敢回吴村，一直躲在桑村姐姐家，给姐姐家干活。那一段时间，包括解放后几年，是少年的训利哥和印姐最开心的几年，因为天天能和舅舅在一起玩。

父亲早年在华阴老家的身世，天底下只有训利哥和印姐能知道一二了。印姐比训利哥小一岁，她耳聪目明，记性好，话也说得清晰。父亲同样的事情，我问了他们这个问那个，从他们这里互相来印证。大姑并不是训利哥和印姐的亲妈，但把一生的爱都给了他们兄妹，即使这一对兄妹也不是亲兄妹，他们是一根藤上的两个苦瓜。这一家人，和我父亲早年的命运是深深融合在一起的。

大姑从安家村最先嫁到潼关北营村，无后，收养了才一岁还在吃奶的印姐。印姐四岁多时，大姑丈夫去世，她改嫁到华阴桑村李家，成了丧母的训利哥的后妈。大姑没有遗弃养女，把她也带到了李家。大姑终生没有生育，她用全部的母爱滋养了继子和养女。训利哥和印姐，也视大姑如同生身母亲。上世纪五十年代末修建三门峡水库，渭河入黄（河）处三角地带大移民，正是这时，安家、桑村以及周边所有的村庄都消失了，大姑家迁到渭南高庙。十七岁的印姐新婚，随夫家外迁到了宁夏。印姐全家现居住在银川，她有两儿三女，日子富足幸福。

印姐说，大姑一次给她说：咱家有三条龙。她不解三条龙是什么意思，大姑说：我属龙，你属龙，你舅也属龙。这让我可以肯定，我父亲出生于一九二八年，那一年是龙年。训利哥说过，民国十八年遭年馑，奶奶没了，娃娃活下来了。民国十八年是一九二九年，奶奶饿死时，父亲大约一岁左右。为了弄清父亲的年龄，我问过母亲：父亲属什么？母亲说，没见你大（大荔把父亲叫大）说过，家里老人多，他不过生日，也没说过生日是哪一天。父亲只给母亲说过，他比母亲大七岁。大荔论年龄有周岁虚岁之说，很容易就和实际年龄有了一点差别。现在可以知道，父亲比母亲大八岁左右。

印姐说她小时候最爱跟母亲去吴村舅家，去了就住几天。舅家只有南向的一间半上房。她和舅的童养媳也熟,她依然清晰地记得童养媳的名字,那也是一个苦水里长大的女娃。童养媳家河南的,父母挑着全部家当,带着他们兄妹五个逃荒到了吴村,实在活不下去,换了几斗粮食,把她留在吴村当了童养媳。

印姐和训利哥一说起吴村,就叹息父亲经历过大苦。父亲常常肩挑一根棍子,一头是一瓦罐开水,一头是斧头、砍刀、铁锨,到华山坡上种地、砍柴。父亲十个手指梢就是那时冻掉的,有的还剩一点指甲,有的片甲不存。印姐说她常依偎在舅怀里,摸着舅光秃秃的手指,舅给她说是冻掉的。我小时候觉得父亲的手不好看,手指粗短粗短,后来听母亲说是冻掉的,一下子感觉疼到了心里。我曾经无数次想着:多寒冷的天能把人的手指冻掉呢?父亲一双破手套都没有吗?山里冷,他为什么不往家里跑呢?再后来想,那时候父亲一定是失去了爷爷的保护了。

父亲是少年丧父还是青年丧父,也是无从说起。印姐隐约记得见过姥爷,但没有清晰的印象。印姐一九四〇年出生,六七岁时能记事了,如果爷爷在一九四六年去世,父亲也才十八岁,刚刚进入青年。父亲少年时爷爷灯枯油尽离他而去的可能性大一些。但可以肯定的是,父亲被卖壮丁时,爷爷已经不在世了,爷爷不会把自己的独子卖了让去打仗的。母亲也不记得父亲说过爷爷何时去世的,只记得父亲有几年从大荔去吴村给爷爷烧过纸,后来说坟被推平了,就没再去了。

父亲在桑村他大姐家躲了一段时间,华阴迎来了解放。姐夫(我们的姑夫)想让他和童养媳结婚,就张罗给吴村家里拉土、打墙,盖了两间厦房。继母不知出于什么心思,依然对父亲不好,唆使童养媳不要跟父亲。父亲本身性子烈,又有前边的嫌隙,也不再回吴村。童养媳想跟他,有一次还找到桑村,父亲说:我是不会再进她家门了,也不要耽误你,你自己找个人出嫁吧。从此两断了。父亲最后去过一次吴村家里,一根长扁担挑走了爷爷从安家带来的桌子、立柜，他说：这家里我啥都不要，我爹给我留下的物件，我要带走。

父亲命运的改变，推算下来是他二十六岁时，大约是一九五四年的上半年。当时从华阴来了四个在大荔转村卖铧犁的，租住在我家一间大门房里，我母亲称作"老张大哥"的老张，一天给我姥姥说：华阴有个好小伙，介绍给你家孙女做上门女婿怎么样？大荔把祖父的母亲叫姥姥，那时我家姥姥主事。姥姥都没和我母亲商量，就连声说好好好。老张说，让小伙子来带上八十元钱，算是见面礼。不几天，父亲穿一身旧布衣裤，带一身旧布衣裤就来了，姥姥看父亲长得高大端正，高兴得合不上嘴。父亲说我没钱，没带钱，姥姥说，我娃没带就没带。下半年就让父亲母亲结了婚。印姐说，父亲走时给大姑说：姐，我有了落脚，再回来看你。大姑免不了又是一场伤心落泪，不知道弟弟会漂泊到哪里。后来大姑给印姐说，你舅还是有福，在大荔遇到了好人家。我问过母亲：那时你同意吗？母亲说：同意不同意还能由得了你?！你姥姥就给做主了。结婚时，母亲用自己亲手织的布，给父亲做了白衫子黑裤子、一双圆口黑布鞋。父亲穿上很精神，就总到人前走一走。父亲和母亲生养儿女，赡养老人，一起走过很多清苦的日子，但人生是崭新的。这当然和新社会不无关系。

婚后父亲才知道，母亲和他有着一样曲折的童年经历，一样没有过母爱滋润。母亲出生在邻村西埝桥一户富足人家，出生四十天，她母亲因急症亡故，她被寄养在贺家洼贺家，后来被贺家收养长大。和父亲所不同的，贺家的长辈们，把万千宠爱都给了母亲。这也是另话。

结婚当年或是第二年，父亲还是用那根长扁担，把红漆桌子和柜子挑了百十里路，从桑村姑家挑到大荔贺家。长扁担和两件家具，现在是我家的文物。我在想，这些物件上边，有我父亲的汗水和手印，也有我爷爷的手印，保不准我奶奶我姑姑们的手印，都是有的吧。渭河滩里早已灯熄烟飞的李家人，还能在这两件红漆家具上感受到彼此的存在和温暖吧。

去年年底一个冬日，微风，薄雾，父亲出走吴村家里七十年后，我和小弟借回老家的机会，约上二弟开车来到华山脚下，寻访父亲和爷爷曾经生活过的地方。我从地图上早知道有东吴村、西吴村，我相信是父亲的引导，让我们直接到了东吴村。进到依坡而建南高北低的街道，两个弟弟说，是这个村子，以前来过。他们十几岁时，父亲带他俩来这里拉过木材和竹编器具到大荔卖。按照印姐说的童养媳的名字，我们也很容易在一个断头胡同里找到了父亲曾经的家。一人高的杂草封了门，矮小的旧门楼濒临倒塌，门上挂着锈锁，从墙头能看见院子里两间破败的厦房，不知道这是不是姑父当年帮着盖起的房子。村民说老太太老家是河南的，去世五六年了，女儿出嫁到外村，两个儿子也早不住在这里了。母亲说父亲在东吴村有两个朋友叫葫芦和伍，如果在世也该九十多岁了。在东吴村我心怀感伤。我知道我内心怀念的还是渭河滩里那个消失了的安家村，以及安家村的李家。

我父亲大名贺起善。上门贺家后，他改姓没改名。

2020 年 7 月 13 日

拉 炭

后晌吃完母亲做的葱花宽面,收拾好馍布袋和补胎工具,我和父亲拉着架子车就上路了。出村北,过杨家庄,沿着小路上塬,走上塬背后一条端直宽阔的大道时,天刚擦黑,半个月亮正好从东边升起来。父亲说:月亮能陪我们走一晚上。

我从来没见过这么又宽又平的大道,父亲说这是西韩线铁路路基,还没铺轨。我和父亲拉着车子一路向东,他拉我一阵,我拉他一阵,换着休息。

再过不到一个月我就十五岁,初中刚毕业,等着高中录取通知。高大结实的父亲这时病了,浑身无力,又有人说我没考上高中,他心情很不好,第一次叫上我去拉炭。

从我记事起,父亲经常去澄县拉炭,拉回来家里留一些,其余的都卖掉,或者换粮食。十岁时我懂了父亲的苦,冬天里有一次父亲去拉炭,我和母亲送出门,看着他和架子车消失在雪雾里,我回到屋,在门后一个人哭了。

这次父亲叫上我去,我心里很高兴。前多天和小伙伴玩摔跤,右胳膊肘蹭掉一分钱硬币大小的皮肉,这时刚结痂,胳膊屈伸都扯着疼,还会渗出血。我怕父母训,一直用长衣袖遮掩着。我忍着疼和父亲去拉炭,心里还是很高兴,我能替父亲分担点了。

夏天月夜里行路,凉爽,没有困意。半个月亮不是太亮,远处的土塬、树木，都隐在灰暗里。再一次我拉车子时，在旧衣口袋里摸到一颗水果糖，递给父亲吃。父亲剥开糖纸，往口里送时糖掉了，我和父亲找遍架子车和地上，都没有找到，只好继续赶路。很多年后我都在想，那块糖能掉到哪里去呢。

走出三十里到韦庄，下西韩线路基，折向北，到了茨沟坡。茨沟坡真是长啊，往下看不到底，深幽幽的。大风卷着黑云从坡下漫上来，很快就要逼近月亮。父亲从车子上跳下来，自己拉上，招呼我快跑。往前不远，路东一孔旧窑，我们扔下车子，拿起馍袋子和工具袋，钻进窑洞。随即大雨就哗哗哗下起来。窑洞正中一摊余灰，再什么都没有。雨水从窑面上可劲往下淌，我生平第一次进窑洞，总担心塌下来，还好没有塌下来。

夏天的雨来去都快，雨一停，我和父亲马上上路。下茨沟南坡，上茨沟北坡，再往北到镇基。下镇基坡，过大河口，往西再上一个不大的坡，就到了煤矿。这时，天才麻麻亮。月亮真是陪了我和父亲一晚上。

煤矿是黑色世界，到处是小山一样的煤堆，脚下的路都是碎煤渣。父亲是这里的常客，熟门熟路，开了票，带着我装炭。自己装有个好处，哪里炭亮就装哪里，还能多装块炭，回去好卖好烧。好炭块轻，发亮，死沉的都是黑石头。装满，压实，过秤，足有一千斤。交完钱，我们拉着炭车下到大河口。

大河口是个村子，还是个镇点，街道两边都是石砌的台阶，砖墙灰瓦，水溪沿街边流过。整个村子灰蒙蒙的，路上，树上，墙上，瓦上，都是厚厚的煤灰，只有流淌的溪水是清亮的，泛着小浪花。父亲把车子停在一家茶炉前，叫了一壶白开水，要了两个大碗，和我泡上干裂的黑面馍，撒点盐，大口吃起来。走了一晚上路，又装了一车子炭，这时候确是又饥又渴又累了。尽管路上和父亲换着坐车，我这时已是两腿沉重，大腿面发硬，胳膊肘的疤结也被汗水蜇得烧疼。

一人连吃带喝两大碗，赶紧上路。父亲说，回去是重车，不赶紧走，前半夜到不了家。

许多年后，和我家老屋对门的安家叔给我说，到澄县拉炭，单趟九十里，你大（老家把父亲叫大）是铁汉子，哒哒，能吃大苦，村上没有人能陪得住。

他说，生产队时吃食堂，去拉炭，派两个人，赶三头牲口，硬轱辘大车，一次拉上一千斤，来回三四天。你大拉炭，一个人，架子车打上前后笆，一次拉一千斤，一天一晚上打来回。

安家叔和顺堂哥拉过一次炭，那时"文革"，炭紧张，多带些馍，在矿上等两三天才给装三百斤。拉出来到镇基，从庄户家里再收上三四百斤，打道回府。他去过一次，没再去过。

我大弟二十出头时，想替父亲分担，和几个小伙子去拉炭。他们清早出门，天黑到大河口，找店睡一觉，第二天早上装炭回返。离家二十里时，实在是走不动了，一抬头，远远看见父亲来接他。他这才知道自己力气还是不行。

镇基坡不算长，一里多路，这里有人牵着牲口挂坡。父亲雇了一头驴，他驾辕，我推车，一鼓作气上到了坡顶。

等下到茨沟坡底，明晃晃的太阳已经当头，晒得人眼冒金星。往上望去，几里长的茨沟坡泛着虚光，像一条升天的路。我和父亲肩上搭着布巾，时不时擦着汗。父亲知道驴的耐力不够，雇了一头壮实的牛。还是他驾着辕，我在后边推着，牛主人吆喝着牛，齐力爬坡，牛和人都不敢泄劲。陡一点的地方，牛主人喊得更凶，牛四蹄紧绷，才能拉上去。到了坡顶，我差不多快虚脱了。一半是累的，一半是害怕连人带车滑下去，吓的。父亲倒没事，来去多了，他心里有数。

上到坡顶叫塬畔的地方，父亲把车子停在平坦处，用木棍顶好车辕，我们坐着歇了口气。起身再走时，黄土塬往大荔一路慢下，让我们省了不少力。我身单力薄，驾不住辕，父亲一直驾辕，他要辛苦得多。我走在左前边，一根绳子系着车身，一头打成绳套，套着左胳膊，绳子搭在肩膀上，给父亲助一把力。

夜色罩上来了，昨晚的半个月亮又转了回来，照着原野村庄，照着我和父亲前行的路。从许庄端往西，还有二十里就到家了。我两腿胀疼，右臂也疼，心里却轻松欢快。这一段是平路，但还有点看不出来的慢上，要实打实用力。我和父亲深弯腰，千斤车子随着我们吃力前行。

月亮转到我家檐前时，我和父亲回到家里，还有一千斤炭。

过了十几天，冯村中学放榜，我赶紧去看，看到了自己的名字。父亲听了，登时脸上就笑开了花。真是神奇，从那天起，父亲忽地浑身就有了劲，精神也一下子就好了。多年后他都在说，自己一下子就好了。

铁打的汉子也有倒下的一天。我父亲倒下时，才五十五岁。

几十年后，我几次开车走京昆高速路回老家，每次车子驶上凌空悬起的茨沟大桥时，我都想起和父亲拉炭，眼前出现父亲无数次弓身爬坡的样子。那次和父亲拉炭，是我生命里很幸福的一件事。

2022 年 1 月 5 日

大华路上

关中东部大荔到华阴之间,有一条端直端直的南北大路,北望黄土塬,南望险峻华山,两县的人管这条路叫大华路,民国末期所修。大华路北起大荔县城南门,南抵华山脚下罗敷镇,全长六十里。最初的大华路是硬土路,坑坑洼洼,经过的渭河、洛河没有桥,涨水时行船摆渡,枯水时架着浮桥。那时的船工们,时常见一个力大无比的大汉,一根长扁担挑着各种货物过河,这个大汉,就是我父亲。

我父亲祖籍华阴渭河边上的安家村,后迁居华山坡底东吴村,他的父母早已离世,他第一次走大华路时赤脚穿布鞋,穿一身旧衣裤,包袱里裹着的还是旧衣裤。经走村卖铧犁的乡党做媒,他沿着这条路走到大荔县城,再往西北十八里,找到了贺家洼村,成了上门女婿。从此父亲有了新家,也背上了一大家人的生活担子。

这时的贺家已经中落,有上好的门房、厦房和上房,却没有像样的物件,父亲和母亲的新房也是空空的。婚后,父亲头一回回华阴,买下一根七尺三的长扁担,坚硬、弹性好,把他父亲留给他的五斗柜和两个两斗长桌一肩挑回到大荔。百多斤重,百里长路,初试了自己的铁肩和铁脚板。

再次去华阴,他一次挑回来两对桐木红漆大箱子,还有一个小炕桌。一对红漆箱子摆在和我母亲的炕头,另一对卖给了斜对门正要结婚的文生哥,还把小炕桌搭给他。后村民生看了也要买一对,父亲就再跑了一趟华阴。很快全村人都知道了父亲能干能吃苦，父亲却从中看到了生意。华阴靠山，钱短，但有的是木器竹器家具，大荔缺这些，只要有力气，就能挣到钱。

从此，父亲常来常往在大华路上，南去时扛着扁担，扁担上挂着长绳，北归时挑着货物，忽闪着负重前行。父亲个子高大，身体结实，走长路不疾不徐，迈开长腿只管往前走，一蹦子出去几十里才歇一歇。春天时，渭河以北沙苑一带，路两边槐花杏花盛开，甜香扑鼻，父亲也只是边走边扫上几眼，照直赶自己的路。再重的担子，父亲不用停下换肩，扁担一闪一拧，就换到另一个肩上了。

那些年，大华路上有着我家的日子，一家人的花销，小到油盐酱醋，大到姥姥、奶奶和大爷的二寸五厚的松木棺材，都是父亲在大华路上跑出来的。父亲常常几天不在家，回来时卖剩的东西堆在房檐下，第二天接着去卖。晚上，常见父亲把一摞一摞的块块钱毛毛钱，拿出来和母亲清点。很有些年，我家的日子过得很好，左邻右舍应急时，都从我母亲这里借钱。

以前，渭河两岸闹过多年土匪，父亲说他不怕土匪，土匪要钱，给他们就行，自己再挣。父亲说他怕狼，狼不通人性，要命不要钱。一天晚上，他挑着重担顶风赶路，忽然看见一团黑影朝自己扑来，心想坏了，遇见狼了，赶紧撂下担子，抽出扁担准备打过去。到跟前才看清是一大团刺蓬草，吓得他出了一身冷汗。

有些年"割尾巴"不允许跑生意，家里实在没钱了，大约我们兄妹的学费都成问题，父亲给母亲说：我还是得去一趟华阴。父亲去了三四天，队长天天上门找人，母亲说走亲戚了，队长说：走亲戚这么长时间，是不是又做生意了？

父亲差不多是全村第一个买架子车的人，架子车是父亲的"现代化"。弟弟们是在有了架子车后，才跟着父亲跑的大华路。

二弟那次和父亲走到大荔县城时天已亮，南门外油糕铺子刚开张，父亲买了二十个油糕，三分钱要了一壶茶。再上路，父亲问二弟茶炉找的钱呢。二弟说找了一分钱，还差一分，他没要就走了。

父亲说，以后可不敢这样，差一分钱你不要，等你再买茶差一分钱，人家就不给你茶。

一路上你拉车我坐，我拉车你坐，二弟十四五岁，父亲让他坐得多，走得少。天快黑时赶到东吴村父亲的朋友家。二弟头一次走这么远的路，又饥又累，进村时两腿胡抢，像是别人的腿。

朋友把饭菜端上来，玉米面饼子，玉米糁子稀饭，萝卜缨子拌菜。也许是饿了，二弟觉得人家的玉米饼子特别好吃，他伸手拿第二个时，父亲叫他一声，说，多喝碗饭吧。他看父亲眼色，知道是不让他吃了。主人说，让娃吃饱么。二弟说，我吃饱了。饭后睡下，父亲说，这里粮食都紧得很。睡在炕上，二弟能听见自己和父亲肚子里的咕噜声。

第二天寻货、装货，第三天一早，拉着满满一架子车铁斗和竹笼、筷筒、馍碟、簸箕、凉席往回返。一过渭河进入大荔地界，沿途逢村就卖，回到家天就黑透了。二弟小弟说，我们村和周围邻村许多人家的铁斗，都是父亲从华阴挑来或拉来的。

大弟二十岁出头时，父亲想加盖两间新房，他们两人一人一辆架子车，从华阴桃下拉了两车山杨木。父亲说山杨木缺水，长得慢，比普通杨木坚硬。过渭河时，肩背死抵着车辕下到坡底，再把车子拉到船上。渭河水大，船工们抻着铁索拉船过河。过了河，一块钱雇两头牲口，再把车子拉上北坡。大弟这才知道，跑华阴不光吃大苦，过河还很危险。

小弟五六年级寒暑假时，跟着父亲去过三趟华阴。头一次路过县城，父亲给小弟买了一个烧饼夹肉，自己吃干馍泡开水。拉回来一车大小竹器和铁斗，直接到县城文殊塔下，站在路边叫卖。刚开始小弟喊不出口，也没人向他买，父亲训他说，你不张口，谁知道你在卖东西！他硬着头皮喊出声，很快就有人围上来买。再一次拉了七八根粗檩条，靠在大荔中学西墙上卖，父亲忽然心慌难受，在地上坐了半天才缓过来。最后一次是快过年了，父亲决定去拉一车蒜苗回来卖。可是才走出六七里路，父亲又心慌难受，蹲在路边。

小弟心里害怕，让父亲坐上架子车，自己拉着走。到了县城，父亲想折回家，后来觉得好一点了，还是去了。这次拉的一车蒜苗，还是一过渭河就开始卖，到家第二天再一转村，剩一点在呼家巷口很快就卖完了。

父亲的生命戛然停止在一九八三年一月，五十五岁。全家人悲伤地想，父亲高大结实的身体可能早就垮了，可是我们不知道啊。

父亲用过的七尺三长扁担，可能是柞木的，也可能是桑木的，我们兄弟用布包好，架在大弟家的房梁上。

我十八岁离家从军，几十年后在西安有了公司，第一次开车回大荔时，绕道华阴，专程走了一趟大华路。我早就想看一看布满父亲脚印和承载过一段我家富裕日子的这条路。这时的大华路，已经是宽阔的柏油公路了。

2021年4月4日清明节

两个小故事和一个字谜

像所有的父亲一样,在我很小的时候,我父亲也给我讲过不少故事(还不算他自己的经历)。父亲讲的很多故事我都遗忘了,但有两个故事和一个字谜我却记得异常清晰。很奇怪的是,父亲讲的这两个故事和一个字谜,我以后再没有听别人讲过,甚至到后来无所不包无所不有的互联网和微信上,都没有再见过。但我可以确定,这两个故事和一个字谜,肯定不是父亲的原创,父亲不具备创作这两个故事和这个字谜的知识和能力,父亲连字都不识。父亲到底从哪里听来的故事和字谜,已经无法考究了,我只是想,这两个智慧又机智的小故事和一个形象又满含孝悌思想的字谜,一定不能失传,一定要把它们贡献到故事和字谜的海洋里,一定要让更多的人知道。

故事一。一次,两个菜农赶集,各自用一根长扁担把自家种的菜挑到集市上卖。讲到这里时,我会幻化成我们村上早先的集市,每月逢二逢六有集,我们叫"会"。两个人的菜摊子相邻,临到下午退市时,两人都还剩下不少菜,但放在中间的两根扁担,只剩下一根。很显然,有人趁他们只顾招呼卖菜时,把一根扁担偷走了。于是,两个人为一根扁担争起来,我说是我的,他说是他的。两个人都说对方的扁担短,这根长的是自己的;都说对方的是竹子的,这根柞木的是自己的。两个人吵到脸红脖子粗,围了一圈看热闹的也被他俩吵蒙了，谁也断不清他俩谁占理，谁说的是实话。快要打起来时，正好县太爷打这里经过，三两句问清楚原由，县太爷发了话，说："你俩这官司一下也断不清，这样吧，天不早了，本老爷给你们做主，扁担从中锯断，一人一半，先把菜挑回去吧，如何？"一个菜农听了，说："既然老爷说了，那好吧，我听你的，就一人一半吧。"另一个则火冒三丈，说："那怎么行，明明是我的扁担，凭什么要锯断，还给他一半？"县太爷笑了，对坚决不让锯扁担的说："本老爷明白了，扁担是你的，你赶紧挑着菜回去吧。"转而怒斥另一个说："你的扁担丢了，还想赖别人的，你是想找打，还是想快滚？"那个菜农没敢再吱声，收拾收拾摊子背着剩下的菜走了。

  故事二。一个卖布的中年人赶完集，赶着牛车在乡间土道上走着，遇到一个拄着竹竿，边探路边往前走的老年盲人，便问盲人去哪里，盲人说的那个地方正好顺道，就让他坐上了牛车。前行几里路后，盲人该下车了，盲人不光拿下来自己的竹竿，还把牛车上的一匹布抱着要走。赶车的说，老人家，布是我的。老年盲人说，布是我的，怎么说是你的。赶车的一听就急了，说，你这人怎么这样，让你坐了车，怎么还想赖我的布？老年盲人说，坐了你的车，我领情，但是你不能赖我的布。老年盲人抱着布要走，赶车的中年人拦着要夺布，吵得不亦乐乎。围上来的人都指责赶车的欺负老年盲人。一个人说，你们都说布是自己的，你们能说清楚布是几丈几尺吗？赶车人说，我的布卖得只剩这一点，我还真不知道是多少。盲人说，我的布是两丈一尺。有人拿尺子一量，果然两丈一尺差不离。这一下犯了众怒，看热闹的连说带骂，差点就要打赶车的。赶车的则呼天抢地，连说冤枉。这时，县太爷正好路过（不知道是不是上一则故事那个县太爷），问清原由，客气地问盲人："老人家，你这黑布染得不错，你这布想干什么用？"众人立马都瞪大了眼睛。盲人说："回老爷话，染的这点黑布，是想给家人做冬衣。"人群里顿时责骂声四起：明明一匹白布，怎么说是黑布呢？盲人知道上县太爷当了，放下布探着路就溜了。众人忙给县太爷点赞，并问县太爷，盲人怎么知道布是两丈一尺的。县太爷说，还用问吗，他在车上坐着，摸到一匹布，趁赶车的只顾往前看，用手摸索着一拃一拃量的。

　　字谜。在我上小学时，一天，父亲和我头靠头躺在炕上，父亲对我说，他给我说四句话，看我能不能猜出一个字来。父亲说："一字四笔，无平无立，文官见下马，武官把头低。"我小脑袋瓜极速运转，先想哪个字笔画简单得只有四笔，而且没有横平竖直，几乎不费神就锁定住了父亲的"父"字。我又想，对呀，只有父亲是高高在上的，文官武官都得跪拜。听我说出"父"字，父亲笑了，笑得是那么慈祥，那么幸福。

　　这个字谜一字不差地在我脑子里存在了半个世纪，也早已融进了血液里。

2018 年 5 月 19 日

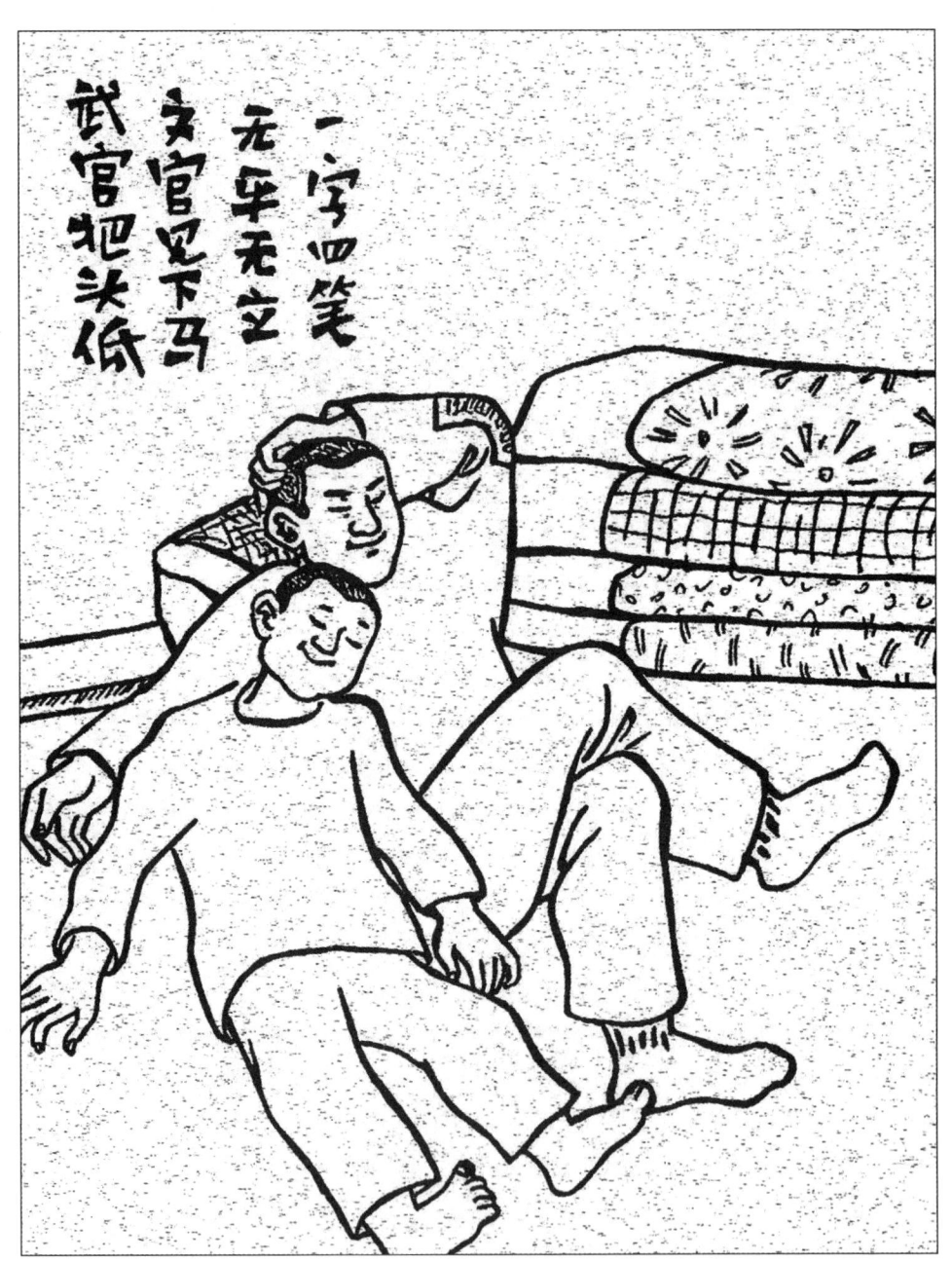

想起了父亲

西安凤城一路靠未央路口那头不远路北高台上,有一家刘二永香陕北羊肉面庄,无论长住西安,还是小住几天,我都会一个人或约上同事专门去吃碗羊肉面。刘二永香的面有白面饸饹、擀长面和揪面片子,其实我都喜欢,但每次掂量来掂量去,我还是忍痛割爱最后要的是揪面片子,我实在是不想少吃一顿这一口。揪面片子大小不一厚薄不匀,吃起来呼噜噜劲道得很。这还倒是其次,我奔着刘二永香来的主要还是陕北羊肉,这个面庄的羊肉鲜嫩、不膻,大块的瘦肉丁量足,盖满碗口。撒上新鲜的葱花、香菜,剥几瓣新蒜,再一小碟赠送的酸白菜,吃起来实在是美得没(mo)法说。

端午节后这天周六,在屋里打字故意撑到下午,我想好了要去面庄美美吃一顿。点的吃食还是上边说的那些,但另外加了一个素炒绿豆芽。不是面不够,而是我就喜欢这个小嫩芽,就让自己再奢侈一点。可是面刚上来,搅着拌着,准备进口,忽然就想起了父亲。想起了我父亲过去吃的东西,想起了我父亲过去受的苦,我的筷子一下子就慢了下来。

父亲因意外已去世三十多年了,刚开始那会儿我痛不欲生,白天想晚上梦,后来时间长了,接受了,慢慢就不是时时想了。再后来就是偶然想起,或触景生情忽然想起,今天就属于这种情况,就是因为这一碗丰盛的羊肉面外加一份炒豆芽。

父亲自己都感慨他命很苦,五十多年的全部人生跨越了解放前后,正好都是绕不掉躲不过的苦日子。他幼年丧母,少年丧父,目不识字,卖过壮丁,小时候十根手指梢全都冻掉了。后来入赘大荔贺家,有了家,有了儿女,有了欢乐,但老老少少就他一个壮劳力,干的是重体力活儿,过的还是苦日子。

为了一大家人的生活,父亲经常拉架子车来回二百里到北边澄县拉炭,车子打着前后笆,装得鼓鼓的,一次能拉八九百斤成千斤。一路上,他像牛一样弯着腰低着头,一步一步往前拱。布袋里带着玉米面饼子,好的时候带几个黑面馍,都风干得四面开花。饿了到沿路茶炉上买一大碗开水,泡上馍,撒点盐,吃饱歇一歇再上路。炭拉回来,自家用一点儿,剩下的就东家百十斤、西家百十斤,卖了钱家里零用。全村人都知道我父亲吃得了大苦。

我十岁上下时头一次懂得了父亲的苦。那天,天上飘起雪花,父亲又拉着架子车去拉炭。我和母亲送父亲出了门,看着他跨着大步消失在雪雾里,回到屋里,我躲在门后哭得很伤心。

小时候,父亲就给我说过,大荔到西安二百四十里。一年冬天,家里杀了一头大肥猪,留下猪头猪蹄和几斤肉过年,父亲架子车拉上两扇猪肉,迈开长腿往西安紧赶,为的是能卖上好价钱。后来我开车专门测过,西安至大荔县城恰好一百二十公里,国道开了近两个小时,一路上眼前都是父亲拉着架子车疾行的影子。

家里不知建于何年何代的东厦房,古老得不能再住,父亲决定拆掉盖西厦房。那时既缺钱也没有后来的蹦蹦车,但父亲有的是心劲儿和一身力气。垫基子、打墙、打土坯、和泥用的几百架子车新土,都是他起早贪黑,从村外一车一车拉回来。而白天,还一天不歇地干活挣工分。那时我住校,弟妹们还小得很,没人帮得了父亲。一提起来这事,我母亲就心疼得不行。

父亲祖籍是华阴渭河滩安家村，早年间他一根长扁担把华阴的竹编筐、笼、簸箕等，走近百里路挑回大荔卖。后来有了架子车，就拉回木料、桌椅、木柜和葱蒜等蔬菜，或卖或换粮食。那时，我已当兵，三个弟弟跟着父亲跑过几趟华阴。小弟第一次去时，路过县城父亲给弟弟买了一个夹肉烧饼，自己还是吃的开水泡馍。父亲路上有两次出现心慌难受，都是坐下歇一会儿才能起身。母亲和我们兄妹回想起来，个子高、身体结实、吃苦能干的父亲，可能早早就患有严重的心脏病，可是那时缺医少药，哪里能知道啊。这是全家人心里永远的一个痛，剧痛。

我父亲母亲艰辛持家，尤其我父亲靠苦力小买小卖，让我家十几口人的日子过得在村上算稍好的。父母体体面面地给没有血缘关系的四位老人送终，拆旧盖新一大院房子。我当兵八块钱的津贴和后来提干的几十块钱的工资，也大都补贴家用，日子是眼看着更好了，谁知父亲五十五岁那年突然就没了，天塌地陷一般。我就在想，父亲来到世上就是为了吃苦的吗？苦快吃完了，人就该走了吗？父亲真就该这么苦命吗？

那时除了大弟已婚，二弟三弟都快到婚娶年龄，妹妹还在上学，后盖的西厦房也已破旧，家境本不富裕，遭遇父亲离世，更是一落千丈。在这节骨眼上，大弟又遇车祸差点儿没命。小弟说好的对象，人家再不上门。就是在这时候，为了替母分忧，为了我父亲穷尽生命支撑的家，我上校复员，四十二岁赤手空拳下海经商，目的简单明了——挣钱。我妻子就常说两句话，一是我有我父亲做生意的基因，二是若老父亲还在，还用得着我吃苦担风险吗？没了父亲的儿子，就没人为你在前边顶着了啊。

一大碗刘二永香面庄的羊肉面，我边吃边想我父亲，想我父亲吃尽的人间大苦，想他怎么就不能和我面对面一起吃这香喷喷的羊肉面呢？

饭毕，下了刘二永香面庄的台阶，沿路往西朝文景路口走。我还没从思念父亲的情绪里走出来，边走边想，忍不住就哽咽起来，干脆放任自己的泪水往下流。天下着雨，我打着伞，伞往下收着，没人会留意到我这个思念亡父悲伤难过的老头儿。

2017 年 6 月 3 日

亲　情

我家和小弟一家在北京，妹妹一家在西安，二弟、三弟两家在大荔老家，这次终于要在北京聚一聚。

妹妹两口子在西安北站接上从乡下一早赶来的大弟。大弟苍老，人瘦形枯，两手空空，只一件旧外套搭在胳膊上，妹妹一见就心酸了。大弟眼神不济，得过小儿麻痹，受过致命伤，腿脚不利索，又头一次出远门坐高铁，走路有点跌跌撞撞。进站，乘扶梯，上车，妹妹拉着他的手不敢松，看上去就像是父女俩。买的三张车票有两个座位在一起，妹妹让妹夫坐在另一个车厢，她坐在她二哥身边，一路照顾着他。

妹妹看到大弟旧外套胳肢窝开了线，到北京后没进三弟的家门，先到路对面超市给大弟买了一件羊绒薄衫，一件长袖衬衣，一件短袖衬衣，还有两条换洗的裤衩。妹妹对她二哥一向心重，她离大荔老家近，一年到头几个大节能回去她都回去，回去就一千几千地给她二哥钱，有时自己留够过路费，钱包里的钱都给她二哥留下。

可以说人生的不幸都摊到了我大弟身上，他小时候发高烧留下病根，好几岁了还不会走路，而且他和我母亲一样，天生的眼底病，无治，眼科医生说十万人里头有一个这样的眼病，只能等着失明。大弟曾就绝望地哀怨：妈呀，怎么就单遗传给我?! 母亲已经几近失明，大弟视力也衰退得快，桃园里下果子，他看不清，只能用手碰摸。人家栽枣树，他不行，枣树有刺。有次，他在桃园里走，树枝挂走了眼镜，再也没找着。黑天半夜浇水的活儿，都是二弟给他干的。眼界窄，反应慢，他撞了别人，以为是别人撞了他。去年，眼睛看东西更不行，他儿子带他到专科医院做了白内障手术，算是恢复了一点视力，也不知道能维持多久。

我父亲去世后，家里日子一下子垮了，从常借给别人钱，过成了常借别人钱，无奈之下母亲给儿子们分了家，谁能过好就去过吧。但日子越穷越出事。大弟拉砖想盖房，几块砖掉了，他惜砖如金，跟着跳车捡砖，不料卷到车轮下，压断四根肋骨，大腿小腿骨头碎了。流血过多量不出血压，扶起来拍片子，人突然就没气了，谁看了都说没希望了。在县医院抢救了八天，住院四十天，我母亲东卖西借，把这个分出去的儿子救活下来，也救下他一家四口，没让散了窝。

我们兄妹对大弟的精准帮扶，其实好多年前就在实施。我想替母亲分忧，便从部队复员经商。刚挣到点小钱，和妻子一商量，先给大弟盖房。我两口子出钱，二弟出力，给大弟盖起的头一座楼板房，在人称"小北京"的村子里当时算少有的。再隔一年，拆掉他裂开大口子的旧厦房，盖满一院子新房，给他买齐太阳能热水器、彩电、冰箱和三轮车。三弟一家的六亩地，一分钱不要，全让大弟耕种，收多收少都归大弟一家。侄子结婚，收拾房子、置办家具以及酒席钱，我和妹妹差不多也给包了。

大弟人善，就是脾气不好，浑起来胡骂，逆茬子上，什么难听说什么。一次说事，他无缘由地给三弟冒出一句："你的地，只能我种，想给谁都不行。"三弟听得莫名其妙，没给他要过地啊。我们有时气急，给母亲告状，母亲也只是说一句："他就那瞎脾气（坏脾气）。"母亲既宽慰了我们，也怜护着这个眼睛不好的二儿子，她连政府每个月给她的"老龄补""残疾补"，也让他领了用。

我们这么帮大弟，大弟过得还是不好。他老两口种十二亩地，天天灰头土脸，这么多年下来，种棉花没挣到钱，种粮食也没挣到钱。砍了梨树栽桃树，买化肥、买农药、买水浇灌，又怕树疯长，雇人冬剪夏剪，还买抑长剂给树喷洒。他把我们年年给的钱，还有母亲及他两口子的"老龄补"，转手就孝敬给了土地爷。但土地爷管不了老天爷，老天爷不是冰雹就是大风，今年清明节后正坐果时突降一场霜冻，十亩桃树结的果子没卖一分钱。也有风调雨顺的时候，家家果子长得都好，但这时财神爷又作怪，价格上不去，还是卖不上钱。

我在兄妹微信群里说，大弟的日子也得有"顶层设计"，再不能这么过下去。大弟疼惜今年花的钱，说明年再种一年吧。我说，最多再种一年。土地流转出去，省下投资的钱，我们帮一点儿，儿女也孝敬一点儿，吃饱穿体面，过老年轻闲的日子吧。高兴了种二三分菜地，顿顿吃新鲜菜。

大弟和妹妹还没到时，我和三弟商量，来的亲戚多，家里住不下，让从京郊延庆工地上来的二弟陪大弟住宾馆。母亲听到了，说："让天泉和我睡一起。"我一下子就明白了，母亲放心不下大弟，地方陌生，她怕大弟住外边磕磕碰碰，她要自己照顾他。母亲眼睛看不见，心里却跟明镜似的，儿女们的大小事，都在她心里装着。

我很快就懂了母亲让大弟住在家里有多正确。刚给大弟指过厕所，他一转身就找不到了。从厕所出来回他和妈的屋，却一头推开小侄女的房门。房门多让他有点蒙。八十二岁的母亲和六十出头的儿子快两年没见，晚上躺着说话到半夜，都说睡吧，想起个事儿又说起来。

第二天午饭后，我看大弟头发长，凌乱，人更显得干瘦，便叫上二弟陪他去理发，我跟着去是怕理发店难为他们。闵庄路天香颐西围墙外的人行道上，二弟拉着大弟的手，大弟跟着，脚下一颠一颠地走。一个带着孩子的年轻妈妈，疑惑地上下扫视着他们。而我，心里升起一股温暖。

大弟理完发，我开车带上大弟、二弟去天安门广场。小弟两口子忙着准备一大家人的吃住，妹妹陪妹夫见完朋友，就一步不离地陪着母亲，好像陪母亲是她的专利。妹妹两口子第二天要赶回西安上班，大弟硬要跟着回去，他大约觉得只有在他的大院子里才朗然自在，再就是丢不下他今年已经绝收的地，要给桃树打药，怕腻虫伤了树气。他得为明年着想，得继续投资。可是来北京一趟不能不看看天安门，也不能不在广场走几步。

广场周围不能停车，我在人民大会堂西侧兜圈子找车位，二弟说在车上看到天安门了，回吧。我心有不甘，大弟的眼睛哪能看得清楚呢。往东过了东单，我把车停在邮政路，准备和弟弟走着去广场。天像要下雨，风有点凉，二弟说他二哥受不得凉，就把妹妹新买的羊绒薄衫拿出来给他套上，我给他把T恤领子翻出来，解开最上边的扣子。扣上显得拘谨，解开显得洒脱。

长安街南侧人行道足够平坦开阔，但大弟自己走还是会步步惊心，别人躲闪不及就会被他碰着。二弟、大弟还是紧紧拉着手，大弟还是一颠一颠地跟着往前走。两张同样被日子磨砺的黑面孔，同样的黑脖梗，同样黑而粗糙的大手挽在一起，在长安街上有点突兀，时不时引起路人注视，有的人走过去了还回头看一眼。但我心里的温暖却鼓得满满的。

站在东单过街天桥上，我指着北边的高楼告诉弟弟，那是北京协和医院，名气很大。又指着南边稍远处告诉他们，那是有名的眼科医院——同仁医院，母亲在那里检查过眼睛。望着一大片漂亮的玻璃幕墙建筑，我说那是东方广场，是香港富豪李嘉诚投资建起的。还告诉他俩，北京饭店和人民大会堂等建筑，是新中国成立初期国家的十大建筑。

我们三兄弟开心地往前走，我时不时给他俩拍张照，或请人给我们仨拍合影。一次，他俩站住脚，回头看走远了的外国人，嘻嘻哈哈地猜是不是俄罗斯人。老家街道上如今也是车水马龙，但高鼻子大眼睛的老外还很少见。

非常巧，我们今天赶上了降国旗。我自己一家三口专门起早感受过升国旗的幸福时刻，但观看降国旗还从没有过。我和两个弟弟说着话，这边那边照着相，等候着庄严时刻。降国旗没有升国旗那样军乐阵阵，仪仗队也没有那么多人，但在我两个弟弟心中，今天值得永远纪念。

我们五兄妹和老母亲，在北京短短地齐聚了不到三天，但足够幸福。

自从父母生了我们五个，亲情就存在了。亲情有源头，无尽头，即使我们都不在了，曾经的亲情都还会在，会一直飘荡在我们看不见的地方，在老家，在异乡……

2018 年 5 月 9 日

母亲唱过的歌

我一直有一个很美好的记忆,小学一二年级时,或者三年级吧,一次在家里杏树下帮妈干活,我忽然问妈会不会唱歌,妈边缝着什么,边给我唱起了"蓝线线、青线线"。妈没有唱完,我也不知道歌名,只记得我这个小小人儿心里暖融融的。我妈也会唱歌啊!这之后我却再也没听到过母亲唱歌,不光没再唱过"蓝线线、青线线",什么歌都没唱过。

岁月晃了几晃让妈成了老母亲,我也成了妈的老儿子,我依然清晰记得"蓝线线"和"青线线",那时候的温暖依然在心里。我想,妈一定还是姑娘时学的这个歌,妈一定给我这个她生命里的长子当摇篮曲唱过这个歌。我对"蓝线线、青线线"这几个字,似乎有着命里带来的喜欢,一直都有这感觉。

就在最新这轮戊戌年春节过后,一天我坐在妈膝前问妈:还记得给我唱过"蓝线线、青线线"吗?妈没说记不记得给我唱,说记得这歌,说着就尽力地想歌词,但没想出来。我拿起手机求助百度,输入"蓝线线、青线线",居然搜到了,我惊喜不已。我给妈念道:青线线那个蓝线线,蓝格英英的彩,生下一个兰花花,实实的爱死人。五谷里那个田苗子,数上高粱高,一十三省的女儿哟,就数那个兰花花好。正月里那个说媒,二月里订,三月里交大钱,四月里迎。三班子那个吹来,两班子打,撒下我的情哥哥,抬进了周家……妈一下子高兴起来,说,是的是的(读 sidi),就是这歌。

我再搜酷狗音乐，原来歌名叫《兰花花》，点开，王二妮清亮婉转的歌声一起，妈就眯起眼睛，脸上现出笑意，专注着听。王二妮唱罢，我又点开阿宝的尖嗓子唱法，听完，再让妈听了一遍彭丽媛版的。一曲《兰花花》，让妈连听了三遍，都是最顶级的歌者，我看妈像是听醉了一样。

听完歌，妈自己叙念起歌词：正月里那个说媒，二月里订，三月里交大钱，四月里迎……听我读一遍就能记住，我忽然明白，妈以前会唱的是民间的《兰花花》，歌唱家们唱的是后改编的，曲调一样，歌词不同。妈以后大半辈子的人生里，没再唱过甚至没再听到过这个歌。

妈起码有两次说过："那些年，心里愁苦得都不会笑了。"一次是我和她在这个冬天手拉手散步时说的，一次是这次在北京过年时，当着我和小弟、妹妹的面说的。苦日子已经远离，妈心里早已豁亮，我们还是一时接不上话，不知道该怎么抚慰我们的母亲。

人都不会笑了，还能唱得出来吗？妈悲苦艰辛的人生能写厚厚的一本书，她说的"那些年"，我们心里都十分清楚。

妈认识的所有字加起来只有三个，就是她的名字——贺月侠。妈不知道自己哪一年出生，只知道属鼠，我后来推算下来是1936年的一天，妈出生在西埝桥张家。她出生四十天时，她母亲因急症而亡，她被邻村贺家收养。贺家待她如己出，只可惜没有让她上学。新中国成立初，妈跟着妇女干部跑前跑后，也开会也唱歌。想想那应该是妈最快乐的少女时代。

母亲十八岁那年，贺家父母和老人做主，让她和从华阴县来的高大清瘦的小伙子成了亲，这就是我们的父亲母亲。父亲命更苦，他的父母早已双亡。父母为贺家撑起了门户，后来有了我，弟妹们也相继出生，凑够了一只手——五个。上边有爷爷、大爷、祖母和曾祖母，人丁兴旺的时候，恰是我父母艰辛负重的时候。父母带着一家人走过了自然灾害，走过了"大锅饭"年代，一路给老人送终，一路把我们养大，一路的清苦日子，没有喘息的机会。

那时候再难,但天塌下来有父亲顶着,或者夫妻两人顶着。子女们就要成亲的年岁上,我父亲突然亡故,天真的塌了,母亲独木难支。父亲能吃苦,以前还伺机做点小生意,家里总有些零钱余粮,母亲甚至能时不时接济亲友村邻,父亲一走,不要说接济别人,大到几百元,小到三元两元,难关时妈都要向别人借。妹妹学校组织去参观兵马俑,妈从对门给她借了三元钱。人家同学路上买这买那,妹妹的钱刚够吃饭。母亲为此后悔了几十年,一再说,看我,怎么就不能给娃借五块钱呢。丧夫的悲痛和艰难的日子,叫我母亲怎么能笑得出来呢?

　　这些年国家飞速发展,我家也有了全新的日子。我们兄妹把母亲肩上的担子,轻轻拿下,用心收藏。我们用爱温润母亲的心,母亲苦涩的心渐渐有了甜意,说话也朗然了,笑容也上了脸。母亲老了,眼睛几近失明,但她心里是一片光明。

　　这次过年,我与小弟、妹妹和妈说话说到高兴时,我问妈记得以前唱过什么歌吗,妈笑着说,记得几句,要唱着才能记下来。我们鼓动着,妈就大声唱起来:"山桃花,齐开放。菜籽花,遍地香。解放军好眼光,丰衣足食乐洋洋。蒋胡匪军动刀枪,蒋胡匪军是豺狼。"这大约是新中国成立前夕陕北和关中地区流行的歌吧。

　　妈一高兴,接着又唱起一首歌:"镇压反革命,大家一条心,人民来专政,不许特务害人民。特务恶霸是豺狼,你不打它它咬人。大家快起来,坚决彻底干干净净把它全肃清。"这应该是刚解放时候的歌吧,快七十年了,看看妈的记性有多好。看唱词的意思,字都错不到哪里去。我们给母亲拍起手来。妈的声带和她一起老了,已经唱不出调调,她的歌差不多是念出来的,我听着却是天底下最动听的歌。我凝望着妈的脸,我想给她说:妈,我找到了小时候在你怀里的感觉,很温暖。

2019 年 9 月 15 日

母亲的眼睛

母亲今年八十四了,眼睛几近失明,就像活在一个黑暗的世界里。我们兄妹安慰妈说,我们的眼睛就是你的眼睛。

她这次刚来北京和小弟一家住时,坐在客厅"听"电视,我问妈:咱们现在面朝西坐着,右手是哪个方向?妈不假思索,说,北嘛。那左手呢?妈说南。后边?妈说东。我说,妈,你明白得很嘛!妈笑了,说,妈又不傻。

我是想让妈随时有方位感。

出了楼门,我给妈说,咱们住的这座楼门朝北,咱家住最西头,出了楼门朝右拐是小区大路。妈就知道了,这栋楼和我家老屋的坐向正好相反。

顺着东围墙往北慢走,我告诉妈,这就像在咱们村上,出了学校门往北走,右手边就是东。妈说是啊。我告诉妈,东边紧挨着是小区的围墙,有一丈多高,墙外边不知道是什么单位,盖的像厂房,也是一个一个的院子,围墙里边顺墙停的都是车。咱们左手边是西边,就是小区里的楼房,一栋一栋,从南往北,都是六层楼。妈哦了声,说,都不是高楼啊。我给妈说,这是部队小区,住在这里安全。

我母亲辛苦劳作一生,和我父亲给贺家没有血缘的四个老人养老送终,又抚养我们兄妹五个长大,一辈子是吃了大苦的。她天生的眼底病，年轻时走不了夜路，七十岁上下时视力越来越差，青光眼、白内障都做了手术，刚开始戴眼镜还起点作用，后来戴不戴都看不见了。一个曾经能看见五光十色的人，忽然什么都看不见了，我们的母亲心里该是多么的苦闷啊。

我们兄妹们要做的，就是让我们眼里的五彩世界，照样鲜活地出现在母亲的眼前。

一次，妻子和弟媳在家包莲菜饺子，我和妈手牵手出门转悠。春的气息已经很浓，我给妈说迎春花开了，丁香花要开了，柳芽长满了枝条，但是草还没完全苏醒过来，草地里还是一片枯黄。

住宅楼阳面的一棵白玉兰开花早，我拉着妈的手跨过路牙，走进枯草地，把妈扶到玉兰树跟前。花还没有完全绽开，半苞半放，有鸡蛋大小，还很稀疏。花在正前方，妈眼睛往斜里瞅，我知道她没看见，把花枝拉下来，送到妈手里。妈摸到乳白湿凉的花衣，这才影影绰绰看见玉兰花。又走到楼后另一处阳光充足的空地，一树桃花开得正繁，差不多连空气都被染红了。我也是拉下树枝，妈一摸到娇嫩的花瓣，心里的桃花就出现在她眼前了。

去年冬初，一天我陪妈在东围墙内散步晒太阳。我拉着妈的手，给妈说，入冬了，有的树叶落了，有的黄了，有的还是绿的。银杏叶子落了，笨槐树叶子还是绿的。妈说，一下霜，树叶就该落了。我说，妈，你知道笨槐树吗？洋槐树就是开槐花的那种树，笨槐树不结槐花。妈说，知道么，妈还不知道笨槐树。我说，北京路边很多都是笨槐树，也叫国槐，是北京的市树。我又说，有的草干了，有的小草还是绿的。看来梧桐树落叶最晚，满树都还绿绿的。

我给妈接着说，今天是星期天，很多人都在家，小区路边停满了车。

我看到什么，就给妈说什么，我的眼睛就是妈的眼睛。远处有个理着学生头的人，用绳子牵着一只深灰色猫，起初我以为这人抓到一只野猫。猫不跟着他走，他用绳子硬拽着，猫前爪都给悬空了。一落地，猫又挣着往车下钻。我都给妈说了。走到跟前，我才发现猫脖子和前腿间，是用布套拴着，我想不是野猫，是人家养的，出来遛猫。遛狗常见，遛猫可不常见。我主动给猫主人打招呼说，猫和狗不一样，不跟着走。猫主人说，可不是吗，猫不听话。妈说，猫狗都通人性着呢。猫主人抱起猫往前走了，我到底都没看出遛猫的人是男还是女，我也给妈说了。

  一天太阳好，我和妈坐在花园连椅上给她剪指甲。剪着剪着，我给自己剪了几下，妈听见嘎巴嘎巴响，又没觉出在给她剪，就问我剪哪里，我说给自己在剪，我和妈都哈哈笑了。妈说以前二弟给她剪，她说你轻一点，别把妈肉给剪了，二弟说知道，还能把你肉给剪了。说着话一下剪深了，把妈剪疼了，二弟吓了一跳。大弟手笨，不会用指甲剪，用大剪刀给妈剪指甲，妈说自己看不见，想着都害怕，幸好还没剪到过指头。

  这些年母亲在老家、西安、北京轮番住，我妻子、弟弟弟媳以及妹妹两口子，对母亲的起居生活都是尽心尽力的，很仔细，不用我操心。我能做的，就是让母亲舒坦开心，眼睛看不见，但心里豁亮。

  不管在酒店还是在谁家吃饭，妹妹在，妹妹照顾母亲，妹妹不在，我照顾。给她挑没刺的鱼肚子肉，冷热菜分碗，一样吃完夹另一样，免得菜串味，吃不出味道。每样菜都告诉她菜名。她想喝水想擦嘴，也不问，习惯了，伸手就能摸到水杯和餐巾纸。每次都是我陪她吃到最后。我很享受陪母亲吃饭的感觉。

  妈除了眼睛不好，身体再没毛病，血压稳定，吃得香睡得着，腿脚灵活，走个四五里路没问题。但她还是老羡慕别人眼睛好，来客人一说她身体好，她就说，你眼睛可好嘛。我总给她说，妈，你可别羡慕人家眼睛好，我老婆腰疼得直不起来，你知道多难受？后村我姨腿疼得走不了路，你羡慕吗？妈就说，是的，世事没有万全的。

  母亲和我一家住时，我回家进门，会夸张地大声喊，妈。妈高兴地哎一声。有时她正听电视，我也大喊一声妈，她就开心地笑，还哈哈哈地笑出声。多少年了很少看到妈开怀大笑，我知道妈是从心里高兴着。

妈剩下四颗老牙，上边一颗，下边三颗。下边三颗除了凑合着咬东西，剩下的功能是挂住一口假牙，假牙是妹夫找人做的上好的烤瓷牙。上边那一颗，前些天摇晃起来，妈说还没她走路稳当，把她给疼的。每次妈吃完饭漱口时，都会把假牙也拿下来冲一冲，有一次她冲洗假牙时，忽然觉得手心里多了个东西，心想：又没吃骨头，这是啥？再一摸，觉得是自己的牙，用舌尖在嘴里找了找，上边那颗陪了自己八十几年的老牙，果然是没了。妈把牙洗好，晾干，用纸包起来，放到自己的手包里。妈给我说，人老了要和牙埋在一起，有这讲究，牙放到牙盒里，到时和她埋在一起。妈和我边走边说，说得平静，坦然。她不看着我，看也看不清我，就像给我上学前交代事一样。我看着花白头发、一脸皱纹的妈，差点就要哽咽出声，我赶紧收住。

晚上洗漱完，把妈送到她房间，看着她自己扫床、拉被子。让她自己动手，是为了让她熟悉，再就是通过生活小事活动手脚。她睡下，我给她把被角往上拉一拉，妈说不冷，好着哩。我抚摸一下她的头，就像小时候妈抚摸我的头，说，妈，你睡吧。妈说，妈睡了，你也早点睡，不要熬夜。妈睡之前会把假牙套拿下来，放到水杯里泡着。拿掉牙套，嘴就瘪了，显得人更老，让人着实心疼。

我不敢给妈说长命百岁的话，别人要说了，妈就说，哎呀哒哒，眼睛不好，成了废人，活那么老害人吗？一说到老邻家谁活到九十多岁，我最怕家人谁说妈身体好，活到九十多岁没问题。九十多岁？那不只有几年吗！即使活到一百岁，也才十几年啊！我也是老人了，不知道哪一天，妈会离我而去，或者我会离妈而去，这都是不可抗拒又不忍去想的事啊。

2020年5月9日

乌鲁木齐老舅

大年初一上午,一个乌鲁木齐的陌生手机号码给我打来电话,乌鲁木齐有亲戚,我赶紧按下接通键。对方响亮地叫我的名字,没等我反应过来是谁,又说,我是老舅。啊,是老舅!九十多岁的老舅,在三千多公里外给我送牛年祝福哩。

我说,老舅,您声音响亮得很嘛!老舅嘿嘿笑着。

我问老舅九十几了,老舅说,按咱们老家说法,九十六了,按外边说法,九十四。老舅说他属虎。

我后来查了一下,老舅一九二六年生人,马上九十五了。

我以为是老舅的女儿把我的电话号码给他的,老舅说不是的,他有我的电话号码。老舅说得我心里热乎乎的,我似乎看见老舅颤抖着手指在翻找我的号码。

我只有老舅老屋里的座机号,可是老妗一年前去世,老舅住老年公寓也一年多,老屋没人住了。我想着老舅行动不利索,这一年多没主动给他打过电话。其间通过一次话,那是他三女儿在边上。

老舅说自新冠疫情后,老年公寓封闭管理,出不去,家人也不能随便见,但生活还好,他住单间,人也自在。

我问他还写字吗,他说还写,写不出个样子了。我说,能活动手脚就行。我早先和老舅通过很多信,老舅的钢笔字、毛笔字,都写得大大气气,很有功夫。他说在走廊里他能连续走一个小时。我眼前出现的，是他年轻时每天清晨在乌鲁木齐人民公园锻炼的身影。

老舅以前想吃老北京点心，我给他带过。问他还要吗，他说不要了，胃不好，不能随便吃东西。老舅几十年的胃病，出过血，以前老妗照顾得好，每天一杯牛奶，吃锅盔，说嚼着吃好消化，才活到这么大岁数。

我说，那不给您寄钱了。老舅说，不用了，他有钱，也没地方花。

我和老舅说了十五分钟的话。他说他有我母亲的电话号码，过年了，会给我母亲打个电话。我惊奇他还有我母亲的电话号码。我说，您试着打一下，看能不能打通。我会把您的手机号码给我弟弟，让他给您打过去。

我这人眼窝浅，和老舅说着话眼睛就潮乎乎了。

老舅是我母亲的舅舅，但他们却不是亲舅甥。我外婆是老舅的堂姐。老舅姐弟仨，母亲早逝，他们小的时候缺衣少鞋。我外婆给他们做过不少穿的，出嫁后还给他们做。做好了腾腾腾七八里路送来，穿着合适，又腾腾腾七八里路走回去。

老舅年少时出门走了兰州，解放后落脚到乌鲁木齐，在石油管理局给领导开车。他听说堂姐产后四十天因病亡故，伤心痛哭。他也听说堂姐的女儿活了下来，但不知道送给了哪里。

几十年后老舅和老妗回老家，老妗的娘家在我们村，一听说我妈就在附近给生产队做饭，赶紧让人把我妈叫来。老舅在院子里一见我母亲，说：月啊，我是你舅。抱着我母亲就哭了。连声问：月，这些年你受过苦吗，你受过苦吗？我母亲说：舅，好着哩，没受苦。说着也哭起来。

母亲这才知道这个舅舅在乌鲁木齐，并把消息告诉了在新疆当兵的我。就是那几年，我和老舅通了很多封信。

后来我去乌鲁木齐，都住在老舅家，享受着老舅老妗和他们儿女们给予的亲情。老妗给我包饺子，做拉条子。老舅和我说过去的事，他的口头禅是"这个的（di）话哩"。我出去办事，老舅就开着蓝色伏尔加轿车载我一段，一路给我介绍这里那里。我第一次去人民公园，也是老舅陪着去的。

老舅每次说起他第一次见我母亲的情景，就忍不住眼泪汪汪。我每次给亲戚说到这里，也忍不住会哽咽。

初一下午，我打电话问母亲和老舅通上电话没有。母亲高兴地说，通了，你老舅说话刚强得很。

老舅的名字叫田培亭。老一辈人的念旧之情，总是让我感动。

2021年2月13日　大年初二

妗　子

我妗子在老家呜呼归西，我母亲在北京很悲伤。

先是二弟来的消息，说妗子头一天还在地里出蒜，第二天家里来客人，她起身说要做饭，人就忽忽悠悠往下倒，幸亏被人扶住，送医院说是没得救，人又拉回来了。我告诉家人先不要给母亲说，看妗子后边的情况再说。母亲也是八十多岁的老人了。

到了下午二弟来电话，说妗子咽气了。我给妈说了，妈一下就哽咽了，喃喃地说，走得太早了，太早了！

我让二弟拨通电话，让母亲和她的老弟弟通个话。突如其来的变故让舅的耳朵更背了，只给妈说了一句，"姐，惇子走了"，就再听不见妈说话了。

关中东部老家把舅母称妗子，这称呼在《辞海》、字典里都有。惇子妗子是我村上的女子，很多年前母亲做媒把她介绍给娘家弟弟。他们结婚我还有一点点印象，记得新婚第二天的妗子在锅前拉风箱的样子。舅家老屋灶台朝南，妗子坐在灶前，身边一堆柴火，风箱啪嗒啪嗒响，火光照亮了她年轻的脸。婚后他们育有三儿一女，日子过得殷实顺心，只是岁月的流逝以及腰椎病，使妗子逐渐直不起身子。我每见她一次，感觉她的腰又往下弯了一点。她上自家门前的小坡坡都很吃力，没法抬头看人，只能偏过头来和人说话。

母亲感叹一声说，人说结实也结实，说不结实还不如一张纸。

我大弟、二弟、三弟都去给妗子吊丧、送葬，二弟随时给我和母亲传递些信息。知道妗子在农历初九下葬，母亲说，这是对的，七不出八不入，三六九宜娶宜葬。

二弟和舅家住一个村子，母亲常给他说：可不敢忘了你妗子。二弟盖房时，妗子在锅上帮忙，天天晚上把红豆浸上，摸黑到巷头场里抱回棉秆，第二天早上早早就熬好了稀饭。那是寒冬腊月呢。

妗子每次见到我母亲，不叫姐不说话，瓜果下来，新鲜菜下来，就给舅说，你骑车子给姐送点。我们常见舅来送东西，从他年轻时一直送到他也上了岁数。

有两年的夏秋季节母亲住在二弟家，妗子和舅常过来看望，妗子做了好吃的，就弯着腰给给我母亲端过来。母亲眼睛看不见，常让二弟送到妗子那边去闲聊。妗子把表弟买回来的好吃的一一拿出来让我母亲吃。母亲说给娃娃留下。妗子说，不管谁吃不吃，咱俩吃。母亲的牙没补好，嗑不了瓜子，妗子用瓜子钳一粒一粒剥好给我母亲吃。有次母亲吃过饭去舅家，赶上妗子包的饺子出锅，推让着让她吃，母亲说吃过了，不吃了。妗子调好醋、辣子端给她，说：姐，吃，不吃咋哩嘛。

一次，母亲在妗子家闲聊，二弟来接她到村外走走。妗子说：姐，村外没厕所，我带你上个厕所。拉着我母亲的手，把她带到后院厕所旁。母亲说：你站在外边，我自己上。妗子说：把你摔了咋行，我陪你。一直守在我母亲跟前。

外婆还在世时，一次表弟开车从西安回来，外婆给舅说，你们开车把你姐接过来住几天。我母亲眼睛不好，不方便，不去，舅和表弟这样说那样说，硬把她接走了。

一进门，妗子说：姐，咱家有太阳能，我给你洗澡。我母亲说：我擦洗过了，不洗。妗子说：天这么热，洗了凉快。我母亲推辞不过，说：你把水放好，姐自己洗。妗子说：我给你洗，我给你搓澡。她佝偻着身子给我母亲洗过澡，又要给洗衣服，我母亲赶紧拦她，说拿给二儿媳妇去洗。妗子说：姐，在这边住，咋能把衣服拿过去洗，我洗。母亲看拦不住，说：那你把裤头给姐放下，我自己洗。妗子说：姐，你看你，我给你洗怕啥嘛。妗子把我母亲里里外外的衣服都洗了。

　　母亲住了三天要回家时，妗子又给我母亲洗了一次澡。

　　妗子给我母亲说：姐，你比我亲姐都亲。

　　……

　　母亲从沉思中回过神来对我说：这样好的兄弟媳妇，还找得到吗？

　　母亲过一会儿念叨一句：好人，死得太早了。

　　妗子，给我们留下永远的念想。

2020 年 6 月 3 日

老屋里的哥德巴赫猜想

我十爷四十多岁去做了上门女婿，上世纪六十年代中拆掉老屋属于他的一间门房，从此和祖屋一刀两断，再无来往。说起来都是家族的悲伤。十爷在叔伯兄弟中排行老十，他和我大爷、二爷是不是亲兄弟，不要说我这第三代说不清，第二代仅存于世的人，也说不清，只是说可能是。如果不是，怎么会有他一间房？但也只是推想。这个先不去说。

十爷拆房时在后院他的庄基上刨砖，挖出来两个一尺多高的黑罐，装在架子车上拉走了。我父亲母亲眼看着拉走的，心里顿起波澜，不知道罐子里装的什么，猜想最多的是银圆。十爷早知道地下有罐子，还是刨砖刨出来罐子，也很耐人寻思。几十年过去了，这已成为永远的哥德巴赫猜想。从十爷后边的日子看，却并没有出现暴富的迹象。

十爷拆掉房子并拉走罐子后，属于他的庄基子归了我家，我父亲开始规划院落，把东边的厦房拆掉盖到西边。拆东厦房时，意外地在地砖底下也挖出一个小瓦罐，罐口上还盖着一块薄方砖。院里人多，父亲赶紧回填土，把瓦罐埋了起来。待到夜深人静，关紧大门，父亲和母亲挖出瓦罐一看，里边是空的，很是失望。父母免不了牢骚两句，空的就空的，还盖个盖子干啥。瓦罐后来做了我家的盐罐。

按说此事到这里就结束了，但我爷爷一直存疑：空瓦罐怎么会埋在地下呢？于是告诉了我老姑——爷爷同父异母的妹妹。之后老姑拧着小脚来家里几次，拐着弯问我母亲，到底挖出来了什么。母亲一遍一遍地解释，瓦罐是空的，里边什么都没有。

我上小学时听母亲说到此事，对老屋地下顿时产生了浓厚的兴趣，我关心的不是瓦罐和银圆，而是枪，我想家里地下会不会埋着枪，最好是一把手枪。这种想法也不是空穴来风，我从小就听说过村上有打土匪的历史。这时，我已是小男子汉，英雄主义占满心房，和伙伴们经常玩的是长矛和木头枪，如果有一支盒子枪，那该多么神气。我常常在午后阳光充足家里没人时，一会儿站在院子里，一会儿站在上房、门房当中央，四处扫视，思索哪里才是埋枪的第一选择。哪里都有可能，但不能到处开挖。幻想了一段时间后，终于没有动手，父亲的脾气始终是我所忌惮的。

房底子下挖枪的念头，后来随着兴趣转移而消失，再后来知道我国禁枪，更把这一出忘了个干净。

母亲八十四岁那年中秋节，我们夫妻陪母亲回到老屋，老屋今非昔比，坚固、漂亮的楼板房早已取代了当年的土墙瓦房。几道门下来，算不上深宅大院，也是高墙红瓦，整齐、洁净。老姑的外孙女海燕，提着冬枣、鸡蛋兴冲冲来看我母亲，寒暄时突然冒出一句：你家该好，那时还挖出来过瓦罐。她没说出的话是，不知道里边装着什么。母亲失声笑了。母亲猜想是老姑在世时告诉她的女儿们的，女儿们又转告给了下一辈。我也笑了，幸亏那时没人知道我欲挖枪的念头，否则有人会举报我藏着枪呢。

2020 年 10 月 17 日

选 号

一大早开车顺道送妻儿去办事，路上闲聊中说到了车牌号。妻子说，她最喜欢的是我第一个车牌号，京X-11926；最让她心里别扭的是第二个车牌号，京X-66514。这让我想起当年买车和选车牌的事。

十九年前，作为空军上校的我复员经商，虽激情四射，但腰里没钱，英雄气短，印着总经理名片，骑着自行车满街跑。好在出手精准挣到了点钱，第二年就鸟枪换炮，一出手买了一辆开司米色的捷达王，车牌号也吉利，就是妻子牢牢记住的11926。

十六年前，刚刚脱贫，离小康还远，为了撑面子唬人，经不住下属怂恿，我头一次走进北京西三环一家奥迪4S店。地板洁净得照出人影，售车小姐高挑靓丽，空气里弥漫着真皮味，奥迪汽车漂亮的仪表盘一下子就把我的捷达王比趴下了。我觉得有点恍惚。趁着头脑不是太清醒，买了当时最新款的A6，排量也是就高不就低，选了2.8。

钱是好东西，4S店也不含糊，一条龙服务，三下五除二，就陪我办妥绝大部分手续，最后一站到京北温泉车管所挂牌。挂上牌子，这2.8排量的奥迪A6可不就任我驰骋了。可是，我没有想到，选牌号，居然对我是一次考验，而且是一次"生与死"的考验。

当时是这样，选牌号窗口给三次选号机会。按一下键，唰啦一声出来两个号，有喜欢的，就一锤定音。没喜欢的，就来二次。还没喜欢的，就来第三次。第三次唰啦出来的两个号，你喜欢不喜欢，对不起，都得二者选一。

要不说，人心不能太贪。我第一次唰啦出的两个号，尾数没有令人兴奋尖叫的 666 或 888，但也没什么让人感觉不吉利的 4。我想，还有两次机会，何不良中选优？果断按键，再次出号，照样毫无亮色。我心里一顿，决定再次出手。唰啦，我盯着一看，一个什么什么 147（谐音要死妻），再一个就是京 X-66514（谐音我要死）。我差点背过气去！

记得牵手捷达王时，还不兴选号，那时先排队办个什么手续，过会儿叫名字发牌，给什么号就是什么号。才过几年，就有了重大改革，即电脑选号。看上去很公平，甚至还给三次机会，六中选一，可是 66 大顺、88 大发的号，谁知道什么时候挂到谁的车上去了。

按说我这个人不信神不信鬼，不信命不信运，也从来不在乎什么吉利号倒霉号，路上要看见一串 9999 或一串 8888 之类的号，我不会有一丝惊喜和羡慕。但是，三次电脑选号，六选一的诱惑，转眼之间让我信仰全无，一心祈求吉利，反倒心里落下阴影，以致走到了要和妻儿"生离死别"的地步。

我盯着两个倒霉号，看了再看，确定无误。再看看窗口里坐着的人，确定没有回旋的余地。我自认为是多么坚强沉稳的一个人，这会儿心里竟有点惶恐。摇摇脑袋，让自己镇定。我心里生出一股悲壮感，好像真的就要慷慨赴死，一咬牙选了 66514。要死妻（147），还不如我要死（514）！

很久以后，妻子才知道了我选车牌号经历的心理斗争。

2016 年 7 月 8 日下午

我家的老年

腊月二十三这一天,小时候在我家是有一场仪式的。

这天后晌,先把饦饦馍供在灶王爷的像前。富态慈祥的灶王爷,被油烟熏得一脸倦容。灶王爷的画像贴在灶房墙上一人高处小砖窑里,这是灶王爷的专属领地。砖窑两侧和顶上有雕花,像前可以放供品和上香。饦饦馍分白面和黑面的,小碗口大小,一指厚,是埋在滚烫的石子锅里烤熟的,后来也叫石子馍。敬灶王爷当然是白面饦饦馍,这千万不能胡来,灶王爷啥不知道。当然灶王爷从来也没真吃过,仪式完后还是家人享用。黑面饦饦馍是年过完,好东西吃完后给我们自己吃的。饦饦馍完全失去了水分,很能存放。

白面饦饦馍在灶王爷面前摆好,我姥姥和我婆上下抚一抚小腹跪下,招呼我和弟弟跪在她们身后。姥姥(在老家,奶奶的婆婆和母亲,我们都叫姥姥)、我婆(奶奶)带我们先磕一个头,姥姥开腔说:"灶王爷上天天,上到天上别说嗉(啥),碎(小)娃娃犯错是失错。"磕完头,把灶王爷像揭下来,烧掉,他就升天去了。好多年后我才知道,我姥姥是在求情,求灶王爷上天替我们说好话,可是我并不明白我弟兄犯了什么失错。这一天也会给灶王爷献灶糖,灶糖吃起来很甜,黏牙。用意是给灶王爷点甜头,让灶王爷上天多说好话,同时把牙黏住,让他不该多嘴时别多嘴。有点小恩小惠的意思。

有一种说法是，灶王爷这天升天是回娘家，大年三十再回来。这等于一年到头给灶王爷放了七天假。按这说法，凡间岂不成了灶王爷的婆家？可是灶王爷的丈夫又在哪里呢？正想着好些事情无法深究，恰巧看到一段话："灶王爷爷本姓张，自幼取名张万昌。家财万贯多富有，命里会被他败光。其父为其选贤妻，聘得渔女郭丁香。"两口子是有名有姓了，但灶王爷一变又成了男的了。

二弟最近把灶王爷的性别又扳了回来，他说，拜灶王爷时，为什么是家里的女长辈带着，因为灶王爷是女的，女人拜女神。他又说，家里敬的别的神都是男的，唯独灶王爷是女神。弟弟的博学让我刮目相看。但我还是有疑问：灶王爷既然是女的，为什么要称她爷？

灶王爷前脚一走，我家准备过年的节奏就加快了。

母亲会瞅一个好天气，赶紧把几个房子打扫一下，这也是一年到头的一件大事。她和父亲把箱子抬出去，把能搬的也都搬出去，然后头上裹块布，在房子里上高上低，顶棚地面，齐齐地清扫一遍。我还干不了什么的年纪，就在院子里翻遍箱柜，总想发现什么新奇的东西。清扫干净，母亲在炕上铺上席，铺上毡，铺上洗干净的粗布炕单，铺得平展展的。父母再把新买的年画贴在炕墙上，屋里一下子就亮堂了。年画有大张的，也有条幅的，上边大多是胖娃娃，或者是擦汗的女拖拉机手。这年画能吸引我看一年，我常常躺在炕上看着年画出神，想象着画上人物背后的故事。在炕这头觉得画上的人看着我，滚到炕那头一看，画上的人还是在看我。

腊月二十六或二十七，家里要用一整天蒸年馍。母亲头天晚上发上面，第二天一早，同村的老姑、姑姑、几个姨就来了，帮母亲蒸馍。通常都是我爷爷拉风箱烧火，啪哒啪哒，火大火小他掌握得很好，被我母亲夸了一辈子。这一天十分繁忙，几锅下来，要蒸好初一到初五家人吃的白面馍，我们叫包子，其实就是实心馒头。我家初四待客人，会来两三桌亲戚，吃的包子也在年前蒸好。最要紧的是，要蒸过年敬神的贡贡、枣祃瑚和枣山。贡贡样子像寿桃，用的都是精白面，寿桃顶上会抹点红，像是桃晕，贡贡顶上捏出个小疙瘩，再捏扁，用剪刀从中间剪开，两边再轻剪几下，形似一朵小花。枣祃瑚中间高两边低，像个拱桥，桥身两侧各嵌三个红枣，像是三孔过水洞。最为复杂的是枣山，是由一个一个枣蔓花馍拼起来的。枣蔓是用面绕成两个平行的圆圈，每个圆圈中间嵌一个大红枣，那时候我总把它想象成望远镜。枣山就是由一二十个枣蔓拼起来的，底宽上尖，像山一样。能蒸出高大枣山的人家，表明家里起码是不缺粮的。母亲通常会蒸一大一小两个枣山。过年敬完神，枣山并不马上吃掉，会掰成一个个枣蔓，晒干存起来，一直放到二月二龙抬头，小火烤黄，家人们享用，是又酥又香的美味。

年跟前父亲会割十几斤膘好的猪肉，稍宽绰时还会买一个猪头，收拾干净猪毛，提前卤好。卤肉时，满院子飘散着香气。肉熟了，香味更浓，我会被吸引回来守在锅前，母亲就会揪一块瘦肉放进我嘴里。后来，我当兵离家，小我好几岁的小弟弟和妹妹，都守过锅台，就是为解馋。

年过得好不好，就看吃得好不好。年三十这天，母亲还得一天忙活。先是支油锅，炸面点，树叶一样的叫麻叶，小花朵一样的叫茶果，指头粗细的叫棒棒，小枣一样的是硫溜（音），都油酥可口，好吃。棒棒和硫溜面里还放了白糖，是又香又甜的味道。炸完这些，紧接着开始蒸碗子。先是把卤好的肥瘦相间的猪肉切片，整齐地放在土陶小碗里，上边再放上油炸豆腐片，浇汁蒸熟。还有大的土陶碗，叫品，里边先摆好大块方肉，上边摆放沾了粉面的方块油炸豆腐，同样浇汁蒸熟。碗子和品合起来也是要蒸几十个，要够过年几天家人吃以及待客人用。吃的时候再一次蒸透，翻过来扣在盘子里，肉片和方肉就在上面了。

在母亲围着锅台忙碌时，响午时分，我和爷爷，有时还有大弟，把大方桌抬到门房下，靠西墙放好，挂上桌裙。再把列祖列宗的牌位，按辈分先后安放在方桌靠墙一侧。牌位前边，中间是香炉，铜的，里边装半炉细沙。香炉两端各有一个小铜环，像是两只耳朵。香炉两边侧后，各是一只木质黑漆烛台。烛台有一尺高，有台座、烛杆和烛盘。早先的牌位都制作得十分精细，上边的名字和祭词或刻或写，现在想来那都是了不起的书法。后来去世的老人，牌位都很粗糙了，由此也能看出家世每况愈下。贺家还有族谱挂像，但存放在后村伯家，只是去拜年时看到过，边磕头边浮想祖上以前是怎样的富贵啊。那时，我还不太清楚我父母和上辈之间，上辈和上上辈之间，血缘都十分复杂。那是另话。

年三十下午贴对子，贴完对子放一挂鞭炮，就算完了又一档子事。本来很简单，可是我上学开了毛笔字课后，事情就复杂起来。我父亲从此不再买别人的对联，而是买一大张红纸回来，要我来写对子。村上有的是书法好手，我父亲不认，他不识字也不会写字，他大约认为字没有好坏，谁写都是字，我既然学了毛笔字，就要我写。也或者他认为我写的字是最好的。我不仅才学毛笔字，而且脑子里还没什么词，想不出该写什么，最后记得写过"翻身不忘共产党，幸福不忘毛主席"，有没有横批都忘了。

在老家，过年有一次"大赦"，是很人性的。就是孩子犯再大的错，过年了都一笔勾销，不再打骂。有一次，我不知道犯了什么事，我觉得不致被打，但按我父亲的脾气，是打定了。除夕那天，我像孤魂一样在二队场外水壕边游荡，不敢回家。突然，我父亲出现了，我正要拔腿开跑，父亲温和地说：跟大回家，过年。我迟疑着到家，母亲悄悄给我说，给你大认个错，你大不会打你的。事情果然就过去了。

另有一种说法，大年初七才是"大赦"的正日子。说初七是人日，也可以叫人节或人七。上天创造万物的次序是一鸡二狗三猪四羊五牛六马七人八谷，所以初七是人日。这一天人们还要吃及第粥，是期望子弟科考中榜。人日要尊重每一个人，刑场不能行刑，牢狱不能拷打，自然大人也不能打骂孩子，连训斥都不行。要按这种说法，我父亲算是把"大赦"提前了，而且赦就赦了，不再追究。我很赞成父亲的做法。

天刚擦黑，我和弟弟跟着爷爷或者父亲，给诸神点蜡送亮。从后院起，后墙上有墙窑，里边有土陶神像，点蜡，上香，磕头，哪一路神仙并不清楚。进到灶房，这时灶王爷已经省亲归来，给她换上新像，随后点蜡上香磕头。可能不再担心灶王爷上天乱说，因此也不用给她多唠叨。厦房供着财神爷，院子供着天地神，门房的墙窑里是老资格的土地爷，出得大门，是门神秦琼和敬德像，一边一个贴在门上，一一点蜡上香磕头。土地爷跟前还有件事，我一直没敢验证过。邻家顽友说，跪在土地爷跟前连说三声我没见过狼，狼晚上就会出现在你家。我曾经几次想试，但一想到半夜来狼，话就咽回去了。此外，我一直没弄明白院子里水套口上是什么神，也要同等待遇，点蜡上香磕头。水套从院子通到大门外，是雨天排水的，我后来想，估计是龙王爷之类，职责类似管水的。点完蜡烛，家里亮堂起来，红光闪烁，年味儿一下子就出来了。这蜡烛，过年几天，天天晚上都会点上一支。

后来知道，土地爷的工作，被国土部接管了。龙王爷的事情，被气象局和水利部分担了。财神爷，对应的是财政部。灶王爷管吃管喝，应该和商务部对接。至于灶王爷上天说好话，现在想，属于和稀泥，欺上瞒下。

到这时，妈也终于忙完所有大活，剩下最后一宗事，还是吃的，包大年初一早晨吃的煮角（jue，饺子）。父亲割的二三斤羊肉，剁碎，包羊肉煮角。不会是纯肉的，通常都是和白萝卜馅剁在一起，当然是肉少萝卜多。母亲包饺子，是把馅在面皮上居中，然后面皮中间捏实，两头用手指一挤，就成一个肚子鼓鼓的煮角，是煮不破的，我们也叫羊肉疙瘩。

我老家不讲吃年夜饭。平时就吃两顿饭，早上一顿，晌午一顿，晚上不饿就不吃了，谁饿了就吃个馍。我父亲和大弟习惯开水泡馍，呼噜呼噜吃，我一直是拿个馍夹上辣子，或者剥根嫩葱，就着就吃了。当然过年了，三十晚上想吃，能吃白面包子（馒头）。房子里炉火正旺，炉子上坐着铁壶，周边烤着白馍，桌子上有油泼辣子，这时候里边会有肉丁。

在热气腾腾里，年终于到了。

大年初一是在零星爆竹声里到来的。天才麻麻亮，就听父亲在窗外说，下雪了。我和大弟都不用催，一骨碌爬起来，穿上母亲早备好的新棉衣棉裤，或者是旧棉衣套上新做的粗布罩衣，带口袋的，就冲出屋子。印象里过年必下雪，有时前两天就下起来了，起码是阴沉的天，好像这样的天气更有过年的气氛。

父亲和我们抱上一大抱棉花秆堆在大门外，再拿点易燃的麦秸塞在棉花秆下边，点燃，噼噼啪啪就烧起来。接着，父亲一个一个先放大爆竹，最后放响一挂鞭炮。这时候，家家门前都是火光，整个村子都被照亮了，爆竹声也密集热闹起来。我大一点的时候也放炮，但从来没有过炮捻子燃到跟前才扔出去，都是一点火就扔。放鞭炮也都是挂在长长的竹竿上。这多少反映出我的性格。

大门外点一堆火是什么讲究，我并不知道。母亲说早先是一家之主的姥姥把一捆谷秆点着，看火苗往哪边飘，就知道这一年是风调雨顺还是要遇灾年。谷子产量低，后来不种了，谷秆也就没有了。父亲开始主事时，不光改烧棉花秆，也没有看风向这一说。也许父亲从来不信这些，这是很有可能的。父亲性子烈，他觉得过日子还是要靠自己，不信那些云里雾里的东西。

回到屋里，我和弟弟先到后边房子给爷爷、婆磕头，再到前边房子给父母磕头，父母会给我们两毛钱压岁钱，后来也给到过五毛钱。

我们过年早饭是吃煮角（饺子），当满满一锅羊肉煮角开始翻腾时，我和弟弟都有点等不及了。羊肉疙瘩，一年到头就这一次。

但是煮好了还不能吃，母亲盛满一碗，说，去，献一下。过年顿顿吃饭，都是先献后吃。我端起碗，带上弟弟，腾腾腾跑到门房供桌前，稀里糊涂磕三个头，端上碗再跑回灶房。母亲把饺子回锅，再盛起，放在锅台上，说，献一下灶王爷，磕个头。母亲想得十分周到，灶王爷就在锅台后边墙上看着呢，不敬别人还能不敬她？不问西东，我俩赶紧走完程序。好了，一家人开始吃煮角。刚吃时我总怕不够吃，但母亲心里有数，每次过年都能让全家人吃饱，还会剩一碗两碗的。

早饭后，父亲叫上我和弟弟出门拜年。南巷和后村，有好几家叔伯亲戚，我们叫自家屋。每到一家，父亲带我们走到供桌前，叫一声伯或叔，说给你拜年了。我们就跟着父亲磕头。父亲平辈的，就叫哥或嫂子，说，娃给你磕头了。我和弟弟就磕头。和父亲平辈的，和我们平辈的，也会迎出来陪着磕头。自家屋的亲戚会客气一番，说，对了对了，说了就有了，不磕了不磕了。但你不能不磕，辈分在那里摆着呢。磕完头，进屋子里寒暄几句，吃几颗油炸果，喝一口漂浮着茶梗的热茶，就到另一家去拜年。他们也会来我家拜年，一批一批的。

也有不是自家屋的串门拜年的。有个村人好热闹，他到别人家去拜年，进门就喊，某某哥，给你磕头了。人家说，对了对了，说了就有了，不磕了不磕了。他又说，我叔呢？我给我叔也磕个头。人家又说，不磕了不磕了，说了就有了。他前脚走，主人忽然明白过来，这哈怂（坏蛋），把我叫哥，把我儿子叫叔呢。等主人追出门，他已经跑出去好远，笑得快岔了气。

晌午饭，自然是一年到头最好的一顿，包子馍，有肉有豆腐，几个菜，自不必说。到了天黑，我和弟弟会再次点亮满院子的蜡烛。

初二起，各家开始轮流待客。第一天大都是回娘家，我们会跟着母亲到外婆家，初三到母亲的舅舅家。我家初四待客，有两三桌亲戚。饭时，男客先入席，女客随后，男尊女卑不能乱。不管平时吃得怎样，待客这一天，母亲会把盛宴端上桌。先上木制果盘，格子的，放有油炸麻叶、小茶果、硫溜及江米条，白皮点心一切四角，边喝茶边吃。接着九个碟子凉菜，有荤有素，叫碟场，喝白酒，喜好划拳的忍不住就划起来。再上四个小吃，有一品方肉、烧肠、虎皮豆腐等，说是小吃，都是大碗上。下来是一个甜碗子，糯米的或者炸红薯，蒸透，白糖放足，趁热吃。最后上四个下饭的菜和一个汤菜，有蒸肉碗子、爆炒莲菜粉丝、肉丁辣子，凉菜是绿豆芽拌菠菜，主食是包子馍。父亲会在一旁招呼，说，能喝酒的把酒带上，不要撤。客人会说，喝好了喝好了，酒撤了吧。这一顿下来，母亲年前准备的美味，差不多就一扫而光了。一家拐弯亲戚，两口子见人就说，人家姑姑的席做得好。

我以前不知道破五是迎财神，只知道这一天年就过完了。父亲早上起来，把年前预留的爆竹，在后院点响一个，在灶房点响一个，在院子再点响一个，最后在大门外点一个，老家叫"打五"，有点驱邪的意思。这之后，撤下供桌，收好列祖牌位。满院的蜡烛，当晚也不再点亮。好吃的还有，就继续吃，没了就开始吃黑面馍或者苞谷面饼子。天一暖和，该上地里时，就上地里看一看，或者施肥，或者来了渠水就浇灌一次，滋润一下干了一冬的麦地。

但是在我婆看来，初七才是年尾子。初七早上，婆从素油罐边上抠一块儿油底子，浸透一小团棉花，放在瓦片上，点燃。然后端着瓦片，从灶房、上房、厦房转到门房，边走边念叨。我母亲觉得好奇，也觉得好笑，问：妈，你在说啥哩？婆厉声制止说，别说话！到了大门外，婆把瓦片放在粪堆顶上，让棉花一直燃到自灭。后来婆身体越来越不行了，这一套要传给我母亲，才知道婆口里念的是：蝎子蚯蚓蛇，跟着灯光来。（用老家的话念，还是很有韵味的。）婆是要把隐藏在家里的这些不洁和伤人的东西，好话好说劝到大门外边去。至于去了谁家，估计她没想那么多。婆的这套仪式，在我母亲这里失传了，我从来没见母亲这样做过。有一年，我家大梁上出现了一条长蛇，想吃一窝小燕子，不知道和我母亲没有照婆说的去做，有没有关系。

  这天晚上，姥姥也有她的程序要进行。姥姥站在上房门口，让我们小辈站在大门外，给我们一个一个"招魂"。先叫我，西泉，我娃回家来。我回答：回来了。随后进门。接着把大弟也这样叫回来，我们当晚就不再出门了。姥姥是为了我们的平安，连人带"魂"都招回来了。不过想来会有点害怕，自己天黑时回家，"魂"不附体，在后边跟着，想想会是什么感觉。这个后来也失传了。

  一代有一代的年。我家的老年，再也过不回去了。

2019年2月2日于北京

一斗渠

一斗渠在贺家洼村南约一里地，正东正西走向，从哪儿来的，知道，但从来没去过，往哪儿去，也知道，也是从来没去过。割草时沿渠往东最远到过一里多远，没出贺家洼地界。这里紧挨渠南有一户人家，掩映在茂密的树林里。这户人家的东侧，有一条大深沟向东南延伸，沟底有小路和小溪。我常面对深沟遐想，最终没想出深沟是怎么形成的。一斗渠是人民当家做主后修的，我父亲、母亲、姑姑都为修一斗渠出过工。一斗渠经过贺家洼时，往南往北有几条引渠，让村上的土地从此"喝"上了洛河水。还不光是浇地，好几年全村人吃水也靠一斗渠放水。

我儿时的一斗渠有一丈多高，两边的渠帮顶足有三四尺宽，瓷实，平坦，能走架子车，我们常骑着自行车来来往往。村里的土质是鸡屎垆，一下雨黏得走不了路，一斗渠却都是绵土，雨一停渠面上就能走人走车，真是奇怪。渠帮外是大斜坡，比较陡，往下跑是刹不住脚的。阴坡阳坡上各是一行粗大的柳树，夏天坐在柳树下，既招风又遮阳。蝉鸣是少不了的，有时听起来悦耳，有时聒噪得心烦。坐得高，自然看得远，往东能看见中条山，往南能看见华山，我更喜欢看我们的村庄，或者目光越过村庄，遥看北边的黄土塬，塬上的大树都能看清楚。那时有护渠员，不许损渠种庄稼，斜坡上端修护得光溜溜。斜坡下端却是茅草杂树丛生，酸枣树、小榆树、香茅、稗子草、灰灰菜、野洋姜，应有尽有。草丛是蝈蝈的家园，叫声此起彼伏。花蝴蝶、白蝴蝶和小飞虫飞来飞去。也有带翎子的野鸡潜伏其中，呼啦啦飞起，呼啦啦落下。

两边坡底都是水壕，不到两丈宽吧，有的地方水深，不长水草，能看见鱼成群结队地游过。浅水处长满矮芦苇和我们叫马霖的一种长叶草，马霖能结出形同蜡烛一样的东西，我们叫毛蜡。秋后的毛蜡，揪下来毛茸茸的，按到伤口上能止血。用火点着燃得慢，能引火，还能熏蚊子。浅水里有癞蛤蟆，有青蛙，呱呱地叫。青蛙两条长腿一蹬，能蹿很远。春天水里生出一窝一窝的黑蝌蚪，密密麻麻，往后眼见它们变成了长尾巴的小蛤蟆，再往后尾巴就长没了。水壕是修渠起土形成的，后来起着排碱的作用，顺渠向东延去，雨水多时，水缓缓东流。

我家和对门家朝家都养羊，合起来有十几只，我常和家朝、家顺两弟兄一起放羊。我们赶着羊出村往南上了一斗桥，羊自己就会顺渠坡往东吃去，吃上半里地，再回头吃到桥头，肚子就吃圆了。我们要调节的，就是今天吃阳坡，明天吃阴坡。有时候也赶着羊往西吃，但往东的时候居多，东边的草更丰茂，可吃的草坡也更长。

我爷爷从来都是自己一个人放羊，他放羊也常常上一斗渠。他荡秋千、上树是高手，村上有名。早春草还没绿，柳条发芽早，爷爷上到树上把柳条压下来让羊吃。他放羊，羊总是很快能吃饱，回家时再背上一捆柳条，给羊做夜宵。他还总给我和弟弟做柳笛，用脚轻轻搓柳条，剪断，抽出柳芯，一头捏扁，就成了。细柳笛声音尖细，粗柳笛声音浑厚，年年春天爷爷都给我们做，我们嘟嘟嘟吹着去上学。

一斗渠放水，是玩伴们最开心的时候。水深到肚子上，水面宽有三四步，淹不到人。我们把衣服扔在柳树下，光屁股顺渠沿助跑几步，扑通跳进水里，狗刨着顺流而下，追逐嬉闹。看到有女人，赶紧钻进桥洞躲起来，或者身子沉在水下，只露出头。渠里从来都是浑黄的泥水，上得岸来，身上一道道泥水印，跳进水壕洗干净才敢回家。泥水却对改变鸡屎垆土壤有好处。渠底都是软软的细沙，踩上去很舒服。没水时双脚在渠底上轻踩，一会儿脚下就渗出水来，再踩还能把脚吸进去。渠里的淤泥上升也快，差不多每年村上都会组织挖渠清淤。想一想，一斗渠就是我们童年的水立方和游乐园。

一斗桥早先是个拱形桥，自然比渠面高，坡长路宽，在村民眼里算雄伟的。拉土拉粪拉麦子的架子车，一个人是拉不上去的，往往都是几个人先冲坡，再一股气推上去。实在人不够时，也会在坡面上曲线上行。下坡也不敢跑着放坡，要抵着车辕慢慢下去。

我读三四年级时，仁庄一个孩子在桥西南角水壕里溺水，很多人跑去看救捞，我跑去时，他已经被捞上来，被俯卧在牛背上控水，但还是没救过来。从此，我们黑夜里不敢一个人过桥，夏天大中午四野无人时，我从这里走心里也是突突突的。一天晚上，周海伯从四畛地里回来，龙娃捣蛋，在桥上尖着嗓子哭嚎，吓得老伯不敢上桥，连声问：谁吗？谁吗？他怕吓坏老伯，才搭了腔。

有天半夜，我和王忠回村，上桥时两人说好，谁都不能跑。王忠人高胆虚，走到半坡上稳不住了，嗷一声就跑起来。我被吓得腿软，好在一把抓住了他的衣角，往后一扯，我就冲到前边去了。两个人一口气跑到村口，他一直没追上我。

我和一斗渠的最后亲近，是当民办老师时的那个暑假。民办老师平时挣工分，放假时参加生产队劳动，队上照顾我这个书生，让我看庄稼。我每天拿一块旧塑料布铺在渠帮上柳树下，坐高望远，边看庄稼，边看中学数理化书。那时，我有个雄心，只要能推荐到我，我就去上大学。可是到年底，我就从军走了，从此告别了村庄，也没再上过一斗渠。

今年秋天我在老家住了快一个月。前两天好朋友国法说，当年他正在一斗渠拆桥改建倒虹吸时，接通知让他进学校当民办老师。

这正是我参军的那一年，算下来，一斗桥拆掉也快五十年了。一斗渠的风姿早已不再，斜坡上的大柳树也没了，渠帮削下去大半，水壕填平种了地，也没有丰茂的杂草可放羊了。好在引水浇地的功能依然在。

就在昨天，我微信上问县水利部门一个不曾谋面的朋友，干渠、支渠、引渠都好理解，斗渠是什么意思。他被我问住了，说考证后告诉我。待我知道后，再告诉朋友们。

2021 年 10 月 20 日

村支书蒙百良

贺家洼的村支书叫蒙百良，是我小学同学。我不记得他上过初中没，记得他肯定没读过高中。虽然同村，因为只一起上过小学，后来没再见过面，我对他的身板长相，不是模糊，是没有一点点印象。

再和百良支书有联系时，是间接联系。村上退休贺老师以修路小组名义给我打电话，说村上动员在外边工作的村人捐款，要把村上的泥土路修成混凝土路。提出募捐修路的正是百良。百良对我没有感召力，但修村路我倒觉得是了不起的事。我问贺老师，募捐到的钱怎么用，他说，村干部不沾钱，成立一个退休老教师小组专门管钱。这做法挺新鲜，尽管那时我刚开始经商，但还是先后拿出了两万元。

贺家洼的路就不叫路，也许是天底下最难走的路。这里的土地是天生的鸡屎垆，加上水位奇高，一遇下雨，巷道里走不过去人。小学生雨天上学，好多得家长背着接送。一脚高一脚低地走路，一不小心泥水灌满鞋窝。下雨天很多人都是光脚片走路。后来钱宽绰了，高腰雨靴在贺家洼很好卖。鸡屎垆泥地很有特点，表面稀汤，下边硬滑，村上没有不摔过屁股墩的。外村人宁肯绕三里五里，也不愿意下雨天过贺家洼村。不过就不过吧，还编排了段子捎带着骂人：贺家洼水咸地黏，生下娃娃野蛮。大约是坐一屁股泥还被人哈哈大笑过。这些都不算啥，最要命的是，雨后下不了地，收不回来庄稼，运不出去果蔬，眼看着发霉生芽子。修贺家洼的路，说是改变贺家洼的历史都不为过。

要改变这个历史的，就是百良支书。百良当过几年兵，在部队入的党，也可能在部队练就的行事风格。村子没有钱，县里给不了钱，募捐修混凝土路，全县是头一份。二月二召开募捐大会那天，副县长、乡书记、乡长都来了。

统共募捐了八万元，一家一户再出一点儿，钱还是紧。百良让另一个贺老师给开推土机的师傅安排在村饭店吃饭，贺老师问：你们几个干部陪？百良说，好我哥哩，你咋说这话！一个人都不陪，师傅一顿五块钱的标准，自己吃。贺老师心里说，你们要陪着吃，我才不管这屁事。

百良和村长贺百发联系到大蒲路的废沥青铺路基，组织几辆三轮车天天去拉运，百良不放心，天天跟着去，又督阵，又干活儿。装满车刚好到饭时，给村民包的饭，每人一顿五元钱。百良避开人吃自己带的干粮。

修路的事千头万绪，百良顾不上自家的地，妻子一个人伺弄不过来，草和庄稼比着长。村里人说，哪一片地草高，哪一片就是百良家的地。

百良这么用募捐来的钱，管钱的老师们也这么管钱。百良这么一心修路，村长贺百发和许多人也这么一心修路。一次几个人到县城买杂七杂八的东西，花了五百多元。开票时店主问咋开，他们说，咋开？是多少开多少。店主说，不给你们开出一顿饭钱？他们说，不用。店主说，少见。

管钱的几个老师，一个管账，一个管保险柜钥匙，一个管章子。来了砂石料，不管天黑天明、天冷天热，几个人一起量方，验收，开单子。付钱时不见章子不付钱，支书、村长也不行。

退休工程师老贾，一个人承担了全村路的测量、设计和监工，分文不取，干完活儿就回自己家里吃饭。

百良当了两年多支书，修了两年多路，全村的路修通时，百良得癌症死了。全村老少心疼得不得了。

管保险柜的贺老师到村西头办事，被村民围住，你一言我一语，说安葬百良时要从西头过，要让百良走一走看一看他修的路。

安葬百良的那天，年轻人抢着抬棺木。灵柩沿着新庄子的路到了村西头，再从村西头走正巷到了村东头，然后往北去了坟地。百良最后走了一遍他带领大家修的路，全村沿街两行给百良送行。

百良死后没有立碑。贺家洼有个讲究，配偶在世，先死的人不立碑。三年后，百良的妻子也死了，不知道后来给百良立没立碑。我觉得应该给他立个碑，碑文写上：修路支书蒙百良。有些事，光记在心里是不够的。

2021年9月11日高铁上

老校长的故事

我们贺家洼村小的第二任校长叫张光志,我对他的形象以至文功武略早忘得精光,只是听说他的一短一长尤其出名,短是忘性出奇得大,长是写材料特别得好。材料怎么写得好,现在几乎没人能说出一二,忘性怎么大,很多人都能说上二三。

说是一次他随着人后过河,河水不深,但要脱了长裤,穿着短裤趟过去。别人把裤子顶到头上过了河,他也跟着过了河,别人过了河穿裤子,他过了河却两手空空,不知道裤子放到哪里了。后来才想起,他脱了裤子顺手放在了河对面。没办法,他又蹚河过去寻裤子。

一次参加县里教育会议,晚上没事串门聊天,从张校长房间离开时,戴走了张校长的帽子,从王校长房间走时,戴走了王校长的帽子;从李校长房子走时,戴走了李校长的帽子。弄得第二天大家都寻找自己的帽子。他以一己之力搅乱了会场。

一次骑自行车上街,办完事人回来了。妻子问他:自行车呢?他蒙了,问妻子:自行车呢?

他骑车子带母亲去集市,前边围一圈人看耍猴,他让母亲坐在砖台上,自己凑近看热闹,散场时骑车子回了家。家人问:妈哩?他说坏了,妈还在集市上坐着哩。

最夸张的一次,妻子来学校看他,他让妻子在宿舍休息,自己去参加教学会议。开完会回宿舍，忽然看见床前一双女式鞋，蚊帐里还睡着一个人。他大惊，跑出门叫人，说：我床上怎么睡着个女人！别的教师说：校长夫人不是来了么？他才恍然大悟。妻子怒冲冲站在门口对他说，跟着你真是丢死人！

我对张校长印象最深的一次，不是他的忘性趣闻，也不是材料写得怎样好，是他作为走资派受批判。他站在台子上，弯着腰，低着头，冒着汗，面无表情。台下小同学们义愤冲顶，这个刚带头高呼："打倒张光志！"那个接着带头高呼："万箭齐射张光志！"另一个振臂呼喊："万炮齐轰张光志！"同学们跟着齐声呼喊，声浪滔天。站在最后排一个同学抢到了带头呼喊的机会，也许是要别出心裁，也许想喊出更厉害的口号，他高声喊道："万屁齐轰张光志！"同学们先是一愣，随之哄一声笑场了。班主任老师赶紧过来制止，说："万炮都轰不倒，你屁能轰倒！"没想到同学们笑得更厉害了。

不知道张校长听没听到这声口号，即使听到了，以他的忘性，他大约不会把这声口号带到坟墓里去的。张校长不在世已经多年了。

2021 年 9 月 27 日于贺家洼

山　娃

　　我听到山娃去世的消息大约有二十年了。我不知道他死的准确时间，恐怕也没几个人知道，他大（父亲）他妈死了也都很多年了。除了他大他妈和兄弟姐妹，还有谁能记得他死的时间呢？再过些年，连世上曾经有过这个人，都会没人知道了。人和鸟、蚂蚁一样，来无踪去无影。

　　我是在西四环路上开着车，脑子突然开小差，山娃的名字闪了一下，我就想起了他。之前是毫无征兆。想起山娃，他到底叫山娃还是三娃，我却第一次起疑。我们当地话山和三一个音。他应该叫三娃吧，他排行老大，又怎么会叫三娃呢？叫山娃吧，我们村子一马平川，连山的影子都没有，他大他妈怎么会给他取这个名字呢？想来想去，忽然想起他的大名叫海山，和我同姓，可以肯定了，他叫山娃，只是他大他妈，还有村邻，把他叫成了三娃。山离我老家很远，海更远，但他叫海山，他大他妈居然能给儿子想出这么气魄的名字，我实在想不出是何缘由。

　　我离家当兵后再没有见过山娃，算下来四十多年了，山娃的音容笑貌，在我脑子里已经荡然无存。只记得一样的吃苞谷面饼子和红苕（红薯），他居然长得人高马大，有一米八几，又很壮实。山娃脾气性格好，憨厚，大我三四岁，不欺小，和我们年龄小的都能玩到一起。他买了一把理发推子，经常给这个推头，给那个推头。

他最多读过小学吧，记得也爱看书。他力气大，人也聪明，手脚麻利，割草时比我们都快，而且割得多也能背得起。

和山娃在一起玩时有两个场景我一直没忘记。一个是我们爱玩顶牛，那是谁也剥夺不了的农村孩子的专利。有时一对一玩单挑，更多的时候群玩，一边几个人，一哄而上。大家一见山娃忽闪着长腿扑过来，就想逃，恰是死路一条，山娃蹦得快，追上去掀翻一个又一个。我不逃，抱腿而上，但不会拿膝盖和他去硬顶。等他跳着扑到跟前，再跳起还没落下时，我突然一猫腰，肩膀带着整个人顶上去，常把山娃也能顶个人仰马翻。

还有一次在一斗渠南玩水，这地方水深，齐棱下去是个深坑。山娃和家朝叫我游过去，他俩护驾。我以为已游过了深水坑，但一站立，人"呼"地就没了，山娃一把把我提出水面。山娃救了我，我也从此落下了恐水的毛病，加上恐高，玩胆量的事总是差点劲。

当兵四年后第一次探亲时，我听说山娃出事了。从村邻的惋惜和渲染中，我知道了大概情况。山娃家里穷，没姑娘嫁给他，拧不过他大他妈，娶了村东头一个智障女孩儿。媳妇和山娃没有正常人的交流，干活儿也成问题。让她去锄地，她锄掉麦苗留下草。让她去做饭，她把喂猪的麸皮下到锅里。新蒸的一锅年馍，她呼啦把半瓢干面倒在上边。山娃他大他妈的意思是，智障不智障，能生娃就行，咱家这境况，你娃还想咋哩嘛。

不知道山娃和媳妇怎么过的，也不知道山娃怎么想的，有一天他和媳妇一起失踪了。两天一过，村里就乱了，大家都以为山娃把媳妇背到外地去了，肯定凶多吉少。公安随后也来了，不费什么事，在村南机井里找到了他媳妇，是被掐死的。公安四处缉拿山娃无果，但在村里设有埋伏。好几天过去，山娃可能是想远走高飞，又想见他大他妈一面，在村外徘徊，最终被擒拿归案。说是抓他时，几个人都按不住。这我能想得到。

开审也不费事，本该判死刑，但村民上书求情，最后判了无期，法官给他留了条活路。

大个子山娃的事，让我悲叹不已。我一个从小的玩伴，竟落得这个下场。今天的人会说他傻：你可以不娶啊，娶了也可以离婚啊，为什么要杀人呢？我心里清楚，山娃不是心狠手辣的人。即便人高马大的山娃，也挣不脱贫穷和愚昧束缚。他杀了媳妇，是贫穷和愚昧葬送了他。

后来他家人探视山娃回来给人说，山娃会修理，又肯出力，在监狱里表现好，已经减刑好几次。这就有了出来的希望。

又过了几年，我得知一个战友转业回去当狱警，而且有了一官半职，山娃恰好就在他管的监狱里。我忘了是写的信还是打的电话，总之是给他说了山娃的事。战友说知道这个犯人，表现是好，还有减刑的可能，让家人来吧。

我让我的家人转告给了山娃的家人，听说他们就去找了我这个战友。山娃不久就出了狱，战友起没起到作用，我没再问过。

山娃出来后没有回村，他可能不想面对村人，自己落脚在了外地，还当了上门女婿。他在街上开了一个修理铺，每天给人修理自行车。

再后来有一天，我听说山娃死了，是他出狱两三年后的事。村上人有一种说法，他可能被人害了，因为他修车子挣下了点钱。这都是些没根没据的闲传。

但是，我私下里还是想过：如果不托人，他再晚出来两年，会不会躲过这一劫呢？唉，山娃，我小时候的玩伴，他终于没有躲过劫难，命止中年。

2019年4月16日

仇　人

回想起来，我有两个结"仇"很深的人。一个是村东头的，因为结"仇"，几十年从不提她的名字，至今名字都记不清了，权且叫芳芳吧。

大约读二年级时，也许是三年级，老师分配我和她坐一桌。尽管小，男女授受不亲的道理已经很懂了，知道男女生不可接近。老师分配座位时，往往还是男女同桌，大概想的是男女生不敢说话，坐一起有利于课堂纪律吧。

我和她并没有画"三八线"，虽然没画线，人却格外小心，坐得离她远远的，避免有闲话。我想她和我一样小心。

有一件事轻易改变了一切。忘了是她用了我的橡皮，还是我用了她的橡皮，在同学中落下了口实。几个同学窃笑，说我们是两口子，我是她男人，她是我媳妇。我听了很害怕，也很生气，觉得这样的奇耻，都是因为她和我同桌，都是她给我带来的，从此视她如仇敌，不正眼看她。

不光在学校不正眼看她，在巷里碰见，我目光瞥向一边，局促地走过去。从她家门口过，我会加快步子，总怕突然碰到她。她去商店经过我家门口，我远远看见，就先折回家。从事发那时起，我再没和她说过一句话。忘记了她读到几年级停的学，往后见的就更少。我十八岁离家，从此两人没再见过。但在我记忆里，有过她。

她的记忆里，也一定有过我。

这是和芳芳结"仇"。

另一个，她家离我家不远，人长得白白胖胖，和我同岁，也同班。这时大概是三四年级。我和她的关系倒是有点影子。我们还没出生时，大人蹲在门口吃饭，你一句我一句给我们订了口水亲，生下来一看，正好是一男一女，两家挺高兴。我彻底不尿炕后第一件烦恼的事，大约也就这件事。我很生气，我对付大人的办法就是不理她，也从来不和她说话。

她性子有点小泼辣，我家公鸡早晨出门早，她摁住就拔脖子上的长毛，给她做毽子，被我爷爷吼跑了。本来看见她就有无名火，又拔了我家的鸡毛，新仇旧恨让我爆发了。到了教室，我冲到她跟前示威，她没客气，也很有劲，蹦起来把我推了个跟头。我是班长，同学们证明是她先动的手，班主任曹老师还是没给我面子，让我和她站到教室前。和她站在一起受罚，这让我脸臊了很多年。

她也是早早停了学。再大一点时，一次她让她侄子给我送一张纸条。我没接纸条立即就炸了，我不知道写的什么，连看都不敢看，我怕的是别人知道了会说不清。小小送信人被我吓得咚咚咚跑了。

后来我当兵走了，每次回家探亲时多少会听到一点儿她的消息，结婚了，嫁得比较远，生孩子了，很能干，日子过得还不错。我也只是听着，从不多问一句。

在我知天命之前，从没想过这些陈年旧事，直到前两年，不知怎么就想起幼年时候的这两个女同学，心里有点难过和自责。我想如果能见到她们，我会主动打招呼的。

2019 年 8 月 12 日

我的好朋友董小雨

我的好朋友小名叫董小雨,官名叫吕梓瑜。

我妻子问她是哪个瑜,她说是小毛驴的驴。我们说,那以后就叫你小毛驴,她说可以的。我们就这样互相逗着乐着。说这话时,是我们认识的第三天,我们双方都是见面熟。

她爷爷奶奶不在边上时,我给她说:我给你出个非常难的题,看你会不会回答。她很果敢,说:好啊。我说:你爱你爷爷,还是爱你奶奶?她脱口而出:爷爷。我得意地哈哈大笑。再问:你爱你妈妈,还是爱你爸爸?妈妈,她说。我笑得前仰后合,说:你这样回答有人会不高兴的。她恍然大悟,改口说:都爱。后来我给她爷爷奶奶说,刚才我和小雨讨论了个问题,内容有保密等级,就不告诉你们了。

在小雨面前,我其实大可不必太得意,她才三岁四个月大。但也不能太小瞧她,她可是个有一身故事的小人物。

比现在还小的时候,一岁九个月吧,在西安,她妈妈抱着她挤公共汽车。妈妈刚站稳,让她搂好妈妈,她说:妈妈,你要把我抱好,别摔了我,我可是你的亲闺女呀。周围的人哄地笑了,也才注意到这母女俩,几个人赶紧起来让座。

在外边走路,爷爷要抱她,她拒绝了,说:妈妈说了,爷爷腿疼,不能让爷爷抱,但是你可以背背我。爷爷背起她,心里像灌了蜜。

她还不识字,但对几十本童话故事却已熟稔于心。在爷爷的乡下老家,墙角上边有个燕子窝,燕子飞来飞去,她看了很高兴。祖奶奶嫌燕子老弄脏地面,用棍子去捅燕子窝,她赶紧叫住,说:祖奶奶啊,不能捅,捅了燕子没有家了,燕子会变成愤怒的小鸟的。

早饭她不想吃鸡蛋,奶奶说:快吃了,你要知道卡梅拉下个蛋多不容易。鸡蛋她吃了,但对奶奶说:你说的不对,卡梅拉下的蛋是孵小鸡的,要是都吃了怎么孵小鸡。

前些天,一次爷爷奶奶犯了孩子脾气,为灯罩上一只蚊子该不该打争执得动了气。看爷爷进了厕所,她赶紧给奶奶说,奶奶不要生爷爷的气,是爷爷不对,我会批评爷爷。她后来又给爷爷说,不要生奶奶的气,是爷爷不对。看她,既有原则性,又会背对背做工作,爷爷奶奶这还吵得起来吗?

小雨的爷爷奶奶说起这些,一脸的陶醉。

我想小雨不知道我和老伴的来历,在去巴里坤草原的车上,我给她说,我和你爷爷是同学,同学知道吗?就像你们幼儿园的同学。她惊讶地叫起来,说,天哪!她大约在想,幼儿园里怎么会有这么老的人。

在酒店睡了一会儿,就听见她在外边叫我,贺爷爷,贺爷爷!她奶奶拦都拦不住,她说要找我聊天。可是开了门,她又没说出个所以然。那也不要紧,我知道我们已经很投脾气了。

来到酒店广场,她仰头看见国旗,告诉我们国旗、国旗,就自己站定举手敬礼,小手心却翻向了后边。我给她讲了一通五指并拢,手心略向外翻,中指尖抵住太阳穴的要领。后来我反应过来,她应该先学少先队礼。

从哈密到巴里坤县城,再从县城经三塘湖、淖毛湖南、伊吾县城,再折回哈密,两天七百多公里,小雨差不多都是我们的话题中心。她除了在奶奶怀里睡觉,也一刻不停地给我们制造着热闹。一路上多亏有她，即使我和她爷爷感情甚笃，哪有那么多话可说呢。

我很喜欢听她细嫩清脆的声音唱儿歌念童谣，反复问她才记下来几首——

小白兔，去赶集，买一个辣椒当鸭梨，咬一口怪辣的，以后不买带把的。

我有一头小毛驴，从来也不骑，有一天我骑着毛驴去呀去赶集，手里拿着小皮鞭，我心里真得意，不知怎么哗啦啦啦摔了一身泥。

一只哈巴狗，坐在大门口，眼睛黑黝黝，想吃油（肉）骨头。一只哈巴狗，吃完油（肉）骨头，尾巴摇一摇，向我点点头。

听着耳朵和心里都很舒服，比微信上铺天盖地的醒世名言中听多了。

这董小雨居然也面临国策大考，她给妈妈说，人家都有小弟弟小妹妹，咱们也要一个吧。她甚至名字都想好了，有了小妹妹，自己叫小雨，小妹妹就叫小雪吧。她妈妈说，一边待着去。

她叹一口气说，也不知道什么时候能有小妹妹陪我玩。我说，有了小妹妹，你妈妈就带你少了。她说，那就生个小男孩。又说，我觉得生个小男孩也挺好的。我嘎嘎嘎笑得失了声。我再问：生了小男孩，是弟弟还是哥哥？她绕不晕，说，我是姐姐。

她自己的小弟弟小妹妹尚无踪影，亲戚家小妹妹倒先有了小弟弟。她给人家说，你要保护好小弟弟哟，不要让妈妈生气，妈妈带小弟弟好辛苦的。他姨奶奶说，小雨啊，你好老气呀。

这孩子，是让人暖心。一次爷爷奶奶从游乐园带回来些小塑料珠珠，色彩斑斓，她用细绳一粒一粒穿上，妈妈回来，她说是送给妈妈的项链。她妈妈说，那一刻好感动。

我们在快到中蒙边境的大戈壁上，顶着大太阳，捡拾彩石玛瑙。她不在车上待着，也低着头寻找彩石。她说要送给妈妈一串真的项链。大人找大个的，她专找指头尖大小的，捡一粒就装进裙子口袋。太阳很烈，戈壁滩很烫，上晒下烤，她的小脸热得红彤彤的。捡满小口袋，她赶紧跑上车，又朝着爷爷奶奶喊，你们快上车啊，小心中暑。

这一口袋小彩石拿给妈妈，妈妈还不知道多感动呢。

我大声嚷嚷说，我捡了一个大个的玛瑙，太漂亮了。大家惊奇地要看，我说拿到手里太烫，扔了。大家知道我开玩笑。小雨给她奶奶说，贺爷爷说太烫了，捡的都扔了。她奶奶说，你在说贺爷爷的坏话可不好。她据理力争，说，我不是说贺爷爷的坏话。我觉得也不是。

我这个老同学老两口，嘴上没说，其实把外孙女当孙女养。自己一手带大不说，大名随她爸姓，小名就得随自己姓。本该叫他们姥爷姥姥，但让孩子一直叫的爷爷奶奶。我觉得老两口除了爱女及女，再就是这小外孙女太乖巧了，太惹人喜欢了。还没见过小雨时，老同学就给我说，这孩子从不哭闹，总是高高兴兴的。见面头一次吃抓饭，她奶奶告诉我，小雨会把碗里的饭菜吃干净，这随她妈小时候。老同学说，一带就有感情了，没办法。

我妻子是个见孩子闹就心慌的人，但她特别喜欢董小雨，说这小人儿有正能量。很多时候都是她和小雨絮叨，说些天高皇帝远不着边际的话。

来去六天的哈密之行结束了，我们就要乘动车回北京。

东道主董小雨和爷爷奶奶来送行。她老远看见我们，立刻现出乐呵呵的笑脸，迈着夸张的步子，叫着爷爷奶奶，我们的笑容也就从心里绽放出来。她和我们拥抱，我们蹲下来，贴住她的小脸。我心里暖暖的，还有点酸酸的。

都说从小看大，不知道这个董小雨，将来会成为一个怎样的人。

2018 年 9 月 1 日

又见董小雨

我上午九点四十分开车赶到磁器口一家酒店，先是见到小雨的妈妈，她带我到餐厅见到了小雨。小雨还在吃早餐，一看见我，她跳下椅子和我拥抱，我用脸贴贴她的额头，说，爷爷很想你。她说，我也很想贺爷爷。她妈训斥她说，你吃多长时间了，爷爷都来了，你还没吃完，做事总是慢慢慢。她不恼，嘿嘿笑，学她妈话说，总是慢慢慢。四年前第一次见她时她就是这样，她爷爷奶奶说她什么，她都不恼，总是笑嘻嘻的。她的笑好像能化解一切。

那次在哈密她爷爷奶奶家见到她时，她三岁四个月大。中元节那天，我和妻子与小雨及她爷爷奶奶一起去了巴里坤。那时她跑起来很让人担心会摔倒，个子也小，照相时要把她抱起来。我在天山南山口、巴里坤老城墙跟前，都抱着她照过相。今天再见到她，恰恰又是中元节，看这巧不巧。她的个子长到一米三五了，只是偏瘦，汗衫和挂着好几个口袋的裤子显得空空荡荡。她妈妈说小雨爱吃肉，但每顿饭就吃一点点，看她瘦的。

小雨的妈妈今天去昌平办公事，把小雨交给我带。我问小雨想去哪里，她说不知道。这几天，母子俩去了天坛、动物园、海洋馆，在天安门前看过降旗仪式，多次去过中国科技馆，说科技馆里边很大，一天看不完。我问她想不想去军事博物馆。她马上说，我可能看不懂。枪炮坦克对女孩子吸引力不强。颐和园呢？她也表现出不热心。她忽然说想去看北大、清华。我说好啊，咱们去。她说，妈妈查了，清华不让参观，北大东门可以进去参观。我说咱们去。她说，我将来要考北大、清华。说完自己先咯咯咯笑了。我知道她并没当真。这孩子喜欢开玩笑。

小雨开学就上二年级了。她爸爸妈妈在戈壁滩上的军事单位奉献过青春，她是戈壁滩上出生的孩子。她爸爸已经转业回扬州，根据当地政策，小雨去年入校读一年级时可以自由择校，上了省重点小学。刚入学时，小雨的学习跟不上，同学们好像什么都懂，她好像什么都不懂。爷爷奶奶、爸爸妈妈都很着急，也替孩子难过。可是到了第二学期，她的学习成绩就很优秀了，期末还被评为三好学生。

我带着小雨先到世纪城和我妻子会合。她一见到我妻子，亲热地叫胡奶奶。胡奶奶爱怜地和她抱在一起。我们商量，先去金源购物中心吃饭，然后再一起去北大。购物中心地下一层是孩子们的乐园，有蹦床、攀高以及小火车等等。我和妻子带她看了个遍，想着吃完饭让她先在游乐园里玩一会。她说，这些太幼稚了。看来她已经不是玩这些的年龄了。

到五层美食街，大大小小一百多家餐馆，我们从东往西走。我说，你想吃什么就说，如果没想好，爷爷奶奶就带你去一家餐馆。路过"纸老虎"书店时，我发现书店原来的饮品间改成了展区，橱窗里有几栋高楼模型，顶天立地的红色奥特曼矗立中间。我妻子说，书店也售楼了？小雨看了一眼，说，这不是售楼，是卖奥特曼。我们一看，果然，那些高楼模型残缺不全，是奥特曼赶来拯救人类。

小雨说她爱吃肉，猪牛羊鱼肉都吃。我们就和她去了"西贝莜面村"，这里的牛羊肉做得很地道，我和妻子经常来。服务员上好茶水，又拿来一些小袋炒米和山楂条。小雨觉得好吃，但只吃了一袋就不吃了，说要带给她妈妈。服务员听到了说，你吃，阿姨给你再去拿。随后用塑料袋装来小半袋。服务员说，这孩子有孝心。服务员说她好久没见到自己的孩子了，说她忽然想孩子了。

饭后我们开车来到北大东门，但这里也因疫情防控谢绝参观。没办法，我们只能在门口看看。我给她和北京大学的门牌照相，她说，把字照大，考北大把握就大。说完自己先笑了。随后到清华大学的西门，又和"清华大学"几个字合影。我说，我把字照得大大的，考清华也更有把握。

小雨是个阳光快乐的孩子，很会开玩笑。晚上小雨的妈妈来接她，她妈妈客气地夸我说，贺叔叔是才子。小雨大声纠正说，是大才子。过了一会儿，她妈妈又夸我是大才子，小雨说，贺爷爷是大大才子。又加了一个大字。她哪知道我有才没才，只是顺嘴开玩笑。大人说话，总是被她接成了玩笑。

她说她妹妹比她吃得还多，两岁的年龄吃成了四岁的个子，还胖乎乎的。她说自己想要妹妹，奶奶想要男孩，为了让奶奶高兴，她也说盼妈妈生男孩，没想到还是生了个女孩。

我们在世纪城地下车库停好车，她看到绿色地面光洁干净，给我说她要翻个跟头给我看。我赶紧拦住，说，不行不行。她细胳膊细腿，怀里还抱着小水壶，我担心给伤着。她说她会翻，不由分说，往后退了两步，一手抱水壶，扑通一声，就翻了一个很舒展的单手侧身跟头，让我惊讶不已。到了购物中心，她也要给胡奶奶表演翻跟头，我接过水壶，好家伙，水壶还不轻呢。晚上在我弟弟家里，她在客厅给我弟弟两口子也咚的一声翻了一个跟头。她给我们说，自己在学跆拳道。说着就给我们比画，曲肘，出拳，一招一式很到位。我妻子说，现在好多家长都让女孩子学跆拳道，保护自己。

那次去新疆巴里坤的路上，小雨一路都在唱儿歌，"小白兔，去赶集……""一只哈巴狗，坐在大门口……"这次她不唱儿歌了，车上车下，一有空就唱"我和我的祖国，一刻也不能分割……"她不是随便哼，每一句都字正腔圆，我不知道她是不是在学女中音。她说是一个王爷爷教她的。王爷爷很会唱歌，教她唱歌要用肚子往上运气。她随时随地唱几句，大约也是王爷爷布置的作业。我试着用肚子运气，但里边都是美食，气运上来还不那么容易。

　　晚上小雨和妈妈回去后，我把我写的戈壁军营里的两个真实故事发给了她们。大约是她妈妈给她读了，她在回复过来的微信语音里哭得稀里哗啦，边哭边说，贺爷爷，你写得太好了，我和妈妈都感动得哭了。想一想，这是我第一次听见这个爱笑的孩子哭。

　　都说有苗不愁长，小雨确实是长高长大了。

2022 年 8 月 14 日

在北京吃陕西味道

我不是美食家，甚至连好吃、爱吃都算不上，我只是固执地喜欢家乡味道。鲍翅海参不是不能消化，但捞面锅盔更对胃口。这和我的爷爷很有点像，记得妈做的面软了点儿，或者不够宽，爷爷就大喊大叫，以致开骂，说这叫啥饭嘛。我没有我爷爷的脾气，我妻子是江苏人，生在大连，长在西安，家里饭菜有点五湖四海的味道，我能随便开骂吗？不能，开骂了下一顿吃什么？这不妨碍我心里常常羡慕乡党家里餐桌上的饭菜，一盘醋汁淋洒的凉拌红萝卜丝，都能让我满口生津。在北京，我有一阵没事了就和朋友相约，那里看到一家好面馆，开上车去吃一碗面，就几瓣蒜。北京毕竟不是西安不是宝鸡不是渭南，能寻到正宗的陕西味道很不容易。

真正让我在北京找到家乡味道的是去年，一顿陕西饭菜后我心里格外满足，我想往后吃可口饭算是有着落了。这地方是陕西省驻京办事处。一个办事机构，没想到餐厅的陕西饭菜会这么地道。想想也是，他们不就在说吗，这里是陕西人的家，家不就得有家的味道吗。

听起来陕菜名气不大，但谁都不要小瞧了陕菜，吃陕菜往往吃的是历史。陕西的黄土埋皇帝，这话有争议吗？陕西的吃的，很多也都有古老的典故。比如陕西名菜葫芦鸡，相传唐玄宗年间，礼部尚书韦陟想吃鸡，还要做成香醇酥嫩的整鸡。官厨把鸡腹内掏空，填入作料，细绳捆扎，经过煮、蒸、炸工序，做成了形似葫芦的葫芦鸡，千年传承下来，就成了名菜。又比如紫阳蒸盆子，说是秦朝末年，刘邦带军行至安康紫阳，当地百姓要宴请三军，但时间来不及，也没有那么多的七碟八碗，厨师们就将猪蹄、鸡块、黑木耳、莲菜等加入调料囫囵入盆，大火炖了一夜，第二天香气扑鼻，刘邦大军吃得狼吞虎咽。从此蒸盆子这道菜也传了下来。当然历史归历史，菜归菜，吃饭吃轻松，享用的时候，你不必先拜后吃，不必想起执矛挂箭的将士，也不必去想那时候狼烟刚起，还是战事已平。

八百里秦川尘土飞扬，三千万陕西儿女怒吼秦腔。陕人向来好自我调侃，好像陕西愣娃多粗放，什么都不讲究似的。其实不然，还是说吃，陕西人嘴就叼得很，很讲究，从陕北高原到关中地带再到秦巴山区，就能在寻常饭桌上吃出三派菜系。陕办餐厅把这三派菜系悉数搬到北京，就是让南来的北往的，在北京就能吃遍陕西菜。三派菜系搬到北京，并不是光搬菜名，连三地名厨都请到了北京，只为了一个正宗。这里的榆林定边的铁锅炖羊肉和烩羊杂，由陕北名厨掌勺，老法烹做，无腥无膻，清香可口。陕北传统美食羊肉烩面，揪面片厚薄均匀，筋道有嚼头，加上汤鲜肉嫩，撒上香菜葱花，吃起来美得没法说。洋芋擦擦则是将土豆切丝，拌以干面粉，蒸熟，放凉，再快火炒出，看上去色泽金黄，吃起来酥软适口，清香四溢。汉中的菜豆腐，自唐以来都是老做法，上好的菜豆腐掰成豆腐花，慢火炖熟，色泽清白如玉，酸香气扑鼻。关中人最讲究的是面食，特级厨师李师傅能把羊肉泡馍、臊子面、油泼面、肉夹馍、甑（这里读 jing）糕做到登峰造极。光是锅盔，他就做出原味的、五香味的和油酥的三种，夹的辣子，一份是切碎了的青辣子，一份是哪里人都爱吃的自制八宝辣酱，里边放有花生、芝麻、豌豆、牛肉丁。打住、打住，香得我都快说不下去了。在这里吃饭，我是定力全无，顾不了吃相，吃着碗里的，盯着盘里的，吃着吃着就给吃撑了。

都知道巧妇难为无米之炊，光有顶尖的厨师，差食材差成色，也做不出炉火纯青的好菜。一问才知道，陕办餐厅从来不去北京新发地采买，都是从陕西空运过来。羊肉必须是榆林子洲、横山的山羊肉，牛肉必须是秦川牛肉。陕菜的看家本领在面食，面粉必须是关中的过冬小麦，生长期长，面性好。陕西是优质小麦示范基地呢。粉条、沙盖是陕北的，荞面饸饹是蓝田的，花椒是韩城的，辣椒是耀县的，醋是宝鸡的，土鸡、木耳、菇类是秦巴山区的，而且都有生产资质、标准，一概不马虎。

不能天天空运鲜豆腐过来，餐厅师傅们就自己磨豆腐，秉承陕南做法，菜和豆腐发酵加工，出来的就是菜豆腐。豆芽和一些菌类，自己生产。酸菜、泡菜、蒜薹，自己腌。酱肘子、酱牛肉、酱猪蹄、熬皮冻，也都是自己烹制。他们自己窝浆水，芹菜一焯水，就能上陕南名菜浆水鱼鱼，能上关中的浆水面。面筋每天现洗，凉皮每天现蒸。蒸凉皮的箩箩十几个，油一刷，面一倒，蒸几分钟一揭，一张张软如玉脂的凉皮就成了。他们禁用味精，也不用添加剂，做出的是天然质朴的陕西味道。

我请我过去的一位老领导来这里吃过一顿，他是南方人，而且吃遍各地，属于会吃的，他也觉得陕菜好，尤其钟情鲜而不腻的羊肉泡馍和石锅炒凉粉。饭毕他给我说，自己家里做饭要选好酱油，要酿造的，指标就看氨基酸，达到1.0以上。随口叫服务员拿餐厅的酱油来看，是东古牌的，广东老字号，是酿造的，氨基酸是1.2。老领导说，大餐厅做到这个份上，难得了。这可真给我这个老陕长脸。

我翻着菜单问餐厅经理，你们饭菜这么高大上，环境这么白富美，菜也不算贵么。经理说，这里是陕西在北京的窗口，陕西味道就是让人吃哩么，弄得太贵谁来吗。我们陕西人是这样，就这么实诚。

少小离家老大也回不去了。我在这里吃的是家乡的味道，咀嚼的是乡愁，外地人，是多了一份口福。

好在陕西省办事处离我不远，就在千年道教圣地白云观紧东邻，一座独栋仿古建筑，号称长安白云大酒店。吃不够的陕西味道，就是从这里飘散开来的。

2019 年 1 月 6 日

老家的冬枣

坐在井庄村枣农李老汉家凹凸不平的沙发上，屁股硌得疼，我得不停地变换坐姿。李老汉说，井庄村早熟的冬枣刚下来时，一天产量只有几百斤，卖到一百八、一百六、一百二十元一斤，都发到浙江去了。我问为什么不往北京发。他说，北京人吃不起。李老汉不知道我是从北京来的乡党。老实说，即使知道，这价格，我也不吃。我不是吃不起几斤高价冬枣，是觉得还不如等价格下来再吃。说到底还是舍不得掏这大价。

我老家大荔的冬枣，已经牛到这程度了。

李老汉自己有两个温棚，一个一亩四分地，两个一共两亩八分地，一年冬枣收入二十多万元。他另外还有几亩冷棚枣树，成熟晚，比不上早熟枣的价格，但下来收入也不少。他儿子女儿都在西安，我说，你什么负担都没有，还侍弄枣树干啥？他说没（mo）事么，弄枣树，活儿又不累，轻轻松松把钱挣了。他已经是种植冬枣的老把式了。他说他的枣不打膨胀剂，不打增甜剂，还长得好，枣还甜，全靠合理施肥、浇水、温控和掌握环剥技术。我第一次知道了环剥技术，就是枣树坐枣后，在树干上用刀环切几道，剥掉约一指宽的树皮。环剥是让树把劲往枣上长，不要光长了枝叶。以前只知道树没皮活不成，哪知道还有环剥这一说。李老汉说环剥有讲究，剥深了伤树，弄不好还切死了，剥浅了不起啥作用。像李老汉这样的资深枣农，闭着眼睛都能挣钱。

井庄村靠塬临近黄河，这里的冬枣是枣中极品，井庄的人挣钱也让人很眼红。李老汉邻家的小李在西安上着班，闲余和父亲联手卖冬枣，去年纯进账几十万元。小李在外边联系客户，南方的北方的都有，父亲在村上收冬枣，在地头转手就卖出去。这小李我后来见了，二十几岁，方脸，石油大学毕业的，满脑子都是生意经，也很会做事。他在自己家屋檐上架着摄像头，他父亲在摄像头下和枣农谈价格，远在广州的客商看得清清楚楚，不到村上来就对价格了如指掌。采摘时，地头也架着摄像头，摘哪一片地的冬枣，冬枣新不新鲜、个头、成色怎样，客商也都看得清清楚楚。他说这么做，就是讲一个诚信，让客商进货放心。心思用到这份上，他不挣钱谁挣钱。

我老家大荔过去本无冬枣，以前种植大红枣倒是远近驰名，相传有三千年历史，这不知从何查起。大荔人过去常显耀自己的"1008"，指的是大荔的黄花菜、西瓜、大红枣和花生，大红枣就是其中一个"0"。大红枣大都产在县西南的一大片沙地上，面积有限，产值也就大不到哪里去。后来还种一种笨枣，不是晒干枣，是去核做蜜枣。多少年的骄傲，现在都被冬枣盖过了风头。有了脆甜的鲜冬枣，谁还去吃在糖稀里裹出来的蜜枣呢。全县冬枣种植四十万亩，一片一片的冬枣园，看上去让人感到震撼。冬枣一年给枣农带来的直接收入，据说有十多亿、近二十亿，同时，给物流、产品包装供应商及客商带来的利润，也都得动用云数据去统计了。

老家人并不忌讳说冬枣技术来自山东，冬枣在大荔只有不到二十年的种植经历。但大荔人很自信，说冬枣更适合大荔这片土地。不知道是纬度还是经度起作用，大荔的冬枣就是甜，一咬一口蜜，而且又脆又酥，都不知道枣渣跑到哪儿去了。枣该含的这个素那个素，也一点不缺少。说句不怕脸红的话，我都是到了少吃糖的年龄的人，但吃起冬枣，都会吃过头，老母亲都要拦住我。老家人把冬枣还吃出了花样，九月底十月份的枣尾子，舍不得卖，先蒸熟，放冰箱里冻起来，冬天里再拿出来蒸透吃，又甜又糯，真称得上是人间仙味了。甜、香、酥、脆的冬枣，实在是诱惑人。后来经专家分析，老家的冬枣之所以品质上乘，既有靠黄河的缘故，又有靠近黄土高原南缘的因素，水土得天独厚，日照最为眷顾，便是天下冬枣的上佳生长之地。比如同在大荔，县城西边，冬枣也很甜很脆，但欠点酥口。县城以南，包括大红枣的主产地沙苑，种冬枣连甜度都打折扣了，所以城南一带鲜见冬枣大棚。

　　对于冬枣在老家成气候，另一个让我好奇的是：谁当年把第一株冬枣树苗带来大荔的，是政府官员，还是哪一个农民？不管是谁，我觉得都是值得大荔人铭记的。我还听说，政府为冬枣打天下也是不遗余力的，县领导挂帅走南闯北，代表大荔去卖枣，还把央视大舞台请到大荔助阵造势。

　　最难得的是政府给冬枣种植立规矩，不打膨胀剂，不打增甜剂，不打上色剂，谁家要是违反"三不打"，打枣队就去把枣打落一地，不让有害冬枣出大荔。还有过开压路机碾压违规冬枣的事情，但我没见过。我是知道，县和乡镇的农业技术员，会下到田头教授绿色冬枣种植技能。

　　陕西人过去有个调侃，说是"山蒲城野渭南，不讲理的大荔县"。大荔人当然不认账，辩解说不是"不讲理"，是不讲里程的"里"。你要在大荔问路，大荔人会说往西走，再往南拐，见路口端端地往东走，就到了。多远的路都不说"里"。可是大荔人心里都清楚，当年的大荔西瓜，也是一张名牌，硬是让大荔人的"不讲理"给砸掉了。外地来拉瓜的，生的熟的一起给装。车从地头过，那你必须买我的瓜。压了我的地，没苗也得赔钱。弄得外地车再也不来大荔了，结果瓜农吃了大亏。

　　我一位姓李的老同学说，这现象早没了。政府管得严，不允许欺客。果农也都知道了，冬枣再好，客商不来，你也卖不出去。他有一次帮客商收果子，果农摘的绿的多，他拒收，几个果农凶起来，把客商也吓住了。一个电话，警察赶来，把闹得凶的果农给带走了。

大荔冬枣的品牌，就是这样树立起来的。

现在回大荔，随处都有红红火火的感觉，小小的冬枣功不可没。碰到年轻人，都在说天猫、淘宝、京东，说抖音、拼多多，都在说线上线下怎么走货。各路快递公司到大荔抢机会，下到乡镇安营扎寨，在田间地头包装发货。枣农半夜摘枣，清晨筛选、交易，中午前后快递货运送到咸阳机场，航班当天就把冬枣带到广州上海北京，第二天、第三天买主就吃上了。听"微大荔"公众号年轻的女老板在她整洁的办公室侃冬枣生意，恍惚间觉得就像在北京高端的写字楼里。再打开她的"微大荔"，眼前呈现的是一个像模像样的自媒体。

以前我对老家大荔的发展前景一直很悲观，没有矿没有资源，只能种粮食，富日子都躲着大荔人。如今的大荔有高铁，有沙漠旅游，有带把肘子和九品十三花，尤其是有了冬枣，让我看到，资源也是可以创造的。富日子已经降临到了大荔。

2019 年 4 月 9 日

蔓　菁

　　三弟从老家带来十几斤蔓菁，妻子吃不惯，以为我也吃不惯，打电话问我蔓菁还留不留。我说，好好留着，我回去吃，蔓菁赛人参呢。一千公里外我都闻到了蔓菁淡淡的中药味和淡淡的甜香味。

　　蔓菁是二弟种的，别人给他一点蔓菁籽，撒下去就长了一地。我老家把蔓菁叫蔓青，入秋后种下去，入冬后挖了吃。蔓菁在地下长得还真像人参，一拃来长，周身长些细须，有的在下边分出岔，就像白白胖胖的小娃娃。蔓菁在地面的绿叶像荠荠菜一样顺地铺着，过冬后却会像油菜一样长出茎苔，开亮艳的小黄花。最后茎苔上结满细长的荚，荚里育出比绿豆粒还小的菜籽。菜籽呈黑青色，据说也能榨油。我一直以为蔓菁就是油菜，二弟说蔓菁叶片宽，摸上去发涩，油菜叶片细长光滑，不是一样的东西。也许同宗同祖吧，我想。

　　蔓菁吃起来有股淡淡的药味，由于这种药味，很多人连它的甜味都不喜欢。长了黄斑的蔓菁，吃起来还有股怪味，连猪都不爱吃。吃蔓菁是小时候饿肚子练出来的，饱汉大都不会接受它。我和大弟刚开始时吃不惯，还把蔓菁从稀饭里挑出来悄悄扔掉，要是被我婆发现，我婆就会说，我娃好好吃，蔓菁赛人参哩。也许是因为没人太喜欢吃，也许是因为它产量低，我老家逐渐很少有人种蔓菁了，要不是弟弟带了一些来，我是想不起蔓菁的。

我母亲说起蔓菁，总会叹一声说，蔓菁救人哩，蔓菁救人哩。在她的记忆里，收藏着太多和蔓菁有关的往事。

母亲说，一天晚上她在灶房切焯好的蔓菁叶子，和我家没院墙相隔的邻家小脚嫲嫲，一拧一拧走过来，问，月呀，切嚓（啥）哩？母亲说在切蔓菁叶子哩。小脚嫲嫲说，有多的（di）么，给我一点儿，肚子饿得咕噜咕噜，睡不着。这天是小脚嫲嫲的生日。母亲说有有有，赶紧给小脚嫲嫲盛了一碗。小脚嫲嫲端过去调了点盐吃了。第二天给我妈说，月呀，昨黑多亏了一碗蔓菁叶子，吃下才睡着了。

斜对门鲁妈，天都黑了来我家，说她知道邻村有一片蔓菁地，叫我爷爷和她去偷蔓菁。她一个人不敢去，我爷爷不怕黑不怕狼，怕饿，就跟上她去了。天乌黑，两个人一人一把小镢头，在地里摸到蔓菁就挖，一会儿互相就找不着人了。鲁妈不敢大声喊叫，寻了一会儿就赶紧往回走，直接到我家，说把我爷爷丢了。我妈说，回来一趟了，又去挖了。

那年初冬，后村姨说，洛河边上同堤村的亲戚叫她，说这里把蔓菁出了，地里还有遗下的，"解放"了，你来拾吧。说是拾，其实是满地找着挖遗剩下的蔓菁。妈跟上姨去了，单趟十几里，天不明出门，天擦黑回来，每人都挖了一大布袋。路上背不动，就折了根干树枝子抬着走。我婆（奶奶）我姥姥（奶奶的母亲）看到这么多蔓菁，稀罕得不得了，说：哒哒，我娃挖回来这么多蔓菁。母亲和姨一连跑了五天，每天打来回，各自家里蔓菁堆了一地。我家蔓菁和红薯搭配着吃，要么红薯稀饭，要么蔓菁稀饭，一大家人整整吃了一冬。我问母亲那时有我了没有，母亲想了想，没有想起来。

母亲说，蔓菁皮厚，耐存放，放蔫了更甜。蔓菁就是当粮食吃哩。蔓菁叶子滚水一焯，腌上大半瓮，平时当菜吃，粮食短时，也顶粮食呢。

我回到北京，急着想吃我的蔓菁，妻子熬了大米蔓菁稀饭，清汤寡水，火候也不行，蔓菁是蔓菁，米是米，吃得很不如意。我让她给我蒸了几个，好吃，但总吃不出记忆里蔓菁稀饭的味道。而且，不管怎么做，妻子贵贱吃不下去。"人参"不能我一个人享用，按我的提议，妻子每天早晨把蔓菁切丁，和黄豆一起在豆浆机里打成蔓菁豆浆，每人一碗，妻子总算能喝得下去了。

二弟电话上说，他家还是老做法。早晨熬苞米糁子蔓菁稀饭，再放几小块红薯，大铁锅，烧柴，慢慢熬，熬得满灶房都是香甜味。他一顿能喝两大老碗。我听得满口生津，按他说的熬蔓菁苞米糁子稀饭，我喝两大老碗也没问题。

2020 年 1 月 22 日

吃　醋

前几天和妻子在小弟家吃饭，弟媳做了一道清炖羊肉，羊肉炖得烂烂糊糊，我吃了几大块儿。弟弟让我直接吃原味的，我说不不，在第一块儿上抹上油泼沙地辣子，吃下，妙不可说。再让弟媳给我在小碟倒上老家米醋，夹一大块蘸醋吃下，去腻，清香，另一种妙不可说。随后才吃原味的，当然也不错。这都是小时候的吃法，感觉这么吃，才不枉吃了一顿肉。

吃什么都离不了辣子，我在一篇《吃辣子》的文章里说过，这里不再说了，今个单说老家人吃醋这习惯。如果还是吃肉，过去，不管猪肉、羊肉，或者病老杀掉的骡马牛肉，会事先把蒜捣碎放碗里，再倒上醋，搅匀蘸肉吃。那时候一年到头难得吃上肉，偶然吃肉，一定这么吃扎实，吃一次，香半年。一次，对门巷子里顺堂哥家杀羊，叫我父亲吃肉，父亲带上我，就是这么吃的，羊肉蘸醋蒜汁。多少年过去了，好像香味还在。生产队的老马杀了，在我家门房下煮了一大锅，我爷爷锅上锅下张罗，队上谁来都能吃，端着碗，蘸着醋蒜汁大口吃，盛况在我眼前几十年抹不去。

家里吃面，扯面、细面、汤面、干拌凉面，都必须调醋。吃饺子自不必说，老家人更喜欢带汤饺子，撒点香菜或葱花，一定要调醋。要是吃酸汤饺子，差不多就是泡在醋里了，吃完饺子，酸汤也几口喝下去。凉拌莲菜、红萝卜丝、苤蓝丝、菠菜、绿豆芽，有油没油，都得有醋，有醋才出味，才能吃得满口香。我到现在早饭简单，但必有一碗凉拌白萝卜丝，或者青萝卜丝、白菜丝，调上好醋。老家同学饭桌上的醋淋红萝卜丝，能看得我满口生津。弟弟妹妹知道我喜欢这道菜，在他们家吃饭，总会做一盘醋淋红萝卜丝，撒点儿切碎的蒜苗或葱花，我一定会吃光，有时忍不住还小呷一口盘子里的醋汁，品一品味。

在我们老家，小娃娃几岁就跟着会吃醋了。一家人没有不吃醋的，一村都挑不出一个不吃醋的。我爷爷不知道是吃醋过火了，还是怎么了，不吃不行，有时候调醋多了却犯病，吐酸水、肚子疼，哎哟哎哟呻唤，像大感冒一样过不来。老家人叫撮闹，意思是被醋"拿"住了。这时候都是叫斜对门鲁妈，在背上、胸前几处用两手拇指、食指在一起使劲掐，掐紫放血，才能好过来。家里其他人可都没这毛病。

说到吃醋我想起了小时候灌醋。灌醋不是喝醋，是打醋、买醋。家里没醋了，母亲给我一毛钱，提着空瓶子去灌醋。早先东头呼家巷对面砖台子上，干干净净的呼家老汉开个小卖部，一间门面房，几块儿薄门板，里边卖油盐酱醋和烧纸、香烟、红糖之类家常用品。柜台里并排两个半人高的条瓮，一个盛着醋，一个盛着酱油。老汉把铁皮漏斗对到醋瓶口上，用铁皮做成的提子伸进瓮里，搅开漂浮的醋衣，一提子半斤，两提子盛满一瓶。灌上醋，我咚咚咚跑回家，家里人都等着醋下饭哩。再后来县供销社在村西头设了大商店，一排四间大门面，醋和酱油都是用大缸盛，我们就都到商店灌醋灌酱油了。

那时候乡下封闭，我们的眼界很小，不知道南方人也吃醋，也不知道还有镇江香醋。知道也吃不起。但知道秦晋之好的山西。天气晴朗时，站在村外就能清晰地看见黄河以东黑黝黝的中条山。我们莫名其妙地认为山西人吃醋比我们厉害，还给山西人编排了个笑话。说山西人灌醋要排队，等排到跟前，灌一瓶醋先咕咚咕咚喝了，然后再从头排队，灌上醋回家。也有人编排陕西人，说妇女难产时，有人在旁边端一碗醋，对孩子说，娃，出来吧，有醋吃。立马就生出来了。原来陕西娃在娘胎里让醋就熏上瘾了。这么一比，还是咱老陕厉害。这都是说笑话。

家里顿顿离不了醋，钱短的时候，花钱灌醋就成了压力。我母亲有几年自己做醋。粮食也紧张，不能做粮食醋，母亲做过柿子醋和红薯醋，居然都能做出浓浓的酸味来。记不太清楚做醋的工艺了，大约是把红薯或硬柿子一层一层码在束口罐里，再一层一层放上麦草，封口。待发酵后用手捏碎，加水，再闷上几天，就成醋汁了。然后两人展开干净粗布，下边接着大盆，母亲把醋渣醋汁一瓢一瓢舀在粗布上，清亮的醋汁就过滤下去。最后收紧粗布挤压，把醋汁过滤干净。母亲做的醋，能吃到第二年的红薯和柿子下来。

婚后我和妻子在吃醋上出现了一家两制的分歧。她是南方人，吃饺子不蘸醋，讲究吃原味的。我肯定是先拍点蒜泥，倒上醋，调点油辣子，蘸着吃。但几十年后她也被改变了，喜欢上酸汤饺子。改变她的不是我，是醋。说到酸汤饺子不妨多说一句，二弟做的酸汤饺子很对我的口味。到西安我很喜欢去吃袁家村的饺子，必须是酸汤的，韭菜鸡蛋馅儿，或者猪肉大葱馅儿，大老碗，就蒜，吃得冒汗。最后大半碗酸汤，看看边上没人，几大口灌下去。

陕西人普遍喜醋，所以陕菜里醋是当家调味品。陕菜尤以凉菜见长，品种多，品相细致，味道好。吃凉菜吃的就是好醋，陕西人能从酸味里吃出甜香味来。我在陕菜馆吃饭，必点多道凉菜，如老陕拼盘、蓝田饸饹、凉皮、猪耳丝、凉白肉片等等，因凉菜多，只好少点热菜。如果饮酒，更是以凉菜开席，酸凉可口，又助兴又开胃。老家大荔的九品十三花，十三花就是十三道凉菜，耍的也是好醋。走进陕西的外省菜系，有的也入乡随俗，照猫画虎添加几道陕味凉菜。一次在县城一家小川菜馆吃饭，要了一道醋汁油炸豆腐丝，刚上菜，妹妹就连称这个好、这个好，高兴地笑出了声。大荔娃就这样。

我家这两年吃的是老家县城东郊的金玉卉传统封缸醋，纯粮食的，有小米醋、玉米醋，还有红枣醋、米枣二合一醋。我让二弟送给认识的一个大厨品鉴，大厨哗啦把醋倒进铁锅，开火烧滚，顿时酸香扑鼻。大厨连夸好醋，说，好醋就像好酒，酸香味醇厚。用粮食醋加冰醋酸、香精勾兑出来的醋，一加热就露馅儿，酸里带呛。大厨真是好鼻子。

一些外省朋友知道陕西人好醋这习惯，见面会调侃说，你们老陕爱吃醋。我知道他说的这醋不是那醋，那醋不是这醋，两人就哈哈大笑了。

2021年2月5日

吃辣子

清早,我进厨房做我爱吃的炒青辣子。妻子手沾不得辣子,切完辣子两手会烧辣烧辣。别的不行,这个我行,辣子反正要炒,切大切小不讲究。一刀下去我先拿起一节放嘴里嚼,觉得够辣才行。没有辣味,那没意思。妻子知道我能吃辣,但看到我边切边尝辣子,还是有点小诧异。

昨天给妻子说想吃炒青辣子夹馍,她买回来一斤半细长的线辣子。洗好后她说辣子还能放,后天炒吧。我说,明早炒吧。她笑了,说,好吧好吧。她知道我是等不及了。

我这人在吃上不讲究,吃差吃好,可口就行。再能有个辣味十足的炒青辣子,我就觉得够美味了。有时转到菜市场,买不买都会看一眼有没有线辣子。忍不住想买时,也不问价格,只问辣不辣,弄得卖菜的愣一下才回我话。他要猜我是要辣的还是要不辣的。

每次回西安去妹妹家,让她做饭简单一些,妹妹总要做几个菜,其中必有一碟炒青辣子,或者生拌青辣子。妹妹做的生拌青辣子受母亲的真传,青辣子切得细细的、碎碎的,葱花也是细细的、碎碎的,撒上盐,调上醋和香油。总是因为这碟炒辣子或者生拌青辣子,让我吃饭失控。辣子吃不完,妹妹就给我带上,再带两个馒头,第二天早晨吃的就有了。

在四川、重庆吃火锅,服务员看是外地的,都会问锅底要辣的还是中辣的，我都会点最辣的。一次，在四川一个小地方想见识当地人吃辣的水平，就一个人吃火锅。给老板说，上你们最辣的辣椒。但吃起来并没什么了不起，老板就再切了一大把朝天椒放锅里，满锅飘红，吃得我汗流得眼睛都睁不开。但没退下阵来。老板很是服气。

平生吃过最辣的，是友人给的一小瓶海南辣椒，捣碎带汁，浅黄色。开始不知道它的厉害，在面碗里放了一些，又烫又辣，一下子给窜到心里，连面都没法吃了。后来在馒头里夹一点吃，也是辣得直吸溜。我觉得这辣椒辣得不正常，它不是辣嘴，是直接辣心，总怀疑是从辣子里提取的辣子精。后来再没碰到过这东西，没碰到也不想，那种辣估计整个人类没几个能接受得了。

今年夏天在西安，早晨吃的是从妹妹家带的辣子夹馒头，中午在外边吃的是锅盔夹辣子，晚上把剩的辣子就馒头全部收入肚中。睡了一觉，先是腹中不舒服，翻一下身，这下子不得了，肚子里像烈火烧腾起来，让我以为此生到头了。折腾了好一阵，两大杯凉开水下去，才让我渐渐平复下来。这一次让我长教训，再爱吃辣子，也要趁着点儿，不能只顾嘴，不顾胃。

我吃辣子，是自小练出来的童子功。我老家关中东部产线辣子，其实我们就叫辣子，一拃长短，小指粗细，有的直直的，有的打着弯。那时候没见过灯笼一样的大青椒和松松垮垮的螺丝椒。可能要区别于青椒和螺丝椒，才把细长的辣子叫线辣子。过去日子苦，缺油少菜，老家人吃菜少，辣子是当家味道。大约是辣子辣嘴烧心，吃得省，家家以辣子当菜，哄嘴哩。陕西十大怪里有"吃了辣子省了菜"，大概就是这意思。老少都能吃辣，老少也都会说那句话，"先辣嘴唇子，后辣沟门子（肛门）"。

生产队时，每个队都会种几亩辣子，秋后摘了分给社员。辣子被吃出了花样，青辣子有青辣子的吃法，红辣子有红辣子的吃法。青辣子剁碎，撒点盐，调上醋，拌点儿葱花，很好吃的。也有家里更苦的，或者农忙，不想那么麻烦，便手里拿着青辣子，蹲在门口，一口馍一口辣子。有时还会面前放一碟细盐，先把青辣子咬出茬口，然后蘸盐就馍吃。这是让辣子有点咸味，再就是盐能压一压辣味。实在想换个口味，也会用生葱、生蒜就馍吃。

辣子是要吃到来年接上的。家家屋檐下都会挂几十串红辣子，干透，用铁瓯子捣成辣子面，油多的时候，烧煎的熟油一浇，刺啦一声，就是油泼辣子。夹馍、夹玉米面饼子，或者面碗里调一点，都美得没法说。不可能都吃油泼辣子，有时干辣子面里撒点盐，搅匀，黑面馒头或者玉米面饼子蘸着吃。我妈还把酱油烧热，做酱油泼辣子，我觉得用来夹馍更有味道，更好吃。几十年后自己也泼酱油辣子，吃一两顿，辣子就干成一团了。我问母亲怎么才能让它不干，母亲说，那时候没油，现在谁还那样吃。在吃酱油都要省着的时期，母亲还有过烧开水汤辣子，那可真是只有辣味了，而且夏天两三天就长毛了。

我初中高中住校四年，大都是带辣子当菜度过的。玻璃瓶子里带过生拌青辣子、炒青辣子，也带过油泼辣子和酱油泼辣子，或者纸里包上拌着盐的辣子面。炒青辣子最不耐放，时间不长就有点儿淡淡的馊味，但不影响吃，怕浪费就加快把它吃完。我的胃和嘴巴，早已百炼成钢了。

后来吃辣子，则完全是享受了。比如今天，我切好辣子，又把好几大段葱白葱叶切碎，炒锅里油烧热，葱花、辣子相继倒进去，刺啦声就像轻音乐。先是大火炝炒，再是文火焖炒，把辣子和葱花炒得烂烂软软的。想要青绿青绿的颜色，就不放酱油，想咸味略重点儿，就放点儿酱油，盐当然也少不了。只一会儿，带着葱香的辣味，就满满一厨房了。妻子还特意多蒸了一个馒头，她早已和我一样也喜欢上这口了。

2019年8月27日

炸油糕

我们村叫贺家洼，是个大村子，以前阴历每月逢二、六有集市，我们那里叫"会"。会上卖啥的都有，其中就有一个炸油糕的摊摊。卖油糕的是本村南头的广信，一个身材高大的中年男人。一到有会，他就把油糕摊摊支到西头涝池北沿上。一张没了漆面的条桌，上边放着面板，面板上放着头一天晚上烫好的面，用一块湿白粗布盖着，让它发着。面跟前是半搪瓷盆掺了点面粉的白糖。掺面粉不是掺假，纯白糖化了容易流出来。泥巴和铁皮箍成的炉子挨着条桌，上边架着铁锅。碳火正旺，锅里的油翻滚着，油香四溢。

广信的右手拇指不知道咋了，长得又短又粗，像个小短锤。他揪一块儿面，在手心里揉圆，再用自己的小短锤一按，正好成了面窝，放进白糖，包起来，再揪去多出的面，两只手的手指轻轻一合，油糕就成了，还带着手指印。顺锅边放下去，刺啦一声油星子飞溅。油糕一个一个放进锅，一小会儿就漂一层，翻两翻，油糕就熟了。用铁罩滤捞起，上下晃两下，淋淋油，倒在一旁的铁箅子上。

有人来买油糕，广信给夹到碟子里，给一双筷子，人家就吃起来。油糕外酥里软甜腻，好吃。刚出锅的油糕很烫，吃起来一点一点咬，怕烫，也怕糖稀流出来。糖稀和酥软的油糕皮一起吃，才更好吃。有还想再甜点的，把油糕用筷子头戳几下，戳烂，广信会给再撒一点糖，趁热化了吃。

村上好热闹的吃完油糕会开个玩笑，说，原汤化原食，你给我舀半碗油糕汤喝。说完两人都哈哈大笑。

那时候钱短，没有人能尽够吃，一毛钱买两三个油糕解解馋。也有多买几个带回家的，带回家也不能人人尽够吃。

十里八村来上会的人，差不多都吃过广信炸的油糕。

那时我小，每次走过油糕摊摊前都要站一会儿。油糕很诱人，装看不见不容易。

后来村上的会被撤掉了，从此没了会上的热闹，也再没见过广信的油糕摊摊。

一天家人实在想吃油糕，便在家里支起了油锅。有点兴师动众，老姑来了，姨也来了，和我婆（奶奶）、我妈一起在灶房里忙。不知道哪里出了问题，油糕下到锅里稍一翻身，啪、啪发出巨响，一个一个射向屋顶，有的还粘在顶上下不来。妈和老姑吓得不敢近锅。我和大弟跑出灶房喊着，又炸啦，又炸啦！老姑赶紧制止，说，不敢胡说！大概一胡说，会炸得更厉害。后来听妈说，面发得硬了点。

日子最清苦的时候，面也少，油也少，白糖更不用说，没钱买。有一年棉花减产，队上只给每人分二两棉籽油，全家一斤多油，要吃一年。过年支油锅都是父亲借的油，哪还能炸油糕。

二弟从小过继出去，几岁时有一次跑回来，婆赶紧给他炸油糕。婆最心疼他了，二弟被抱走时婆就坚决反对，说起来都是伤心。婆烫了手心大一团面，在炒菜勺里倒上油，炸了四个油糕给二弟吃。二弟说，婆先吃。婆说，我娃先吃。二弟吃了两个，婆和刚进门的老姑一人吃了一个。二弟至今记得那次炸油糕。

后来好了，贺家洼复了会，只是改成了逢三、逢七。炸油糕摊摊自不能少，但再也不是广信的了。跟会卖油糕的是一对年轻夫妻，生意比以前更红火。喜欢吃油糕的人能尽够吃了，还经常你请我、我请你，你给我送、我给你送。

  我母亲这次在北京住了三年多，实在想老家了，说她想回去上会，想吃会上的油糕，说她回去要把油糕吃个够。到了西安，先给她买了袁家村的油糕，皮酥面软，糖足，还有黑芝麻，妈说好吃，但还是想吃村里会上的油糕。直到站在会上摊摊前吃上炸油糕，妈才真正心满意足了。

2020 年 12 月 24 日

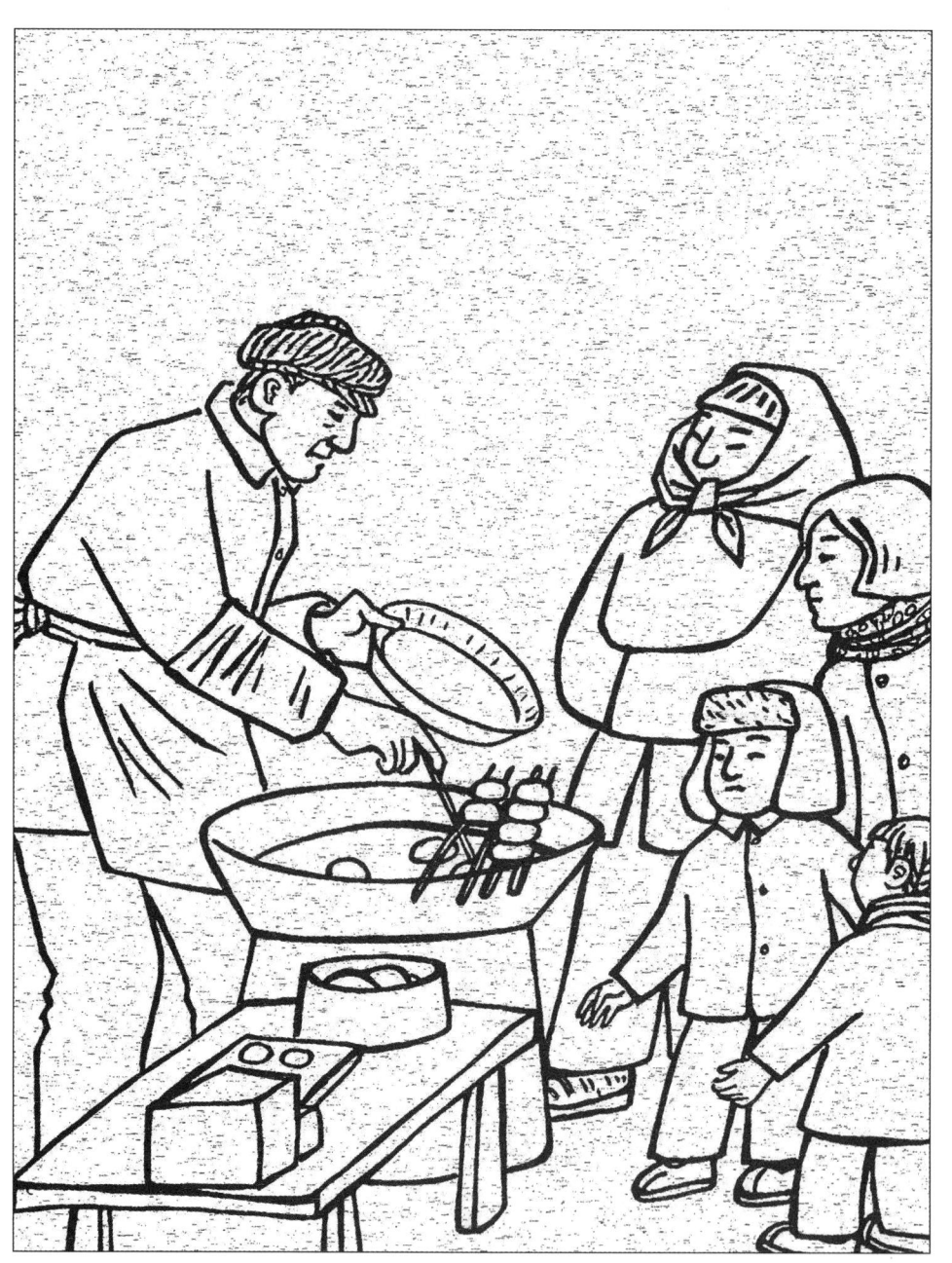

红　薯

前几天，母亲给我说起早年的一件事，我眼窝一下子就热了。母亲和父亲还有我姑姑，参加乡里组织的生产大合作，去给杨家庄翻地。那时粮食不够吃，每天出发前，每人先在本队食堂领半斤刚蒸熟的热红薯。他们要去干力气活儿，但红薯他们不吃，因为家里有我和弟弟，还有我婆（奶奶）。他们把红薯送回家，自己扛着铁锨，空着肚子到六七里路外的杨家庄去干活儿。干一天活儿，杨家庄会管一顿饭，饿空了的肚子还能多吃点。

这让我想起吃红薯的岁月。我那时在冯村中学住校，同学们都是周末回家背馍。说是背馍，其实大家差不多要背一半洗干净了的生红薯，在学校灶上蒸了吃。如果都背馍，家里粮食就会接不上。过去粮食产量低，还要先交公粮，不少人家公粮都交不齐，就得按粮价补交钱，哪还敢放开肚皮吃馍。同村一个同学后来说，他在学校还偷过别人网兜里的红薯，想想都丢人。我宽慰他说："没事，偷吃不算偷，偷书才算偷。"过去乡下娃为了嘴，不偷几次怎么长得大呢？

我们母校北边紧靠的是段家塬，也叫铁镰山，很多同学家在塬上或塬背后。段家塬浇不上水，种粮食产量更低，大都种的是红薯。种出的红薯却特别好，红光红光，无丝须，干面，蒸熟有股板栗味。下霜后挖的红薯很甜，储放一个冬天，就更甜。塬背后的魏同学，返校时只背一小袋馍，另外拿一个空布袋，路过不管谁家的地，见红薯蔓子就拔。旱塬上土松，一拔红薯就带出来了，还不沾土，走不远布袋就满了，够几天吃。我们贺家洼村就不行，连好红薯都吃不上。地势低，水位高，盐碱地多，红薯长得像娃头大，裂成一道道大口子，一蒸稀软，丝须还很长，都扎进红薯肚子里。家里粮食多的时候，才从塬上边换点好红薯吃。

我的好朋友雷同学，家也在塬背后，顿顿吃红薯，弟妹们和老人受不了。雷同学说他父亲想从我家里借百十斤玉米，我给我大（父亲）说了，我大二话没说，装了一大口袋玉米让雷同学和他父亲拉走了。这一次我很开心，既帮了同学，还意识到我在家里说话有分量了，用现在的话说是有话语权了。开心的事就记得牢，几十年了都没忘。

吃红薯的年代，把红薯吃出了花样，烧、烤、蒸及煮稀饭，是家常吃法。蒸红薯甜碗子，是把红薯洗净去皮切块，油炸，吃的时候放碗里蒸透，端出锅撒上白糖，甜上加甜，别提有多好吃了。还有像拔丝土豆一样做拔丝红薯，比拔丝土豆甜，更好吃。这都是稀罕吃法，不能天天这么吃的，油没那么多，白糖也没那么多。红薯完全当饭吃的时候，能吃得你咬牙切齿。家家会把几大筐几大筐红薯切片，晒干，一大部分掰成块，煮稀饭，有点甜味，劲道，开始好吃，吃多了也皱眉。剩下的碾碎，磨粉，蒸红薯面馍，完全当粮食吃。红薯面馍非常瓷实，瓷实得可以砸狗。红薯还可以挂红薯粉条，熬菜吃。陕西人好吃醋，哪有粮食酿醋啊，红薯可以替代，做出来的醋也很酸。柿子也能做醋，但没有那么多柿子，所以还是吃红薯醋居多。也有用红薯换粮食吃的，五斤红薯换一斤玉米

顿顿红薯稀饭、红薯面饼子、红薯面饸饹，吃多了也真受不了，烧心，嘴里冒酸水，一大口一大口。你想想，它能做醋，肚子还不成了醋坛子了。这还不是最要紧的，厉害的是肚胀放大屁，倒不是太臭，但声音奇大。没人时还好，可以随便，要是有人在旁边

真是难为自己，憋回去酸水更多。那就任性些吧，那时正值年轻，一放就是巨响，分贝极高。

红薯藤蔓长得旺，不等红薯长成时，就可以掐了叶子搅点粗面蒸菜馍。秋冬季节红薯藤蔓牛羊都能吃，秋天吃嫩蔓，冬天吃剁碎了的干蔓。牛吃饱了能干活儿，羊卖了能有孩子上学的钱，还会有点零花钱。上学的钱够时，说不定就可以杀羊吃一个冬天。还有，人吃的粮食都不够，养的猪哪有那么多精饲料，给它也会瓜代粮。蒸熟的红薯捏碎，加上红薯叶子，放半瓢麸皮，拌在一起哄骗猪，猪也会吧唧吧唧地吃，吃了就长膘，长了膘就能卖钱。那时候，红薯真是尽大力了。

红薯这东西，还真能把人给吃伤了，很多人见了就反胃。我的胃可能比较特别，到现在还是好吃红薯。北京远大中路小超市烤的红薯又软又甜，但贵得出奇，前一段时间还六块钱一斤，后来涨到九块了。我隔三差五会买几个，我想海鲜吃得少，吃红薯还是没问题。吃红薯，有时吃的就是记忆。

2018年2月28日于北京

远去的大雁

初识字时,从课本上读到"一群大雁往南飞,一会儿排成个人字,一会儿排成个一字",惊喜得不知如何是好。这不就说的是我们这里吗?

我们在村外割草、放羊,或者正在操场上跑闹,在教室窗前发呆,大雁就从头顶上飞过。有时在院子里没看见大雁,呱——呱——的雁鸣声却从半空里传来了。它们每次都这样,飞着飞着就变换队形,眼看着一会儿排成人字,一会儿排成一字。兴头上时,我们会朝着大雁齐声喊:雁雁雁,排溜溜,十五黑了炒豆豆,你一碗,我一碗,把你憋死我不管。一口关中东部话,也不知道大雁听不听得明白。

大雁飞过时总是一种姿势,扁嘴朝前伸着,长长的脖子也朝前伸着。两只长腿和脚蹼并在一起,却是直直地朝后抻着。身子圆滚滚的。我心想它们会不会飞累。其实它们一点儿也不累,两只大翅膀不疾不徐地扇着。能清晰地看见有的雁左摆一下头,右摆一下头,大约是辨别方向,或者是在照顾队形。

大雁是深秋时节从北边飞过来,往南飞去的,今天飞过几群,明天飞过几群。到了冬天,土地上冻,麦苗盖地,它们就一群一群落下来吃麦苗,或者干脆夜宿在麦田里。大雪覆盖大地时,它们也不愁找不到麦田,我的老家主产小麦,大雁落在平展展的雪地里,翻开雪层，准能吃到麦苗。

后来我想明白了，大雁为什么喜欢我们这里。我老家往东几十里是黄河，黄河以东是山连着山的山西，冬天时山上光秃秃的。往北几十里上了黄土高原，冬天也是光秃秃的。往西不远是洛河，洛河以西是旱地，冬天地里也是没什么吃的。往南远一点是华山，不提前吃饱肚子，怎么能飞越过去。只有我们这里已经是水浇地，地里长着过冬的小麦，即使冬天，田野里也是绿色世界。麦苗可是大雁们的最爱。

土地上冻后，麦苗的根须就扎牢了，我和小伙伴会挎着笼到地里掐麦苗，不用担心连根拔起来。还会在麦苗地里放羊，羊很快能吃饱，吃累了就地卧下，嘴巴不停地咀嚼着。远处就有大雁也在安然地吃着麦苗，我们不去惊扰它们，甚至希望它们吃的时间越长越好，吃得越饱越好。第二天一早，我们挎着笼去捡雁屎，一坨坨一条条绿里透白的雁屎冻得硬邦邦的，一会儿能捡大半笼。回到家，雁屎用温水泡上，成了满满一盆青糊糊，稍加一点精饲料喂猪。猪不知道这是出自哪里的美食，会扑哧扑哧吃得很香。

有时候也会心血来潮，借助引渠作掩护，弯腰悄悄向雁群靠近。等到再没遮挡时，一跃而起，奋力把手里的镰刀向大雁扔去，指望能击中起飞的大雁。但从来都没有得手过，大雁比我们还聪明，看上去都在埋头吃麦苗，其实它们随时有哨兵，不待我们接近，远远地就起飞了，只给我们留下不满的叫声。

那些年也有专门猎雁的，黄昏时看到有雁群在地里，并不去惊动。到了晚上，天越黑越好，提着猎枪悄悄接近雁群。大雁晚上看不见，大约安排哨兵也没用。猎人不急着开枪，等摸到雁群边，大吼一声，大雁张开翅膀刚刚离地，一声枪响，有时能轰下来几只。在会上偶尔能看见卖死雁的，和打死的的野兔摆在一起卖。好在猎雁的人并不多，所以大雁年年来，给我们的寒冬带来生机和欢乐。

大约二十多年前，老家的变化快起来，人们兴起栽种果树，先是苹果树、桃树、梨树等等，随后大面积栽冬枣树，麦田越来越少了。大雁可吃的食物少了，成片的果树又让大雁没有安全感，它们自然来得少了。

　　过去，老家五月端午收麦子后种一茬草木樨，冬天犁倒，翻到地下沤肥。第二年八月十五前后种正茬麦，生长一个多月，冬天一上冻，正好大雁来了。现在气温变暖和，种早了分蘖早，第二年麦子稠，产量低。在不多的麦田里，农人立冬跟前才播种，冬至时麦芽刚两三寸高，直直的连地皮都盖不住，大雁食不果腹，就更不来了。

　　我和大雁久别快有五十年了。当兵离开家乡，在新疆戈壁上看不到大雁，在大城市也看不到大雁。有时在电视屏幕上看到空中飞过的雁阵，听到"呱——呱——"的雁鸣，就会生出亲切感，会想起故乡的冬天，以及冬天麦地里的大雁。

2021 年 12 月 9 日

心里有"鬼"以后

我一次半夜骑车子往回赶,路过一道沟底时前边有一个白影,走近一看是一个高挑的白裙女子,长发遮脸,看不清面目,正在哭哭啼啼。问她何故,她说天黑迷路了,而且脚疼,走不动了,问我能不能带上她。我让她坐后座,飞快地往回骑,她在后边发出咯咯咯的笑声。我知道她是什么。到家门口,我一边大叫开门,一边钩回胳膊,死死夹住她。我让家人抱柴点火,撒上盐粒,火光里盐粒噼啪炸响。身后的女子苦求放她走。我冷笑着,背着她跨过火堆。进门后放下她,她已经变成一段枯木牛槽。我后来将牛槽砌在砖台上,供牛吃草用。

早年在小照相馆谋生时,一天来了一个红裙女子,长发半遮面,戴着口罩。我让她坐定,取下口罩。她说,就这样照吧。这是我第一次遇见戴口罩照相的,说,照相是为了照脸,戴口罩照相有什么意义?还是摘了吧。她说,没事,就这样照吧。我有点生气,说,您这相我照不了。她说,我怕摘掉口罩会吓着你。我以为她是破了相的脸,安慰她说,没关系的,我干这一行,什么样的脸都见过,您不用担心。她摘下口罩,原来是粉面红唇,空洞的口里掉出长舌。我知道这是个吊死鬼。等我回过神,女鬼化成一股风忽地消失了。

还有一次,我进了一个有点偏僻的小厕所,站在水泥砌的池子边小解。发现里边还有一个人面向墙角站着,却不小便。我要走了,他还站着。我纳闷,这老兄,厕所里有什么好东西要独吞吗?正要走,听到有抽泣声,我觉得有问题,问他:你怎么了?需要帮助吗?抽泣声更紧,肩膀也在抽动。我扯一扯他的衣服,他顺势转回身,我的妈呀,也是个吐着长舌、面色乌青的吊死鬼。我不知道自己是怎么飞出厕所的,等大呼小叫地招来许多人进厕所一看,什么人都没有,鬼也没有。我被吓个半死,还遭人们一顿讥笑。

小的时候,经常听人讲这些故事,父亲也给我讲过,辨不出来真假。一天早上,东边隔几家的老伯一见到我父亲,说他昨晚梦见鬼了,五路纵队,开过来开过去。我听得过瘾,心想这该有多少鬼啊。鬼故事听得多了,晚上心里发毛,不敢看墙头,总怕墙头上出现长发盖脸的人头。不敢看又想看,心想万一有鬼,我得跑呀。晚上贪玩,天太黑不敢一个人回家,跑几步倒着走几步,怕鬼从后边跟上来。叫门时,啪啪啪敲几下门环赶紧转身盯着后边。等着开门的时刻,心在狂跳。

长大后不怕鬼了,怕人,知道世上没有鬼,但有坏人。在军营几十年,个个阳气旺盛,没有鬼敢来缠身。站岗时我们学会不能站在明处,游动哨不能离墙、离林子太近,不是防鬼,是防坏人偷袭。总之,我已经是一个唯物主义者了。

那一次在大西北一个基地和几个记者住招待所,晚上开始说鬼。我是主讲,如前所写,把小时候听到的都变成第一人称,现场感徒增,听得曹记者叽哩哇啦乱叫,不敢坐在门口。本来安排他和我一个屋,如此也不敢和我同屋住了,宁肯三个人去挤一个屋。我拍他的肩膀,他炸了一样赶紧跳开。曹记者坚信我已经鬼附身了。

我知道他心里有"鬼"了,我不能再往下发挥。其实,我心里也有"鬼"了,后悔一个人睡一个屋。窗外是荒地,窗帘只能遮住大半个窗,我只好用窗帘遮住我睡的这头,免得我能看见窗外,也免得窗外能看见我的脸。

熄灯，蒙头睡下。梦里醒来，大惊，房间怎么灯光明亮！我明明关了灯睡的啊！除了鬼还有谁能进来开灯？我瞬间毛发倒立，在被窝里一动不动，瞪着眼睛看会出来什么。我这人有个优点，越是危机时刻越能沉住气。我想，要真是鬼，我怎么也跑不过它，不如静观其变。看着看着，忽然明白了，招待所门上是一块透明玻璃，半夜里谁把走廊灯打开了，灯光照进了我屋里。吓死我了。

可见，什么时候心里都不能有鬼，心里亮堂着是最好的。

2021 年 10 月 9 日

在哈密偶遇中元节

我们本来一路往北直奔天山，翻过天山去巴里坤，可是车一出城就出现拥堵。我很纳闷，哈密堵车会堵成这样子。往前挪了好一阵，快到一个公墓区时经朋友一说，我才明白当地人今天要给故去的亲人上香烧纸。好友夫妇顺路也要给去世的老人烧纸，我以为是老人的忌日什么的。我问是不是随当地民族的习俗，朋友说不是，是汉民的习惯。我想不对啊，在北京，也只是清明节才有这盛况，那几天会增加很多交警维持秩序，政府年年提前动员文明祭扫，总担心闹出火灾。在我们老家也没这一说，除了清明节，再就是十月一送寒衣，那是差不多家家户户都要烧的，纸糊的棉衣棉裤棉鞋棉帽，还有棉被棉褥，一应俱全。老家高明一带，讲究六月六上淀汤，也可能是奠汤，就是每年六月初六天热了，后人提上茶壶到先人的坟头倒些茶水，让先人喝茶，清凉解渴，怀念先人。

晚上在巴里坤蒲类海酒店，妻子睡下了，我打开微信，看到谁转发的一个平台上的小制作，有烛光，有天堂路，有悲歌，才知道今天是农历七月十五，是中元节，也就是鬼节，果然是很古老的节。我戴上耳机听悲歌，看平台下边一条一条留言——

等来的漂移：爸，我想你了，真的好想好想（长泪）。在那边还好吗？是不是没有病痛了？愿天堂里的爸爸永远健康，没有疾病，快乐相伴（三个揖）。

红立：亲爱的爸爸妈妈我好想你们！愿你们在天堂没有病痛。

画心：远在天堂的老公，可否安好？

野蔷薇：愿天堂没有病痛，父亲在那一切都好。保佑家人平安健康！

水珠：天堂的妈妈，我好想你，常常梦到你慈善的样子，每当想起，心里难受有酸酸的感觉。

让心归零：亲爱的父母我想你们。（长泪）

阳光：愿天堂里的父亲母亲永远健康快乐，没有疾病痛苦，没有忧伤。

友谊天长地久：爸、妈，时间过去这么久，不知你们在那边过得可好？女儿想你们，你们永远活在我心里，活在我的生命里。

暖阳：母亲去世十九年了，女儿想您！

乐：亲爱的爸爸我想您！愿您在天堂安好。（五个长揖）

家君水产冻货专柜：想念远在天堂的妈妈和婆婆，两位妈妈，天堂没有疾病，你们还好吗？（三个长揖）

戈壁葬爱：没娘的孩子像根草！妈妈，我想你！愿你在天堂那边一切安好，愿天堂没有病痛。

木子：天堂的妈妈你还好吗？好想你，我亲爱的妈妈！（长泪、作揖）

杉：天堂的爷爷奶奶、爸爸妈妈、老公，你们好，保佑你们的子孙平安。

追月：中元节的雨啊
　　　敲打着我那颗思母的心
　　　点点滴滴都是泪
　　　亲爱的妈妈
　　　二十四年了
　　　女儿无时无刻不念您

刘科宏：爷爷奶奶、爸爸妈妈、二叔，还有我那唯一的儿子，天堂可好？愿你们永远幸福快乐，来世再成一家人。我好想你们！我亲爱的家人！

云彩：亲爱的爸爸，我想您了，愿您在天堂快乐幸福地生活（长揖），忘掉一切不开心，过着自己想要的生活。（长揖）

迷糊：亲爱的爸爸我好想您（长泪），您在那边好么？

秋水伊人：天堂的妈妈，您在天堂过得好吗？女儿好想您！（长揖）

子琳：亲爱的妈妈，愿您在天堂开心快乐没有疾病痛苦，女儿永远爱您，下辈子还做您的女儿。妈妈我好想好想您。（长泪）

平凡：爸，你的突然离去让我非常遗憾，我们还没有来得及报你的养育之恩。爸，想你的女儿愿你在天堂健康快乐。（玫瑰、西瓜）

爱在深秋：亲爱的爸爸妈妈，愿天堂里的你们衣食无忧。总有一天，我会去那里陪伴你们。

春夏秋冬：父亲母亲，儿子想念你们！

冰泉：妈妈，女儿想您（流泪），您永远活在女儿心里！希望您在那里永远开心快乐！！！

烦恼随风：我好思念父亲呀。（长泪）

非鱼：我亲爱的母亲，您的离去是为了陪伴父亲吗？我恩重如山的父亲母亲，你们还好吗？

鱼儿：母亲去世十六年了，女儿清楚记着您的容颜，娘啊，女儿想您！

大国子：愿天堂没有病魔，没有病痛，五年三个月带十天了，妈妈您越走越远……

清风明月：燃一炷心香，愿天堂的爸爸妈妈二哥不孤冷。

……

我看完了平台下边的留言。这些留言背后，曾有过多少令人难忘的相同和不同的亲情往事。

2018 年 8 月 25 日

买　刀

　　王哥是上海人，我学不出他的上海腔，没法原汁原味说他买刀这件事，只好普通话说个大概。

　　这天他花六百块钱买了一把菜刀，品牌的，钢口好，顺便开了刃，很是锋利。

　　平时家里是王哥采买下厨，但花钱是老婆说了算。用了快六年的刀早不行了，刀把有点松动，这还在其次，主要是刀刃不给力了，磨一次用不了两天切肉就费劲，刀背硌得食指根疼。他想买一把，老婆说再用用吧，这一用又半年过去了。

　　这天也是正好路过刀剪店，王哥胆子一壮就买下这把刀，搞是搞了价，但没搞下来多少。

　　回到家，妻妹也在，真是天时地利人和，他赶紧拿出刀，说，今天碰上卖刀的，狠狠搞了搞价，一百元买到了。

　　妻子惊喜，说，这么便宜啊！接过来掂了掂，觉得还挺顺手。王哥受到鼓舞，差点自己都忘了这是六百元的刀。

　　妻妹也拿起刀来看，直夸姐夫会办事，说，我家刀也不行了，姐夫明天回来也给我带一把吧。说着塞过来一百元钱。王哥窘得不知该说什么好，也不知该不该接钱。

　　在厨房他给妻子坦了白，妻子狠狠剜了他一眼，说，实话实说的话我妹妹会多心，会说我小气。干脆吧，这把刀给她算了，旧刀再用一用。

　　王哥心里像刀割了一样疼。

反 哺

　　唐是青岛人，老板，我老部队的战友，我们刚认识两天，但处得已像兄弟。在重庆南岸喜来登大酒店早餐厅，我端一盘点好的食物在他对面坐下，自然是问他晚上睡得可好，没想到他说不好，他说他梦见他妈了，给哭醒来了。说着话他眼泪就哗哗地顺脸往餐桌上滚落，抽噎着肩膀也抖动起来。他放下手里的小勺，用餐巾纸捂住脸。

　　他难受得吃不下饭。他说他妈九十六岁，今年上半年去世了。他喃喃自语："就怕这样就怕这样，还是走了。"

　　我试图控制一下局面，一时又不知道该怎么劝他。一个快六十岁的人面对刚认识的我，又在人来人往的早餐大厅哭得这么伤心，我知道他一定是痛在心里了。

　　他说他梦见像往常下班回家一样，搂一下妈，说："我的好娘哎！"他妈逗他说："好什么好，好都不能动。"还没等他再往下说，忽然就醒了。知道这是做梦，知道妈妈再也回不到自己身边了，他就呜呜哭起来。

　　我终于找到劝他的话，说，你老母亲已是高寿，你尽了孝了，别再难过了。我们默默地吃完早餐。

　　后来我知道，我劝唐节哀顺变之类的话，在他耳朵里根本就不中听。

　　唐从来没想过母亲有一天会离他而去，在他心里，那是永远不会发生的事。谁要对他说你母亲身体好，会长命百岁，他听了嘴里不说，心里很不高兴。他想，怎么才百岁呢。

三月份，他母亲心肺衰竭在医院抢救，姐姐和亲戚给准备寿衣。他看到很生气，大发脾气，说，拿这些晦气的东西干什么，不会的，不会的！

母亲终于走了，也把这个老儿子的魂给带走了。

以前别人问起他母亲身体咋样，他很高兴，挺骄傲，心里总是像开了花一样，说，挺好！现在就怕不知道他母亲去世的同学问他同样的话。一次同学聚会，有几个几年没见的同学一问到他母亲，他就泪流满面。后来没人再问了。

我和他说起母亲的话题，他忍不住几次哽咽起来。

唐想起小时候一次在外边玩儿，有个大孩子说，五千年后地球就爆炸了，所有的人都会被炸死。他吓坏了，突突突跑回去，一把抱住母亲，哭得上气不接下气。母亲赶紧问怎么啦，他说，人家说地球要爆炸了，把你炸死了，我看不到你了怎么办？母亲搂住他说，儿子不用怕，人死了会上天堂，以后会在天堂见妈的。他心里才释然。

他母亲以前叫他小名显平，后来叫他大名，他说，妈，我就喜欢你叫我的小名。他很享受在母亲羽翼下被疼爱的感觉。他母亲说，你都这么大了，妈就叫你大名了。他似乎知道该是自己疼爱关心母亲了。

他父亲去世早，母亲二十年前连遭两次碰撞，两条腿都折了。一次是小贩的三轮车碰倒了他母亲，一条腿折了，还没伤愈，又被出租车倒车碰倒，另一条腿也折了。司机头几天没到医院来，后来来了，他教训司机说，我不会要你赔钱，但你不来看老人不对，你应该来看。母亲从此没再自己站起来过。一想起母亲这多年失去走路的自由，他就很难过，他常对人说，老人千万不能摔倒，千万千万。

唐有兄有姐，他觉得自己照顾母亲最放心，也能天天见到母亲，他就和妻子儿子一直照顾母亲。他请了两个保姆，一个干别的活儿，一个和家人一起专门服侍母亲。

在唐眼里母亲是世界上最完美的母亲。母亲信教，但她的善良与仁爱和信教不完全有关系，母亲吃素，后来吃鱼，不能把鱼头鱼眼睛对着她，不忍心看。

前几年母亲住院时，给他讲过三尺巷子的故事，说人不要贪小，该让人时就让人。后来他看到电视台播三尺巷子的故事，很惊讶，问母亲怎么知道这个典故。母亲说，你妈就不能知道个故事？你妈知道的多着哩。

母亲没文化，但有智慧，知道的事情可多了，现在都带走了。

他说他母亲是个很有趣的人，很爱开玩笑，他就经常和母亲斗嘴开玩笑。他平时叫妈，一逗起来就喊娘。每天下班回家，先一把搂住妈，说："我的好娘哎！"他妈装作不高兴，说："好什么好，好都不能动。"他说："不能动也是我的好娘啊。"

母亲有时会冒出一句，我有个好儿子。他说，好儿子不如好娘。他母亲接着说，好娘不如好儿子。母子俩不停地斗嘴。

他母亲心里是快乐的，若心里是一包苦水，怎么能乐得起来呢？

在唐心里，是母亲一直陪着他，陪了他快六十年，他永远都是孩子，一步也离不开母亲。

母亲有时说，儿啊，你看我一直住你这里，拖累你。他听了很难受，说，妈，你怎么能这么想，你说的不对，这里是你的家，没有你，哪有我。朋友都知道唐大孝，说，你母亲跟你住，照顾得很好。他必定认真地说，你说的不对！不是我母亲住在我这里，是我住在我母亲这里。

晋代成公绥《乌赋》曰："雏既壮而能飞兮，乃衔食而反哺。"说的就是唐这样的儿子。

2017 年 11 月

G字头高铁上的绿皮火车司机

高铁驶离重庆北站开始了漫长的疾速运动。我乘这趟车回北京，前半段行程没有故事发生，我大多在昏昏沉沉地补觉。

G310次高铁从汉口车站开出后，我半睁开眼睛，透过一等座车厢的玻璃门，视线内出现一只鞋底。宽厚的鞋底和深刻的沟槽，让我感到了抓地和踢倒牛的力度。我的确是先聚焦到这只鞋底的，随后才看到一条蜷曲的腿。我没有看到腿的主人，他背对着我坐在高铁车门的过道上。可能车上满员，这个人没买上坐票，站功又不够，就席地坐了。也许是从什么工地上刚下来，太累了，也就什么都不顾了。这没什么，我也有过这样的经历。我慵懒地窝在舒适的软座里，思绪跟着眼神飘忽不定，约五分之四的脑细胞处在停滞状态。

每过一站，高挑美丽的女列车员就查一次新上车乘客的票。我的视线随着女列车员，回到那只鞋底和蜷曲的腿上。那个人递出小本本，列车员接过看了看，写了什么，或者画了什么，那个人得以继续坐在那里。我知道了，他应该是铁路员工，而且大概是养路工之类，肯定职级不高，只能有座就坐，没座就站着。

人常常会琢磨和自己毫不相干的事情。我的脑子一下子活跃起来。我承认我这人有时候好奇心比较重。列车员走开不一会儿，我起身走过玻璃感应门，走近他。我利用方便的手机照相功能先给我感兴趣的鞋底拍了一张照片，我想这应该没有肖像权问题。我的知法程度处在懂法和不懂法之间。

我蹲在他跟前给他打招呼，他从耳朵上拿下耳机，疑惑地望着我。我这才看清，《林海雪原》中夹皮沟那种护耳皮帽下，是一张年轻的白净脸庞。他穿着旧皮猎装，我猜不是图好看，而是御寒，屁股下坐着的绿色军用大衣，更不用说是御寒用的。他这一身装扮，在南方行驶的高铁上差不多是绝无仅有了。

面善的我总是让我很快能接近想接近的人。

"怎么坐在这里？"

"没座了。"

"你铁路上的？"

"是的。"

"你们凭证可以坐车？"

"是的，工作证，有座就坐，没座也就这样了。"

他问我干啥的，我如实告诉他。他说，你比我好，我们不行。我说，我多大年龄了啊，你干到我这年龄，说不定比我强多了。他说他们效益不行。

"你在铁路上做什么？"

"看火车。"

"看火车？"我没听明白，以为他在一个什么小站上看护火车。再问，他说他在武汉南机车段，跑合肥。

我连蒙带猜，说："你开火车的吧？"

他说："是啊，开火车。"

原来是火车司机啊！小伙子让我有点惊讶，在我心目中，火车司机比小车司机可是牛多了。

小伙子开的是普通绿皮火车。我问怎么穿这么一身，他说冷啊，每到一站，司机都要下车检查机车。我第一次知道，火车司机也是要检查机车的。经常在站台上看到检修工跳上跳下，这里敲敲，那里看看，原来火车司机也是这样。他说，火车司机只负责检查火车头。

年轻的火车司机家住信阳，每次跑完合肥后回到武汉，就搭顺路火车回信阳休息。月月如此。

我说："给你拍张照行吗？"他笑着问："放网上？"我说："可以吗？"他说："不不不，怪丢人的，我最多只能让你拍侧身照。"

高铁到信阳，我们举手示意，分别，也是永别。

漫漫人生中，不知道会有多少与你仅寒暄过几句，甚或只有过眼神交会的路人。我就有过这样一位年轻的开绿皮火车的闪客朋友。

2018 年 1 月 11 日

三个不相干的女人和水

好几年前坐绿皮火车,忘记了从哪里到哪里,也忘记了那时高铁问世没问世。清晨,我在软卧车厢盥洗室洗漱,挤好牙膏,旅行杯接上水,先漱一下口,开始刷牙。水龙头可能有毛病,出来的水细细的,正因为水很小,让我一时疏忽,刷牙时没关水龙头。这时进来一个女孩,也是来洗漱,看见我在刷牙,而我用的这个水龙头还在流水,她伸手过来就关了,然后在旁边的水龙头前洗漱。她很平静,没说什么,也没看我,就像边上没有我存在似的。

她像没什么事,我心里却涌起波澜,感觉十分羞愧。正眼看过去,是个长发美目的女孩,大约二十岁出头吧。我冲她一点头,附带一个满嘴牙膏沫子的微笑。我是想给她表明,对不起,我疏忽了,我接受她无言的批评。也想让她知道,我平时不是这样。明确无误地记得,她回了我一个抿嘴浅笑,我觉得她明白了我的意思。洗漱完,我们各走各的,相安无事。这女孩的模样我早已淡忘,但这件芝麻小事却时不时会记起。

最近一次想起这件事,是在北京一家叫静思书院的地方。静思书院在前门西大街55号,坐北朝南,是台湾证严法师的信徒创办,在这里虔诚地传播证严上人的功德理念。这里不烧香,不跪拜,志工之间也不"阿弥陀佛",照面时大都互说"感恩""感恩"。人不分老少,男的都称"师兄",女的一律叫"师姐"。我是个俗透了的人，从不烧香拜佛，这样倒自在些。

师兄、师姐们给我说，证严法师和众信徒尊奉"一日不作，一日不食"，从不善金自用，而是普施大众，靠募捐在台湾兴办起六家慈济医院，还有一个骨髓干细胞中心，属亚洲最大，世界前三。慈济医院在台湾首推"不预交押金"，普惠贫困无助的人。慈济骨髓干细胞中心，已福及天下，也常有大陆白血病人被救助。我在想，证严法师清瘦老迈的身躯里，该有多大的功德能量啊。

享用素餐前净手时，水龙头下"一筷行"三个字吸引住我，还有解释，说当你洗手、洗碗时，水流超过一根筷子粗细，你已经在浪费水了。证严法师的静思语里，就有"滴水成河，粒米成箩，勿以善小而不为"的警句。就是在这一刻，我一下子想起了绿皮火车上的那个女孩。

"一筷行"，就像"向前一小步，文明一大步"，形象，易记，适合到处去张贴。我想。

巧的是，证严法师的俗身，也是女性。

现在说第三个女人，贺胡氏，我的妻。

我们一家三口住进这套房子后，卫生间宽敞，她陆续添置了三个水桶和五个水盆，摆满一地，用来接洗过衣服的废水。每次洗衣服，除了洗外衣的第一、二遍水直接排进地漏，其他的水，接满水盆接水桶，一概留存，用来冲马桶。洗衣服时，总见她快捷地晃来晃去，蹲下，起来，弯腰，直腰，忙碌着接废水。还有洗过菜的水，也都从厨房端到卫生间，留存。

于是家里天天都在上演欢喜剧，我这边刚小解完，她炸喊，等我！她小解完，用废水冲掉。二次并着一次冲，节约了一次。我摸到了门道，下一次不等她喊，我先炸喊，冲不冲？她会喊，不冲，我来了！又一次合二为一。也有两人腹胀不赶在一个时间段的，只好冲一次算一次。

有时她叮嘱我，用黄桶里的水冲，但我心不在焉，结果倒掉了红桶里的水，就会被她责怪在想什么呢。原来红桶里的水干净一点，她要用来涮拖把。

就这样，贺胡氏在无数次的蹲下、站起，弯腰、直腰里，从中年走到了老年。现在倒水时，我就先倒大桶里的水，几十斤重的水，她提起来已经很费力了。

前两天贺胡氏出门给水卡充值，在电梯里，我逗她说，好家伙，十五年了，你给家里省了多少水费啊。贺胡氏说，不是钱的事，是公德。我看着电梯镜子里的妻子，顿时肃然起敬。我知道，南水北调后，北京的地下水位才开始止降回升。

这三个女人互不相识，因为水，却都在我的心湖里如春风般拂起过一层层涟漪。

2018 年 12 月 22 日冬至

萍水三女士

晚上赴完一场家宴，和妻子互挽着从木樨地往西走，到会城门，我忽然就想起一个家在会城门的女士，由她又想起另两个女士。她们互不认识，和我也只有几面之交，有个仅见过一面，想起她们，是我瞬间感慨起人世间萍水相逢的关系。

家住会城门这位女士，我已经忘了她的名字，只记得她大约三十岁上下，高挑身材，和善友好。当时她是世界公园办公室文员。我那时准备复员经商，已经可以不穿军装，整天坐公交车满北京疯跑，推销德国涂料。望着世界公园五颜六色的建筑，我认定这是展示涂料品质的最佳地方，于是找到公园管理处，第一个见到的就是她。

我刚接触涂料，又是个蹩脚的推销员，粗浅的产品介绍不知道怎么就打动了她，让她也认为世界公园就应该用这种涂料。她把我介绍给工程部经理，但工程部经理做不了主，她又想办法给我约见了公园总经理。我虽是初做销售，但心眼不少，给总经理写了一封公园做宣传推广的策划信，想套近乎，也托她转交。

一天她给我说，你来这么多次了，还没进过我们公园，你去看看吧。她让工作人员打开边门，让我进去，我第一次见识了微缩版金字塔、凯旋门和自由女神等等。公园门票大概十几块还是几十块钱，对来去坐公交车的我来说，要不是免费，我是不会进去参观的。

再一次见到总经理时，他对我说，你的锲而不舍的劲头让我感动。转头又对施工方经理说，你就用他的涂料，德国产的。那一刻，我表面平静，却是心花怒放。若没有这位女文员从中相助，我能成吗？

随后，世界公园整条新建的国际街，欧式风格，都用了我供的涂料。这对我后来在北京的销售工作大有帮助，无论到哪里，一说就扯到世界公园，还把有的项目经理拉到世界公园考察。钓鱼台国宾馆、人民大会堂和航天城都用过我供的涂料，与之不无关系。我自然时时会想起她来。

在做涂料销售之前，我还给法制日报社跑过广告。那时更不懂什么是目标客户，自行车往路边一撑，上锁，挨家敲门进，让人家在《法制日报》上做广告。现在想，出门时人家会不会骂一声"傻帽"。那次在王府井百货大楼附近，扫街扫进一家什么单位，女副总接待了我。她耐心听我喋喋不休，然后客气地说，他们公司不会做广告的。她看我坐姿如钟，问我是不是军人，然后给我说，她也曾是军人，干过通讯，转业了。

我告辞，她拦住，硬让我和他们一起吃饭。她说，都当过兵，甭客气。我至今记得那份丰盛的盒饭，当时扫街确实扫饿了，再就是心里升腾过一股温暖。她的模样记不很清楚了，只记得个子高高，圆脸，大眼睛，有种我熟悉的女军人的英气。

在这两位女士之后，偶遇的是区工商局的一个女职员。我获批复员，脱下军装，急三火四地跑公司注册。没钱请人代办，一切都是我自己跑。现在政府支持办公司，跑一两次就给发证。那时不行，工商局职员好像和未来的老板都有仇，处处卡你。最怕的是他们验资料，不给你一次说清，缺这个让你跑一次，下次再告诉你缺那个，你再跑一次。我资料终于齐全，又开始改字，还是每次告诉你一个字，少一个字跑一次，错一个字改完再跑一次。几次三番之后，我压着火堆着笑的样子，被在里边走过的她看见，她从同事手里要了我的资料，说她看看。看完让我回去改，告诉我下次来找她，给我留了电话。再找她时，一次通过了。

我想谢谢她，但她没给我机会。三个女士里，她最小，二十几岁样子，说话挺干脆的一个人。我在想，她会看麻衣相吗？她认准我会是个好老板吗？

后来，生意马不停歇地忙起来，没有再和她们联系，只知道世界公园的女士住在会城门，工商局的女士家在北蜂窝，离我先前住的军队大院都不远。请我一顿饭的女副总，也只见过那一次，没有回访过她。如果有机会，我是很想再见到她们的。

浮草随水漂泊，偶然相遇，聚散无定，比拟的就是这种人际关系。

2021年3月8日

西城大妈

朝阳大妈闻名遐迩,好犯事的"大V"、明星唯恐避之不及。北京警察也不避讳,公开表扬朝阳大妈。与朝阳大妈实力、名气有一拼的是西城大妈,也是人人有极高的政治觉悟,纯金的,不掺一点假,与之相匹配的也是人人有一双极明亮的眼睛。至于海淀大爷,是不是虚构成分偏多,不得而知。

我在朝阳大妈手里没有过什么事,在西城大妈手里也没有过什么事,万幸万幸万万幸。但和西城大妈有过擦肩而过,至今想起来都不轻松。

说起来整整二十年再往前推一年半,我确定复员,还没脱军装,但平时可以不穿军装。军官复转(复员或转业)前有个空转期,还没办退役手续,但可以不再上班,去跑自己后路的事。我一心挣钱,就无头苍蝇一样跑市场找机会。就是在这个空转期和西城大妈擦肩而过的,想起来手心里都是汗。

那时,我和一家德国在华企业有了联系,想销售他们的涂料,他们不知听谁说,其他竞争对手都想刷中南海的红墙,当然更想刷天安门的红墙。刷了红墙就等于广而告之天下皆知了。德国人自然不甘落后,他们问我可不可以带他们到红墙根看一看,他们尤其想带一小块红墙皮回去分析、配色。当然带一大块更好,但没人敢把红墙皮铲下来一大块。

我记得好像通过什么人找过管理部门的人，管理部门的人说你们可以在红墙外边看一看。记得当时先看过天安门红墙，但身材高大的德国技术员很认真，他要到中南海西红墙外走一圈，看墙体有没有渗漏水情况。

我陪着这个老外和另一个与我面孔相同的国人，沿红墙从南往北边走边看。在天安门前时，我们裹挟在游人中没什么不良感觉。西红墙外行人稀疏，和高大的德国人走在一起，我这个还没脱军装但穿着便服的军人，立即不自在起来。德国人来到中南海墙根，连我都警觉起来。我想应该尽快离开这里。

恰在这时，一个大妈从北边沿红墙过来，那时我还不知道有西城大妈这一说，也没在意。大妈大约五六十岁，穿着朴素，手里提着个布袋，看样子是路过。当看到洋人在红墙上摸摸看看时，她的眼睛立马亮了，停下脚步，问我们干什么的。德国人更不知道西城大妈，但看得出脸色，傻傻地站在一边。我故作镇静，赶紧给大妈如此这般说了，并说是管理部门让看的。大妈可能觉得不可思议，喃喃说，中国没涂料了，刷个墙还用外国的？说完继续朝南走去。

我们也继续看我们的。可是大妈没有走多远，折回来又往北走，路过我们也没看我们一眼。半路折回去干什么？我有点心虚，心虚就容易疑神疑鬼。我心神不安。果然，大妈走到红墙一处大门跟前，给警卫说着什么。那个大门我知道，我和妻子曾经从那里进去过一次，那里是周总理住过的地方。周总理的秘书还给我们讲过总理和邓大姐的故事。

警卫大步走过来，盘问我们一番，我一一解释。谢天谢地，警卫并没有做出进一步举动，比如把我们带走，只是让我们赶快离开，如果要看，叫管理人员陪着来。

德国人可能不见得紧张，他什么都不懂，最多有点蒙。那位同胞也不见得会紧张，不让看就不看吧，还能咋地。我心里却是突突突，表面平静地叫上他们仓皇逃离。

现在想想，擦肩而过的就是一个西城大妈。尽管她让我受惊不小，还耽误了我们的事，但我从心里还是很敬重她。这一阵在说谁是国家精神造就者，我忽然又想起她。

2018 年 7 月 4 日

杜鸣先生

我多年来珍藏着一张名片，名片的主人叫杜鸣。名片是浅黄色普通纸质，上边留有寻呼机号，还有早先的十位数手机号。我一直把这张名片单放在桌头笔台上，这样一眼就能看到，免得找不着了。公司搬过三个地方，这张名片我都是自己收自己带。不坐班后把名片带回了家，也是放在抬眼能看见的地方。其实，不这么做我也不会忘记杜鸣先生的，这么做，却是时时会想起他。

已经想不起来，那时我怎么会从西三环跑到东三环去销售涂料。当时，我住在公主坟空军大院，已经被批准复员，到处瞎扑推销涂料。可能是房地产还没有铺天盖地火起来，我坐着公交车，东跑西跑就跑到了东三环，劲松桥东一座旧的高楼正在加盖两层，我就进了工地。我已经四十出头，肩上扛过三颗星，但在商海里却是一只小小鸟，我不知道两层楼能用多少涂料，甚至不知道工地上有甲方乙方，甲方是楼主，乙方是建筑公司。

头一次进这个工地碰上的是一个年轻人，后来知道他是甲方负责现场的，我递给他迪诺瓦涂料的资料，背书一样给他介绍，这是德国品牌，在上海生产，是国内最好的几种涂料之一。我虽不懂销售，但能看出脸色，年轻人不烦我，我就老坐公交车去。大约去第三或第四次时，我见到了甲方总经理，就是杜鸣先生，看上去他没有我年龄大。再去时，现场小伙子给我说，杜总看了资料，说贵就贵点，让用我的涂料。回返路上，心情自不必说，我觉得长安街变得更宽阔更美丽。

随后不久，我和施工方签了合同，涂料也从上海顺利发来，送到工地，合同金额两万多元。不料回款时遇到了麻烦，我跑一趟再一趟，施工方经理不给结账。直到两层楼施工完毕，脚手架也撤了，我还是没拿到钱。再走长安街时，那种沮丧的心情，也是自不必说。

没办法，我接着跑施工方公司。记得那是一个区政府下属建筑公司的分公司，办公地在一栋楼的地下室。经理姓什么忘了，只记得个子瘦长，操京腔，肤色黑黄，像尼古丁里滚出来的人。后来想，这是我进入商海遇到的第一个老赖，算是我经历中一个墓碑式人物（确定，墓碑式）。每次去，他不是和人聊天，就是处理事情，屋里烟熏雾罩，我很识相，坐一边等候。没人了，他还把我当空气，我不说话，他也不说话。我说钱，他说没有。问什么时候有，他说等着吧。我只好走人，得回家吃饭。

两万多元的涂料，是上海公司对我的信任发来的，我的提成只有一点点，货款不及时打回去，往后路就断了。我从军二十多年，有一笔八万元的复员费，可是还没发到手，想垫都没钱。想到着急处，恨不能抽这家伙两闷棍。

我打听到这经理家离我住的大院很近，我没有带棍，买了两条香烟，晚上找去。我想着能不能感化他，再就是让他明白，我知道他住的地方。但凡这样的人，都是刀枪不入，收了烟，还是说没钱。

那时不比后来，我的招数用尽了。心急火燎中给杜鸣总经理打了个电话，给他说了我的难处，想请他给施工方说一下。要不是走投无路，我不会讨这无趣，甲方管不着我这事，何况和杜总也不熟。杜总居然答应了，让我过两天再给他电话。我再给他打电话时，心在剧烈跳动，不知道会是什么结果。杜总说，这帮子差劲！

这钱我给你付。我先是惊喜，接着又表示不安。杜总说，他们还有尾款，我会扣下的。杜总给了我一张支票，我找朋友的公司换出现金，赶紧给上海打去。

那以后不久我有了公司，一晃经营了二十多年，我和员工蚂蚁搬家一样搬出几个亿，又作为这个费、那个费一笔一笔付出去几个亿。我的公司不拖不欠别人的钱，欠钱我会如芒在背。财务说，每到年关回款，许多公司围满要账的，咱们公司从来门前冷清，没人来讨账。这种冷清让我感到坦然和轻快。

杜鸣先生的形象早已模糊了，印象里他戴着眼镜，衣着齐整洁净，干练，又显文气，安全帽下透出儒雅相，看上去像个学者。不是说杜鸣先生引导了我，但我很喜欢和杜鸣先生做一路人。

2021 年 4 月 28 日

智斗老赖

早先我的公司给一个大机关的装修项目供聚合物砂浆，承包商付款还剩几万元时开始耍赖，就是拖着不付款。我们起诉他，他败诉，还是拿不到钱。我们申请执行，但钱还是拿不到。

这个承包商很有招数，他挂靠在广东一家国企名下，你执行都得到广东去。当然，他挂靠公司不仅仅是为我这点钱。

这个承包商更阴的还不在此。不是说狡兔三窟吗？他比狡兔还狡。在北京，不要说外人不知道他住哪里，就是他的部下也不知道。他平时和部下说事，都是约个快餐店或咖啡店见面。他来无影去无踪，你就没法堵他。还有就是，这个大机关的项目都是武警把守，不是谁想进就进得了。即使知道他会去项目上，也没法见到他。一群追账的常凑在一起哭丧着脸，看表情弄不清楚是谁欠谁的钱。

我们负责回款的老王是个老北京，属于脑子活办法多的，以往回款没失过手，这次遇到了对手。他给我说，他实在是没办法了。

我问老王："你说武警站岗，那给项目领导的信哨兵能转吗？"老王说那应该可以吧。

这个承包商我从没见过，他没想到我是个和他一样视钱如命的家伙。我那时就一个风雨飘摇的芝麻粒公司，一点钱都能让我货断门关。他更想不到我有一脑子的智慧，还有一支非同寻常的笔。

我给只知道职务不知道姓名的项目领导修书一封,我说尊敬的领导,请您务必转告某某某,他接二连三拿大机关的项目,我知道他走的是关系。让他千万不要为我这一点钱害了帮他的人,还断了自己的财路。我把重点搁在帮他的人身上,这是典型的敲山震虎,写完让老王送去。

两三天后,这个承包商联系我们,付了款。

规矩和善良常常不是无赖的对手,对付无赖有时你不能用绅士的手段。

生意场上你幻想都是守信人,那连小朋友都会嗤笑你幼稚。我没出过国门,不知道国外有没有老赖,就我们同胞,老赖如同脚气,从古至今都是顽疾。只要你想创业做生意,你就得练就对付老赖的本事。

一年我们给北京一个项目供货,总承包方是河南一家建筑公司,回款还差六七万元时对方赖账不付。我们还是告到法院,也是判了照样拿不到钱。执行法官和我们找到他们一个办公场所,但不是他们的财产,没法查封。

要吧,要不到。不要吧,六七万元可能就是纯利润,弄不好还亏。想骂他吧,他听不见。想打他吧,他要比你块头大怎么办?折腾了一阵,想起就窝火。

但是不要泄气,再刁钻的无赖,都有他的软肋。

一天,部下无意间说到这家公司老板是当地市人大代表,我一激灵,问:你说他是人大代表?部下说是的。我说那成了!我再次动用了我这支笔。这次我直接修书给他。我在信中写,半个月内,你们再不付款,我就给全国人大写信,给河南省委书记写信,我看看你这个人大代表是要这顶帽子,还是要这点钱。几天后他的律师联系我们,问把零头抹掉行不行。那还有什么不行的,妥了,货款完美追回。

还有一桩,天津郊县一家私营商品混凝土搅拌站,给我们回款时剩十几万元死活不付，也是北京法院判了，老板照样不理。

当地一个人想从中挣一笔钱，愿意帮我们讨账，他可能有自己的路子。我们也乐于给他些钱，只要能把大头拿回来就行。可是，他一打听就退下阵来，告诉我们那老板的爹曾是当地税务局局长，虽因受贿被判刑，但余威还在。而且，老板的姐夫是检察院的。我们这钱他挣不了。

或许是因为我曾从事过新闻工作的缘故吧，我以警犬般的嗅觉牢牢抓住这条信息。我让部下给对方放风，你爹在哪里，你姐夫是干啥的，你要想不惹事，就乖乖把欠款付了。他果然很听话，很快把账还了。

让我对自己佩服得五体投地的是新近的一件事，那真是没有智慧不行。

一个朋友的至亲身体多病，病急乱投医，犯了当今善良人常犯的愚昧病，几个月被包治百病的美容美发店忽悠了三十多万元。当清醒过来时，痛苦也就有了。想要退款，对方没了当初亲女儿一样的笑脸，后来干脆不理她。

朋友对我有点高看，好像我上天入地无所不能，便将其至亲及麻烦事一起介绍给我。好面子和好揽事常常会让人不顾一切，我带着神情恍惚的这位女士报了警。警察立了案，也做了明察暗访，但到下手时犹豫了，知道对方有诈骗行为，但对方也有规避之道，很容易被说到经营纠纷上去。那就不是警察该管的了。一句话，没法抓。前后折腾下来，时间过去两年多。

女士焦急，说想去砸店，我说，那人家就可以报警。她说想从那家店跳楼，我说我就不陪你一起跳了。

美容美发店很嚣张，声称只退六七万，还说不同意你就去告吧，告到哪里都行。他们知道受害人没有足够的证据上法庭，只能吃哑巴亏。我决定还是把我这支笔请出来。所不同的，我已与时俱进，现在改用敲键盘了。我先敲出一篇千字文，网投给市长信箱，举报这种比电信诈骗更有欺骗性的诈骗。随后又写了《五问市长》：对方异地经营，工商该不该管？非法行医，卫计委该不该管？卖假药，食安部门该不该管？天价治疗，物价部门该不该管？不开发票，税务部门该不该管？一时间，美容美发店门庭热闹，各个部门登门查访，他们招架不住，只好软了下来，缴枪投降，如数退款。老赖捂了快三年的一大笔款，还是飞了。

我从朋友和朋友至亲的眼里，收获了英雄般的感觉。

2018 年 5 月 21 日

邻居老头

大约有半年多时间以来,只要晚上回家,一出十层电梯,我先轻跺一下脚,声控灯一亮,我会往左瞄一眼,看老头在不在,是蹲着还是站着,是冲我笑,还是背对着我。我并不走过去深看,但有时会看一眼楼道窗玻璃,玻璃能映到他家门口。一般他都不在,只有他那已经蒙灰的小电动车停放在右侧墙边。近似偷窥邻居老头的这些动作做完,我才向右进一道公门,再向右,回到自己家。

我家和邻居老头家搬到这座敦实的塔楼都有十几年。隐约记得他家住过来比我家还要早些,但也早不了多少,这座塔楼也才十几年。我们这两梯上来一层共六家,就我们两家从开盘住进来没再挪窝,其他几家有二手房进来的,有的都三手了。房价噌噌噌涨得快,三手的都赚进几百万了。一个楼层的,几家人出来进去免不了碰面,我和他们都会友好地点个头,或问候一声,或说一声天气。我估计他们之间也是。但各家之间从不串门,这我是清楚的。如今家家丰衣足食,也没什么要求人的。平时户户都大门紧锁,跟防狼似的,不防邻居,也为防不速之客。北京警察的社区服务很好,这是警察教授的防凶秘笈之一。

我和邻居老头住进来时间最长,见面也最多。他应该比我大不过十岁,算是一个年龄段的,处得自然也最熟。即使这样,我俩谁也不知道谁姓啥,谁也不知道谁多大年龄。我们都有互相搭腔的办法，见面一堆笑，您要出门？您回来啦？就算礼貌交往了。要搁在过去，一天就称兄道弟了，三天各自祖宗三代、前世今生都弄明白了。现在不行，社会禁忌很多，你问多了，未免有窥探人家隐私之嫌，若百事莫问，又会被说成没人情味儿。很矛盾，不知道该怎么做。

我不好问邻居老头太多，并不等于我不会想，连我夫人都会想呢。我们就曾嘀咕，老头一定不是等闲之辈。他在地下车库有三辆好车，光三个车位就价值一百多万。他妻子也老了，但比他年轻得多，不算老夫少妻，也不是老夫老妻。他们应该无后吧，从没见到过他们的子女，连亲戚都不多。这么个老头，也可能当过大老板，也可能当过不小的官，总之可以有无尽的遐想。我就更不能有意无意套点什么话了，一是不要招人嫌，二是也不要给自己找麻烦。我不知道老头会不会觉得我也是个神秘叵测的人物，不过他一定看得出，我们夫妇起码年龄还是般配的。

我和老头在楼道里建立起来的邻居情是诚恳的，从我们的眼神和开朗的笑声就能感受得到。我们都属于面善的人，也都容易接近。他给我的印象用得上"精神矍铄"这个词，满面红光，身板笔直，不胖不瘦，活得也比我潇洒，常常一身运动装，背上网球拍，轮番开着他的好车出去打球。去哪里打球我觉得可以问，老头也告诉过我，只是没记住。老头还好钓鱼，经常一出去一天。楼道里碰到最多的是他去买菜。我们周围超市、菜市场好几家，都很近，他每次却要骑着小电动车跑很远去买。他主动给我说："我告诉你去哪里买菜，比咱们这附近的新鲜多了。"可见他很会生活。只是他不知道，我很不会生活，我妻子剥夺了我买菜的资格。他的确是会生活，搬来时他在楼前空地上栽的四棵玉兰树，两棵开白花，两棵开紫花，都长得有碗口粗了。

去年有一天，我忽然想到怎么好久没见老头了。再过了好久，我妻子也纳闷怎么很久不见老头。我们还是很惦记他，毕竟做邻居十多年了。我们猜想：老头住院了？老头有子女在国外？他去国外了？我们念叨不只一次，但每碰到他妻子，都没好开口问，不知道人家愿不愿意让你问啊。

半年前一天，我碰到楼下一位女士，我经常看到她和老头的妻子有来往，我实在忍不住就问她，怎么好长时间没看到老头了。她说，去世了，去世一年多了，去年春节前去世的。我的心一下子沉到了底。她告诉我，老头那天喝了酒，又去蒸桑拿，心脏病发作，拉去抢救就没再回来。我返身上楼将这个信息说给妻子，我们都唏嘘不已。此后见到老头妻子，我们还是闭口不提老头，更不会表示哀思。谁知道人家愿意不愿意接受我们的哀思呢？

自知道邻居老头去世半年多以来，只要晚上回家，一出十层电梯，我先轻跺一下脚，声控灯一亮，我会往左瞄一眼，看老头在不在，是蹲着还是站着，是冲我笑，还是没看到我。我不会走过去深看，我知道那是自讨没趣。但有时会看一眼楼道窗玻璃，玻璃能映到他家门口，一般他都不在，只有他那已经蒙灰的小电动车停放在右侧墙边。我并不希望和老头在黑暗里碰到，所以我会提醒物业换灯泡，以免我跺脚时灯不亮。

我有时会想，要是哪一天真的突然撞见老头，分别时是说"再见了"呢，还是说"再见"呢？

2018年2月20日大年初五

邻家嬷嬷

我不知道关中东部别的地方怎么称呼，在贺家洼，把左邻右舍比母亲年长，又在一个辈分的女人叫嬷嬷，把和母亲同岁和比母亲年龄小的，叫婶婶，当然也是同辈分的。我家的紧西邻的老太太，我进门出门见了，就叫嬷嬷。

说是我家紧西邻，其实在我童年以至少年时期，我们两家之间没有院墙，站在我家屋檐下，就能和她家人打招呼说话。夏天晚上，各自在当院铺上席子，说几句家长里短就睡了。人多小孩倒是睡得踏实，不怕狼不怕鬼。两家人各走各的大门，各过各的日子，从没争高争低过，紧要时也会互相帮衬一把。

我记事起邻家嬷嬷就上了岁数，她寻常头上戴着黑布帕子，穿着黑布衣裤，裤脚扎着，白袜黑鞋的双脚又尖又小。很多年后我想，她的脚算得上三寸金莲了。邻家嬷嬷长形脸，白白净净，眉黑目明，脸上什么地方长着个痦子，身板端正，腿不圈腰不弯，走起路来小脚换得很欢。

我小学一二年级时，一次幸运地捡到五毛钱，晚上躺在席子上给爷爷报告。爷爷说，给你买糖吃。我说，不，我要交给老师。另一张席子上的邻家嬷嬷听到了，她给很多人说，这娃将来有出息，他爷说给他买糖，他说捡的钱要交给老师。这事又被我母亲知道了，母亲记了几十年，说邻家嬷嬷从小就看好我。这件事我也一直记得，邻家嬷嬷的一句赞美，成了我永远的人生标杆。

有一次我却对邻家嬷嬷使了恶作剧。我用一张水果糖纸包上小土块，两头一拧，放在嬷嬷家的窗台上。我知道她家别的人都上地里了，只有嬷嬷能看见我"生产"的糖块。果然，嬷嬷看见了，高兴地剥开，随之哑然失笑，她想都没想，就说是我在捣蛋。她站在她家沿台上边给我妈告状边哈哈哈地笑，整个院子里笑了好几天。

我家院子有三棵树，一棵杏树、一棵红石榴树和一棵白石榴树。邻家嬷嬷家也有三棵树，后墙边一棵歪脖子枣树，当院两棵梨树。最让我稀奇的是南边那棵梨树，能结出两种形状、两种味道的梨。这是我最早领略到的嫁接技术的神奇。由此我曾思考过，脑袋可不可以嫁接？东西都是别人家的好，我常常垂涎她家的梨和枣。果子成熟时嬷嬷一家人会让我家摘一些尝，我站在后院猪圈的矮墙上就能摘到枣。

母亲的记忆里，那时有过一段苦涩的日子。一天晚上，母亲在灶房切焯好的蔓菁叶子，邻家嬷嬷一拧一拧走过来，问：月呀，切嗦（啥）哩？母亲说在切蔓菁叶子哩。邻家嬷嬷说，有多的（di）么，给我一点，肚子饿得咕噜咕噜，睡不着。这天是邻家嬷嬷的生日。母亲说有有有，赶紧给她盛了一碗，她端过去调了点盐吃了。第二天给我妈说，月呀，昨黑多亏了一碗蔓菁叶子，吃下才睡着了。

有天晚上，我父亲和几个人巡夜看苞谷地，临出门时邻家嬷嬷的老汉给我父亲说，家里实实没吃的了，你嫂子饿得招不住了，让哥今晚上掰几个苞米棒子。我父亲为难，这和监守自盗只差换个人，可是也不能眼看着把人饿死。我父亲说，天黑透你来，我们在北头，你在南头掰几个，别掰多了。好在这样的日子很快就过去了。

后来，我家要把东厦房拆了盖西厦房，就打了和小脚嬷嬷家的界墙，从此两家独自成院。界墙是两家的官墙，下线时没有半句话说，也就没有发生三尺巷的故事。打墙时我家主事，拉土、请人、做饭，我家包了，嬷嬷家也是有力出力，还把灶房让出来天天烧茶水。界墙没有隔断两家的情分，一天能串几次门，依旧是你家能吃上我家的杏和石榴，我家能吃上你家的梨和枣。

邻家嬷嬷早已离世，我有时候会想起她，想起一双小脚的她在她家沿台上来来去去的样子，也会想起两家没有界墙的大院子。

2021年9月19日回大荔高铁上

偷　袭

楼后草地萌生出一片浅绿，柳枝上冒出嫩芽，叫作碧桃的观赏树也尽职尽责，早早开出了热闹的红花。周末午后，我和老母亲拉着手在暖阳下遛达，身边不时走过快走健身的人，远处开阔地上孩子们在欢闹。绕到西南快到尽头，一只猫顺着铁栅栏散漫地往前走。在它右前方，一只鸟在找食，时不时警觉地抬头望望。母亲眼神不济，没看到这一切。我心里在想，猫会关心到这只鸟吗？这只是游丝般的一个念头。猫按说应该垂涎小鸟，但现在年代不同了，猫也随人，习惯了饭来张口，还会干这些可能劳而无功的事吗？我也是因为不想等没结果的事情，就陪母亲继续往前走。

等沿花园小路再走回来，眼前一幕让我紧张得热血冲顶，猫正在伺机偷袭小鸟！猫像极了动物世界里的狮子、老虎或花豹，拉开架势，紧紧匍匐在浅草里，挪着身子一点一点接近小鸟。小鸟也是该死，只顾在草窝里蹦蹦跳跳，这里啄几下那里啄几下。尽管小鸟不时抬头张望，它怎么就没看到磨牙霍霍的猫呢，还是它根本就没把鬼鬼祟祟的猫当回事？

我给母亲说，一只猫悄悄地想抓小鸟。我就和妈驻足静看事态发展。健身的人还是时不时从身边闪过，他们没有留意到将要发生一场弱肉强食的血腥事件。猫和小鸟也没受到打搅，各自操心着各自的食物。

这是一只成年猫，我应该是看到过它几次，当然，也不能确定就是它。猫身上多半是浅黄色，肚子和嘴巴周围长着白毛，身材矫健，毛色干净，不像大多流浪猫那样失落邋遢。这和小区有不少热心人有关。它死死盯着的小鸟，比麻雀大两三个身子，嘴长，浅麻色，身材修长，也是利利索索。我叫不出它的名字。唉，一只命悬一线可怜的小鸟。

　　黄猫又往前蹭了几步，离小鸟也就两三米的距离。黄猫依然按兵不动，小鸟照样不吵不叫，边啄食边东张西望。我想这时有谁偷袭黄猫，差不多也能得逞，你看它贪婪专注的样子，正所谓螳螂捕蝉黄雀在后。

　　黄猫静悄悄地将身子更往下压，差不多能感觉到它在往腿上运力。我知道它准备跃起了，心顿时提到了嗓子眼上。忽然，毫无预感的，小鸟一个轻飞，站到了上方的松树枝上，照样不慌不忙，不吵不叫，东张西望。我敢肯定，它不是被猫吓着了，也不是被快走的行人打扰了，我和母亲安静得大气都不敢出，更不会惊着它。它完全是一种站久了该飞一飞的本能，就粉碎了凶恶敌人的美梦。

　　我轻轻地松了一口气。我不知道我紧张什么，我没细想我的立场在猫一边，还是在小鸟一边。但我确定，我之所以没有幸灾乐祸地嘲笑猫，是因为还没来得及，就被它的沉着多谋折服了。猫没有因为偷袭失败而沮丧得打滚，也没有张狂地向小鸟示威，而是站都没站起来，仍然就地匍匐着。它只是身子稍微地松弛下来，抬头望着树枝上的小鸟，似乎在琢磨，它怎么就飞了呢？

　　这家伙的冷静狡猾马上就给它带来新的机会。没有感到危险的无名鸟，翅膀一展一收，滑落到相邻的松树下，又在安然自得地找食。黄猫原地转个向，压低身子贴上去。它保持低姿，紧挪几步，左前腿伸出去，右后腿跟上，再换右前腿，再跟上左后腿，步子又稳又快，而且悄无声息。

　　我掏出手机，开启照相功能，按了两下，但眼睛一直盯着猫，唯恐错过它奋起一扑的刹那。黄猫越靠越近，很快要进入跃起的状态了。忽然，猫甩动拖地的尾巴，快速地贴地扫了几下。这让我大惑不解：这不是制造动静吗？而且，上一个回合，它并没有做这个动作。它是弄点小动静麻痹对方？小鸟确实也没有被惊到。猫再往前蹭几步，又将尾巴轻扫几下，小鸟还是没被惊到。这番操作，真是有点匪夷所思。

  猫再一次压低身子了，又在往腿上运力。我的心又提到嗓子眼。腾起，扑咬，小鸟扑腾，羽毛翻飞的杀戮即将发生。我脑子飞快在想：要不要制止偷袭？忍心看血腥场景？猫口救鸟算保护动物，还是破坏生物链？

  思路有点纷繁，没等我理清，小鸟一展翅，又飞上松树枝头。偷袭再次失败。黄猫仰头望一望，依然是没得到什么也没失去什么的样子，不焦不躁。大约是知道长翅膀的毕竟是技高一筹，不想再干这种劳而无获的事，黄猫站起来，耸身，运力，活动一下筋骨，沿墙而去。不知道它要去哪里，也不知道刚才的未遂事件是否改变了它的行程？

2015 年 4 月初

叹失黄黄

黄黄是我《偷袭》一文里野心勃勃又备受戏弄的角色。

黄黄出事我也是才知道。楼下的么女士和楼上的高女士差不多就是流浪猫的"亲妈"。那天在电梯里碰见么女士,我说我写过一篇咱花园里的猫,发给你看看吧。于是,我们在电梯里就完成了微信互加。晚上,她回了我一条长微信,先是大赞写得细腻生动,从而推测我是不是有过军旅经历。我想她是看我把黄猫偷袭小鸟观察得那么细致,猜我是不是当过侦察兵。就在被夸得有点发晕时,我看到她下边说,我写的这只猫,她们叫它黄黄,去年夏天在花园车库出口被撞死了。

我一下给僵住了!

缓了片刻,我想:要不给么女士发这篇小文,不就永远不会知道我文章中的主人公的惨死结局吗?我心里不就一切都是美好的吗?我这是何必呢?收获赞美的得意已经无影无踪。

我没有再问一句事故细节,也没有问责任是三七开还是四六开,我知道黄黄属猫里边的流浪猫,弱势里边的弱势,没人给它主持公道。

经么女士这么一说,我才想到花园里是好久没看到过黄猫的影子。以前这里那里遇见它,我都没法确认是不是同一只猫。现在弄清了它的身份,也知道了我文章中的主人公是雌性,名字叫黄黄。

而且，过往很多有关黄猫的事情，都能安在黄黄的身上了。

黄黄野居，但在小区里见谁都不怯生，常见它要么蜷缩，要么四仰八叉睡在长条椅上，一头是它，一头坐着老奶奶或者老爷爷，井水不犯河水。我每看见这种情景就会忍不住想笑，它有什么理由总要睡在椅子上呢？窄窄的小径，它不躲你，你走你的，它走它的，而且没有靠右行走的意识，有点路霸作风。寒风凛冽时，你刷门禁开门，它先一步进到楼道，咪咪地叫两下，我想它是在说对不起吧。有一次，我拎包回来，它径直从草坪上朝我走来，我还没反应过来，它就倒在我脚面上，我差点以为它要碰瓷。但很快明白它是在向我示好，我便蹲下，轻轻地给它揉着挠着，心里立刻升起暖意，一天的疲顿都消失了。忘了那天在外边是否遇到过冷脸，我想即便遇到过，黄黄这么一撒娇，我肯定也是释然了。人世间有时还不如动物让你觉得温暖。

么女士对黄黄的了解肯定比我要多，照她微信里说，黄黄聪明，生存能力极强，差不多就是猫世界里一个又漂亮又能干的美姑娘。么女士、高女士供给的猫粮和鸡鸭鱼骨头没断过，可它始终没有忘自己的本分，在花园里抓老鼠抓得好着呢。当然也抓鸟，但基本限于抓麻雀，抓大鸟就是痴心妄想了。这恰恰让我见识过一幕。

我惊讶地得知，黄黄还是第一只经么女士之手送到医院做绝育手术的猫。那年它的一个孩子被几个顽童从楼上扔下摔死了，么女士看不得这种事，也觉得孩子们如果从小就这么下得了手，对他们成长不利。管不了人家的孩子，那就不让小猫出生吧，于是干预黄黄生育。当然后来还有别的猫。么女士说，猫也可怜，无限繁殖也会招来问题。

黄黄出事前已经七八岁，腿脚已经不太利落，血性还在，但只能抓羽毛未丰的小麻雀了。它的脾气也在变，显得孤僻，连自己的皮毛也懒得打理。黄黄身后留下一个儿子还是女儿，和她长得一模一样，身上浅黄，白毛肚子，被一户人家收养着。就在前边不远一栋楼里，但它从没再见过自己的孩子。

　　透过手机屏幕，我差不多能听到么女士的叹息。黄黄的身世，是不是和许多人一样一样的。怜悯黄黄，其实也就是怜悯我们自己。

　　　　　　　2016年12月27日于连云港柘汪镇

灰喜鹊

楼后花园里有草地，有不少高大树木，还有一群一群的灰喜鹊。

灰喜鹊实在是一种漂亮鸟。它的颜色把它和高傲的喜鹊区别开来，它其实各方面都不输喜鹊。灰喜鹊和喜鹊一样，有让人艳羡的修长身材，除了喜鹊大得多，灰喜鹊小得多，怎么看都觉得是同宗同祖。喜鹊一身经典的黑白搭配，素雅高贵，当然无可挑剔。灰喜鹊显然更在意颜色的丰富，身子和腹部是灰色，形成了它的主色调。它的羽翼和长长的尾翼是蓝色，但也透着灰底色调，尾翼的末梢，又和身子一个颜色。灰喜鹊的脑袋瓜子有点好笑，黢黑黢黑，和喜鹊的黑有一比。我起先觉得它很滑稽，就像戴着一顶黑缎子瓜皮帽。后来知道那是它们族类里相当知名的奢侈品，实际是灰喜鹊身份的体现。不知道你注意了没有，灰喜鹊除了头顶的帽子之外，全身的颜色都是混合色，它不像别的鸟追求艳丽，让人觉得它穿着一身很时尚的休闲装，低调却不失淡雅。

以前和灰喜鹊打没打过照面，我不记得，应该是打过，但没印象。第一次注意到它，是那次流浪猫黄黄想偷袭一只灰喜鹊，却被它好好戏弄了一番，让黄黄无功而返。这让我知道它的智慧和技能，起码在防御上胜过黄黄。那次之后我知道了它叫灰喜鹊。

花园里的灰喜鹊起先不多，大约二十多只吧，稀稀拉拉，总之见的不多。但这几年却急剧增多，呼地一大群飞过来，呼地一大群飞过去。花园里几乎是麻雀和灰喜鹊平分天下。也有不少喜鹊、斑鸠、鸽子，但比起灰喜鹊，还是少多了。也能看到啄木鸟、小翠鸟，只是偶然，可能都是过客。

不能确定灰喜鹊和喜鹊到底是一种什么关系，常常看到它们在一起，互不侵犯，但也互不亲近，只是一起在草丛里觅食，或者在树上歇息。有时喜鹊一飞，灰喜鹊也跟着飞去。灰喜鹊叫起来和喜鹊一样嘎嘎嘎，但喜鹊的叫声更加洪亮，毕竟身坯子在那里。喜鹊不进食时，或者警觉起来，会挺直脖子，抬起头四处张望。灰喜鹊没这气势，多数时候只顾低着头寻食，或者平视着跳来跳去，没见过它抬头挺胸的样子。

如果还拿喜鹊与灰喜鹊相比较，那就是喜鹊会飞得很高，一蹿就站在我们十六层的楼顶上，而灰喜鹊常飞行在五六层楼以下。我常常站在我家十层高的阳台上，往下看灰喜鹊一刻不停地飞来飞去。它从低的树往高的树上飞时，一对翅膀扇得很欢快，要往低处飞时，就会来一个漂亮的展翅滑翔。喜鹊也是这样的。

灰喜鹊在草丛里吃什么，我还真不知道，估计草籽、虫子都吃吧。伺候流浪猫的么老师说灰喜鹊还吃猫粮，让她很伤脑筋。晚上刺猬与猫争食，她把猫食放到高处，但放到哪里都防不住灰喜鹊。后来我也经常看见灰喜鹊吃猫食，我站在不远处静静地看热闹。猫食是灰喜鹊新发现的一种合成美味。灰喜鹊可能也知道猫食不是给它们预备的，吃起来显然没有在草丛里觅食那么朗然。它们从树上唰地飞到食碗旁，紧张地东瞅细看，飞快地吃几粒，又飞快地飞走。有时都顾不上多吃几粒，叼起一粒扭头就飞，吃得很不大方。其实我根本不会赶它们，猫食又不是我买的。

楼前有两棵柿子树。树还小的时候，结的柿子一到成熟时早早就被人摘了。后来都长成几丈高的大树，结的柿子就难以够到了，秋后我常常望着一树黄澄澄的柿子感叹，可惜了，可惜了。我从小就好吃柿子。三年前吧，我忽然发现灰喜鹊盯上了柿子，而且它们很聪明，绿柿子时不闻不问，等到黄透了，大约也不涩了，就飞上去吃。有时候一群来，有时候几只来，有时候就一只在柿子上啄来啄去。此后，我再没觉得满树的柿子可惜了。

灰喜鹊吃柿子时，大人小孩没人赶，其实除了我都没人太理它们。它们还是有点像我老家人说的尖尖屁股，吃得很不踏实，啄几嘴，唰地就飞走了。满满两树大黄柿子，从硬的时候开始下嘴，到柿子变软，再到深冬冻得邦邦硬，灰喜鹊们天天来光顾。灰喜鹊的本事是，不管软柿子还是硬柿子，一直到吃光吃净，都不会让掉下来一个柿子，至多偶尔掉下来一小块柿子皮。

写这篇《灰喜鹊》的时候，两棵柿树的叶子已经落尽，正好只剩下满树的黄柿子。灰喜鹊们不耽搁嘴，早已开吃。我没事时，就站在阴面阳台上，隔窗看着它们啄几口飞走，过一会儿又飞来。喜鹊有时也来，但大概不合它们的口味，并不常吃柿子。等这两树柿子冻硬，再被灰喜鹊吃净的时候，又一个春天就不远了。

2019 年 11 月 10 日

灰喜鹊的四季生活

刚跨过年的第二天还是第三天，北京气温很低，天也暗得更早。我站在窗前往楼下看，地面上一群灰喜鹊与猫争食。猫食是好心的女邻居撒下的。灰喜鹊慌乱地吃几口，又慌乱地飞起来，但不飞远，落在边上的秃树枝上。干枯的灌木丛下走出一只灰猫，吃几粒猫食，然后又走进灌木丛。它一走，灰喜鹊就来，它一来，灰喜鹊就飞，来来回回几个回合。猫没有猎鸟的意思，这是一只心肠不错的猫。

我忽然想，灰喜鹊晚上在哪里过夜呢？我是个好操闲心的人，不止一次有过这想法。我赶紧穿外裤穿羽绒服，让妻子找出绒帽，捂在头上就下楼。结果还是晚了一步，花园里早不见了灰喜鹊们的影子。

枯黄的草地中间有十几棵塔柏，依然墨绿浓郁，形成一片小树林。我轻轻走进去，想看看灰喜鹊会不会在这里。夏天时常见一些灰喜鹊和成群的麻雀在里边，麻雀叽叽喳喳吵翻天，但它们却相安无事。这时，呼啦啦三只喜鹊飞出去，吓我一跳，小树林里再无动静。看来灰喜鹊不在这里。惊扰了喜鹊，不知道它们晚上飞去哪里，我心里很有些不安和歉意。

还是去年夏天时，下午两点我穿过花园去买菜，听见树上有鸟叫。抬头看，几丈高的臭椿细枝上，四五只灰喜鹊边叫边扇动着翅膀。我以为是在寻欢，但也纳闷，寻欢是集体行动吗？好像没见过。正在想着，又飞来一只，给一只叫着的灰喜鹊嘴里塞了点什么，然后又飞走了。它一飞走，大伙马上安静下来。我恍然大悟，那是几只待哺的幼鸟，但体格倒不小，远远看去竟没看出来。过一会儿，它们又扇动翅膀叫起来，我一看，果然是妈妈还是爸爸又飞回来了，嘴对嘴喂了一只，又飞走了，树上再次安静下来。

幼鸟们好像飞不起来，只是在树枝上挪来挪去。我想这就是本事，这么小就能站得那么高，一点也不害怕。忽然又想，它们是怎么飞上去的呢？仔细看，原来在高高的枝头上有一个小小的鸟巢，再往边上看去，另一棵臭椿树细枝上也有鸟巢。再看，好家伙，这一片臭椿树上数下来有十几个小巢。以前怎么没注意到呢？冬天没有树叶时应该能看得到啊！也许看到过，但没在意，两个巴掌大小的鸟窝，那么不起眼。

曾经想过一群一群的灰喜鹊是从哪里飞来的，原来这里就是它们的家，它们在这里生儿育女。而且巢筑得那么高，很安全，流浪猫是威胁不到它们的。只是它们的儿女们晚上能挤进去吗？巢实在太小，而且简易，一阵风就能给掀走的样子。看来幼鸟在能飞之前，都是在高高的树枝上度过的。这可真是本事。

冬天树叶落尽，我又想起灰喜鹊的窝，让我诧异的是，十几个鸟巢片甲不留了。看了好一会儿，才发现有一处紧凑点的细杈上尚挂着一个窝，但也已是上下通透，摇摇欲坠。我明白了，灰喜鹊建窝不是为自己住，只是为了下蛋孵小鸟。春天树木长叶子时，它们开始搭窝，也许那时正在热恋，也许已有身孕，不得而知。到了夏天，窝也好了，于是产蛋孵蛋。待到宝宝出生，先在窝里喂养，半大还不能飞时，便都栖息在枝头。我那时看到的，正是半大的灰喜鹊们。秋天花园的草地上，有许多羽毛和喙都略显稚嫩的灰喜鹊，我也是看到过的，想必是已经能飞翔的新生代了。

再往后，没有树叶保护的小窝巢经不住几阵劲风，就房倒屋塌了，这是能想得到的。灰喜鹊搭造的窝巢，不论大小还是牢固程度，实在没法和喜鹊的比。前几天，我上到过一栋楼的十二层，从过道窗户俯视外边梧桐树上的喜鹊窝，想看里边是怎么装修的，是不是也有精装简装之分。没看出名堂，但规模明摆着，而且常年牢牢架在树杈上。

这之后七八天，差不多每天天黑前，我都裹着厚衣服去寻找灰喜鹊的踪影。

柿树顶上最后的几十个柿子，就在这几天里被灰喜鹊们吃了个精光，只剩下满树的小柿蒂。不知道什么缘故，只有灰喜鹊喜欢吃柿子。

几十只麻雀在树头一阵欢吵后，分别飞向高楼，它们化整为零，栖息在无数的空调洞眼里。这里应该又安全又温暖。

去年年初，七八只斑鸠每天晚上住在高大的雌白蜡树上，雌白蜡树挂满了干枯的树荚，不仔细看，几乎看不见斑鸠。而到了深冬，它们移居到几棵雪松上，这让我有点疑惑，横枝稀疏的雪松遮风也不见得好多少。花园里常见的这几种鸟里，斑鸠归巢最早，每天黄昏天还亮着时，斑鸠就两个一对两个一对挤在白蜡树上。也看见过有三只老是挤在一起，我很费心思地猜过它们的关系。

喜鹊们总是最后归巢，花园里的路灯都亮了，还能看到喜鹊在楼顶上站着，或者独自在草地里寻食，并且一定能听见远处有喜鹊喳喳的叫声。

唯独不知道灰喜鹊们晚上去了哪里。

我曾想过，往北是颐和园，往西是香山、植物园，那里树木更多，它们会去那里过夜吗？是不是有点远啊？

几天下来，我还是发现了点端倪，灰喜鹊天黑前大都向西飞去，飞得也都不高，不像要远行的样子。有的贪吃猫食，匆忙飞走时天都很暗了。我思忖，它们会不会就在西边路对面的小区里。

这一天天快黑时，西北风很硬，嗖嗖地吹着。我犹豫了一下，还是裹紧衣服走进西边路对面这个小区。刚进这个小区，看见几只灰喜鹊从我们那边飞过来，有的直接往西飞，有的在矮树上落一下，再往西飞去。

这是一个大小区，高高低低近三十栋楼。我顺着一栋长长的板楼往里走，快走到楼西头时，就听见熟悉的喳喳喳的声音了。抬头看过去，树上有灰喜鹊追逐嬉戏，草地上有灰喜鹊在寻找最后一点晚餐，还有一拨一拨灰喜鹊从茂密的旱竹林里飞进飞出。到处都是灰喜鹊，好像进了热闹的夜市。我大喜，还真让我找到它们的宿营地了。

这里是小区的中心地带，有几栋二十多层高的大体积楼房，周围满是柳树、海棠、紫叶李、观赏桃树等等。与我们那边不同的是每座高楼的阳面，都有一大片簇拥在一起的旱竹，冬天里也是枝叶繁茂，像是一个个避风港。就是这些旱竹林，被灰喜鹊们认为比我们那边更宜居。这些聪明的家伙。

天暗下来了，路灯亮了，四周高楼窗户里也透出亮光。还有一些灰喜鹊站在紫叶李树梢上东瞅西看，有的喳喳喳地叫，弄不懂它的意思。原来灰喜鹊归巢并不比喜鹊早，它们也有贪玩的，只是都守在竹林边上。我和它们耗着，直到眼看着一只一只跳进竹林里，我才往回走。

2021年2月21日

长翅膀的朋友们

　　我家阳面窗外，是个长形空调外机平台，能放两台空调外机，却一直空着。这天我突发奇想，我在平台上放了一瓶水，想着能不能看到一场喜鹊填石饮水的喜剧。如果还能看到衔来碎石，那就更加精彩了。

　　这真是一个奇思妙想。我给一个透明的小矿泉水瓶装满水，又拼接了两根细彩绳，一头拴牢瓶嘴，打开窗，探出胳膊，将水瓶放置在空调外机平台上。又把瓶子靠近护栏，这样喜鹊站在护栏上就能喝到水。然后，把绳子这头缠绕在护栏顶上，伸手就能够着。关上窗子，我开心地笑出了声。

　　可是，一连几天，并没有看到喜鹊饮水，更不用说聪明到衔石来填了。喜鹊在楼下花园里飞来飞去，有时也飞到楼顶去，但从没落到我家窗前来。也许来过，但我恰好不在窗边，没有看到。以往我常能隔窗看到它们落在我家空调外机平台上。玻璃是镀膜的，我能看见它们，它们看不见我。可能它们还没注意到我的美意。

　　我抓了一把薏米撒在平台上招喜鹊，守在窗前时，不见它们来，转一圈回来，薏米却一粒不剩了。几次都是这样。还有，薏米是不是喜鹊吃的，我都不能确定。不管是谁吧，有米吃，它们还会来的。

　　不几天我就侦查清楚了，来吃薏米的有麻雀、斑鸠和喜鹊。我没指望过麻雀和斑鸠能填石饮水，但看喜鹊灵光的样子，嘴又长，我只对它寄有希望。喜鹊最后还是让我失望了，半个月都没见它喝一口瓶子里的水。希望彻底破灭，是一个寒夜后的第二天，我发现瓶子倒了，拉上来看时，里边的水冻成了冰，瓶底鼓起大包，瓶口也冒出冰来。想和喜鹊玩一场游戏的心情，一下子就没了。

但是鸟儿们的嘴已经吃馋了，认准了地方，天天飞来。既然鸟儿们有这个需求，我也明白了它们的意思，就没有让它们失望的道理，我开始每天给它们投食。按照我和妻子退休后每天两顿饭的习惯，也给它们一天投食两次。上午九点左右一次，是担心它们早晨空腹，发生低血糖。下午四点左右一次，是怕它们一天没找到食物，晚上饿得睡不好觉。每次只投一把食物，绝不多喂，我不希望它们只在这里进食，而丧失掉自己找食的能力。也不想让它们吃得太胖，飞起来都吃力，还会带来肥胖病。当然我也有私心，给它们喂食，我就能每天近距离看见它们，看见它们我就很开心。

最先给鸟儿们喂薏米，但家里薏米下去太快，容易被妻子发现，因此有时也喂大米。有一次喂了黑豆，这就出了问题。原来它们的小胃并不是无坚不摧，黑豆大而硬，它们都不爱吃，每天只吃几粒，估计还只是喜鹊吃的。一把黑豆在平台上暴露了好几天，结果被妻子发现了，问我，你把我的黑豆喂鸟了？我说，你怎么知道的？她说，就你那点小心思！妻子又说，吃我的粮食，也不给我留下个蛋。她在西安我妹妹家空调外机平台上看见过一枚鸽子蛋，觉得挺有意思，就给记住了。我有两次把吃剩下的苹果核扔在平台上，鸟儿们也吃。妻子看见，说，小心把病毒传染给鸟儿。我没感染病毒，但她说的有道理，人都在使用公筷，对鸟儿也不能不讲究，以后没再扔吃过的东西。

薏米、大米都不经吃，一群麻雀上来，眨眼间一扫而光，喜鹊和斑鸠来晚点，根本就吃不上。后来我改投小米，谁来都能吃上。再后来看到超市有细玉米糁子，又改喂玉米糁子，一把大概有上万粒，它们吃的时间就更长了。一次，一只斑鸠来得早，吃了一个多小时，累得半蹲在平台上打盹，身前身后还都是细糁子。细碎的糁子却难为了喜鹊，它们上喙长下喙短，直接下嘴吃不着。但它们有办法，像捞面一样，歪着头，斜着下嘴，把糁子滚进嘴里，看得我直发笑。喂玉米糁子也好给妻子交代，我悄悄买回来，盆里随少随添，总不见底，她以为家里的米盆是个聚宝盆。终于有一天她发觉不对劲，问我，你买的玉米糁子藏哪里了？我只好招了。

每次投过食，只要有时间，我会在窗后守一会儿，看谁先飞来。或者过一会儿走过去看一下，看食还在不在。相比之下，麻雀虽小，但最机灵，大部分时候都是它们先来，我总怀疑它们在哪里给我装着监控。撒下食，只要看见楼下树梢上飞来几只，我知道很快就会集结成一群，十几、二十几只，一眨眼就飞上来。难怪有些地方把麻雀叫家贼。麻雀脖子短，嘴尖，吃得快，二十几分钟会把满地糁子吃个精光。往往这时候我会很着急，希望喜鹊和斑鸠快点来、快点来。我对它们没有厚薄亲疏之分，只是不想看到喜鹊、斑鸠没吃上会失望。但我掌握一点，从来不赶麻雀，不能吓着它们，丛林法则还是要讲的。

麻雀最机灵，胆子却最小，常常是没什么动静，却呼啦一声全飞走了。它们看什么时，小脑袋总是歪过来歪过去，一刻也不停。我就想，这是最不容易得肩周炎的一群吧。它们吃东西时也很不踏实，边吃边东瞅西看，或者跳到护栏上望一望，没情况再跳下来接着吃。斑鸠就沉稳得多，即使麻雀们轰一下起飞，斑鸠受点惊，但并不跟着飞，斑鸠只按照自己的判断行事。斑鸠吃累了还会在护栏上休息，甚至半闭着眼睛打盹，但麻雀从不这样，它们总是匆匆来匆匆去。喜鹊也是尖屁股，不多停留，吃完就走。

楼后花园里，除过麻雀，第二多的是灰喜鹊，也成群结队地飞来飞去，这是我很喜欢的一种鸟。灰喜鹊天生的不亲人，甚至从不飞落在房屋上，好像它们知道房屋都是人建的，不屑与人牵连。它们在草地上吃虫子，吃草籽，春天在树上吃榆钱、槐花、桃花，初冬吃挂在树上的柿子，还会在楼下抢吃猫食，却从不来我窗前，辜负了我的一片好意。

　　三个月前，头一次有一白一灰两只鸽子慕食而来，来的时候和两只斑鸠正好照面，斑鸠表现平静，没表示出热情，也没显出排斥，能看出它们平时是和平相处的。鸽子和斑鸠长得极像，不知道是不是同祖同宗。当然细看也有差异，鸽子身坯要大，有点耸肩，飞起来扑啦啦声浪也大，隔窗都能听见。斑鸠脖子长一圈斑斓绒毛，太阳一照，像是围一条缀满珍珠的围巾，很好看。后来经常来的鸽子有五只，今天你来，明天它来，两三只一起来的居多。它们自有亲疏远近。一百多米外的六层楼顶上，常常落着一二十只鸽子，每天上午下午在空中盘旋几十圈，有时顺时针飞，有时逆时针飞，不知道是练翅还是消食，也不知道我窗外平台上这几只是不是从那里飞来的。

　　几种鸟经常会同台吃食，也许喜鹊脾气暴一点，加上嘴又尖又长，下去没轻重，大家离它都不会太近。看起来斑鸠最随和，麻雀和它相处融洽，可以凑到跟前吃食。斑鸠低头吃食时，麻雀在它翘起的尾巴下穿来穿去，都不会惹恼它，真是一副好脾气。我比较欣赏这种其乐融融的场面。

　　世间的事情就是这样，和谁相处久了都会产生出感情来。小半年下来，我和窗外这些鸟儿也像朋友一样了。我估计它们知道是有人在投食。我每天都操心着喂食。一大早，看见窗帘上麻雀的影子飞来飞去，睡意顿时没了，起来先把糁子撒出去。下午出门前，要想一想回来会不会晚，不要耽搁了撒食。一次从超市回来天已经暗下来，撒了食，我估计它们不会来了，心里很不安，心想它们要饿肚子了。天黑后打开手电筒一看，食没了，我的心情马上好起来。唯一漏掉的一次是个意外，我只顾在花园里看麻雀归巢前的欢闹，直到看到几只向我家阳台飞去，才想起赶紧回家投食。进门时被妻子拦住，让我先送垃圾到楼下，等我再回来，天就太黑了，撒的食鸟儿没吃上。这没法怪妻子，我只有自责。

　　后来，大概两个多月时间，我发现喜鹊没有再来过。以前不撒食它们都来，撒食了为什么反而不来呢？我慢慢想明白了，它们嫌玉米糁子太细小，吃得费劲，一生气干脆不来了。我便又投过几次薏米，想把它们招回来，但薏米总是被鸽子、斑鸠和麻雀们吃了，而喜鹊还是没有再来过。我才知道，喜鹊的气性比较大。一切因喜鹊而起，我是希望有一天忽然看见它们飞回来。

2021 年 4 月 14 日

夜幕下

我一般晚上十点左右出现在花园里,这时候流浪猫、刺猬也还都正活跃着。松鼠什么时候出没,我缺乏研究,只是白天和它偶遇过。我摇摇晃晃慢走几圈,然后在运动器械上使几下蛮力,眼睛更多的是盯着夜幕下的草丛。

大概是去年初冬一个晚上,我第一次在花园里看到缓缓而行的刺猬。我一跺脚它缩成一团,我离开稍远,它又缓缓赶路。又过了几个晚上,两只刺猬居然进入楼道,我立刻意识到它们是来避寒。给它们存照后,我用小纸盒把它俩围在角落,又关好大门,我想我只能做到这份上了。那天晚上我时不时在想,进出的人会不会带好大门。翌日一早,我没直接去车库,先到一层楼道看它们,但没有看见,那之后有很多天我都在想它们的去向。其实我正事也不少,说不忙也忙,但就是好操闲心。

今年入夏花草茂盛之后,我忽然发现花园里差不多是刺猬的极乐世界了。当然是夜间,柱灯有气无力的暗光下,草丛里有一坨游动的灰白,那一定是它了。除了那次见过抱团取暖的两只刺猬,再见到的都是单独行动,而且不再是缓缓而行,而是低着头在草丛里哧溜哧溜前行,不知它在寻找什么。有的甚至会走到我脚近前,也不知道它是视力不济,还是根本无视我。倒是我随时准备跳开,它浑身的刺是否坚硬锋利,我心里没底。

楼后花园不小，以前都是铺植的草皮，过一段时间要用剪草机剪一次，整齐但少生机，还不好活。这两年撒种杂草，长得不高，却郁郁葱葱，间或还有红的黄的紫的小花，让我有了乡间的感觉，我喜欢得不得了。比我更喜欢杂草的是喜鹊、假冒鸽子的斑鸠、麻雀、啄木鸟，还有一群一群的一种灰色鸟，头上顶着细缎子一样的黑帽，就是我《偷袭》一文里的无名鸟，以及老是直立着东看西望的松鼠。看到松鼠大大咧咧的样子，我就想到人小鬼大这个词。一个朋友说他们那里小山上的松鼠都可以逗着玩，胆大的松鼠敢跳到人的胳膊上要吃的。我们这里的松鼠没这胆子。草丛里还有来路不明的刺猬们，这里成了动物们的天下。

前几天晚上，我盯着游走的刺猬忽然生出妙想，花园里的老住民流浪猫，对刺猬会是什么态度？它们都好夜生活，一定会遇得到，而且一定很熟络，相比下我才是个局外人。我想象应该能等到猫和刺猬相遇的一刻，利爪对尖刺将是怎样的一场大战。我越想越激动。对宠物狗我不抱什么希望，要么拴着绳子，要么被抱在怀里，它们和刺猬不是一个等量级。我就见识过一只叫小柯还是小可的半大不小白多黑少的狗，它的鼻子还没接近刺猬自己就跳开了。

而让我始料不及的是另一场"凶案"。昨天晚上我在花园锻炼完，目光一转移，就看到十四五步（后来专门测过）外草丛里，一只黄背白肚子的猫抬头往柳树上瞅。它一定是发现了什么。黄猫前爪抓树，腰身下弯，然后拉伸了一下腰便开始上树。树有脸盆口粗，树皮粗糙，适合攀爬。不知道消息是怎么被传出去的，很快柳树周围就聚过来三只猫，两只灰色，大约背上还有豹纹，另一只是白色。

我放松身体，静观事态。

这棵柳树是城市里常见的那种，长到差不多两人高时被锯成树桩，然后顶端长出更多新枝。黄猫钻进柳条覆盖的树桩顶部，一时没了声息。我想一定有事，否则它没必要自己给自己演戏，一副小心的样子，别的猫也不会过来瞎看热闹。

忽然柳树下的白猫和一只灰猫向我左前方小跑过去，我一看，微光里一坨小球正在草丛中游动，是刺猬。只要你够细致，世界都会掌控在你手心里，我兴奋地想，差点笑出声来，想和别人分享这个场景，但周围除了我，只有猫和刺猬。

猫并没有和刺猬肉搏在一起。两只猫甚至都没有跑到刺猬跟前，就什么都没看见似的又回到柳树下守候。刺猬也丝毫没有在意猫，只顾边走边搜寻，很忙碌的样子。我也没有太多失望，这时候我已经知道，异类之间井水河水互不侵犯其实也很好。

后来还出现过一只刺猬，行走到离树下的猫很近时旁若无物地走开了。我的注意力已不在刺猬身上了。

白猫等得不耐烦了，也悄没声息地攀上树，但没久留便很快下来。它没有远离，不过好像也不太关心树上了。

突然，树顶上传出一声响动，听得不太真切，但不是扑腾声，也不是惨叫。瞬间又宁静下来，只看见几枝小树条微微在动。片刻之后，在不远处的一棵大树上传来惊恐凄厉的鸟叫声，叫了好一阵。我在想，黄猫可能得手了，抓住了一只什么鸟。而另一只情侣鸟幸运逃脱，暗光里落在另一棵树上，为自己的另一半凄惨呼号。我心有恻隐，但我也不好干涉。

悲剧落幕，我唏嘘着正要离去，忽然看见从柳树里飞出一只什么鸟，比麻雀略大，借着昏暗的灯光落在临近的松树枝杈上，不喊也不叫。

我大为诧异，一时愣住。柳树下守候的豹纹灰猫反应极快，几步蹿到松树下，三下两下爬上去。

这棵松树不大，大约栽种下两三年吧，枝疏叶稀。豹纹猫的一举一动都在我的视线里，它很快接近最下端的枝杈。再往上一尺余是第二根枝杈，我隐约看见从柳树上飞来的鸟，就蜷缩在第二根枝杈根部。豹纹猫越是接近目标，越是轻手轻脚，身体几乎是贴在树干上。它只需再往上爬一个身段，小鸟就是它的盘中餐了。小鸟晚上是夜盲，我想猫和我一样是清楚的。而且小鸟一动不动，确实没注意到临近的危险。

　　我屏住气息，既不惊动猫，也不惊动鸟。但是，豹纹猫放弃了猎捕，它紧贴树干片刻，居然转身向下，轻轻跳下树来。我困惑不已。知道它是不会被小鸟吓退的，那它为什么退下来呢？难到这家伙吃素？

　　而刚从大柳树上下来的黄猫，应该是早就看到了这一切，豹纹猫刚走开，它也上了小松树。可怜的小鸟，不知道做的什么倒霉梦，今晚注定凶多吉少。

　　但让我再次意想不到的是，黄猫也只是重演了刚才豹纹猫的一幕，在第一道树杈前匍匐片刻，同样折返下树。这些家伙都吃素吗？既然吃素，为什么还要虚张声势上演这一出呢？我大感不解。

　　我的好奇心实在是太重。我想是不是小鸟的位置不利于猫抓捕？随后我去向保安借了大功能手电筒，回到树下往上照。小鸟还蜷缩在第二个枝杈根部，有蚊子骚扰，身子一抖一抖。我又到大柳树下用手电筒在树上搜索，一根羽毛都没有。我可以确定，白猫在柳树上也是劳而无获。不知道它们折腾半天到底图什么。

　　也许和我一样，有仁心无坏心，只是好热闹，仅此而已。

2018 年 6 月 23 日

藏獒的狗脾气

弟弟一家原本住在一个大院里,养了两只藏獒,一只是黑色,另一只也是黑色。

两只都是幼儿时抱来的,先一年来的取名叫赛虎,第二年来的叫黑熊。其实这两只藏獒是一母同胞,姊弟关系,但不知道它们相聚后自己弄清楚了这层亲情没有。

藏獒长得快,一岁上下就长得膀宽腰圆,再加上一身长毛,看上去让人胆战。

我对藏獒知之甚少,以前简单翻过一本专门写藏獒的书,知道藏獒是青藏高原上的神犬,非常骁勇,敢和野狼撕咬拼命,而且对主人忠贞不二。再就是听说藏獒气性很大,得罪不起,尤其受不了最亲近的人带给它的委屈。有只藏獒咬人惹事,被主人打了几下,居然气死了。你看这暴脾气。

一次在西安,我站在三四米高的房顶看隔壁院子的几条狗。一只土狗冲我大叫,却站在原地不动。两只黑色藏獒叫声沉闷粗重,喉管里呼噜呼噜的,它们不管墙头高低,径直往上扑撞,冲上半墙,跌下去再往上冲。我急忙后退两步,扫视四周,看有没有被它们可能突破的缺口。

隔壁院子大门外有人走过,三只狗又折身扑向大门。土狗还是原地站着激动地狂吠,两只藏獒则扑通平倒在地面,头抵地,从门下往外瞅，边瞅边低吼。它们不光勇猛，还要想办法看清目标。藏獒的勇敢和智慧顿时让我肃然赞叹。

弟弟白天把藏獒关在很大的钢筋笼舍，晚上院子里没人了放出来遛一遛。我总是提醒弟弟，要经常查看加固笼舍，千万不要让藏獒伤人。弟弟一家都知道，藏獒咬人是不松口的。

这两只藏獒只认我弟一家四口，除此之外对谁都不友好。我想，在整个世界上，它们都再没什么朋友圈。即便这样，有次不知为什么，赛虎对我弟媳痛下一口，弟媳从此对它们总怀着提防心理，不敢以主人自居。

我每次去他们那里，为了讨好这两只藏獒，我都舀半瓢狗粮，几粒几粒轮番往它们口里投。但无数次投喂并没有太大改变它们对我的敌视态度。每次见面，它们都对我低吼，我赶紧投食示好，把见面寒暄的话直接免了。投食稍慢一点，它们以为没食了，喉咙里开始喘粗气，我赶快投食安抚。本应是很熟悉了，我却从没敢摸过它们，也从没敢把食直接放进它们嘴里。只要食投完，我扭头就走，我很不想听它们喉咙里发出的声音。偶尔多停片刻，我想感觉一下它们对我的态度有无好转，不料还是低吼，接着就是扑撞钢筋笼舍，咣当咣当。我转身快走，又气又失望，忍不住骂一句：狗东西！我清晰地听到自己骂出了声。

一晃六年，狗到壮年，弟弟一家要搬迁了，最割舍不下的就是两只六亲不认的藏獒。弟弟三思后决定把姊弟俩送给近京的河北挚友，并千叮咛万嘱咐绝对要善待它们。接下来又细致地交代了它们的饮食习惯。

那天，弟弟放开它们在院里玩了会儿，也算是告别故居，然后用几块饼干诱进大铁笼，落下笼门。等叉车叉着上货车时，它们反应过来，疯了一样又吼又撞，似乎要把铁笼掀翻。用粗绳加固，两条藏獒一起扑上去，咔嚓咔嚓将绳咬断。周围看热闹的人都是头一次见识藏獒的凶狠。藏獒平时比土狗更贪睡，总是酣睡不醒，这是不是它们随时在积蓄力量，为了像这样突然爆发的一刻。

两只狗运走时，弟弟弟媳和他们的两个女儿心里很不是滋味，都围上去送别，叫着赛虎赛虎、黑熊黑熊。但两只藏獒扭过头去，呼哧呼哧出粗气，看都不看他们。

一个多月后是春节，他们一家很想赛虎和黑熊，开车去看，一路上都在想象着将会出现怎样亲切感人的场面。两只藏獒明显见瘦，看见他们，低着头背过身去，不吼不叫也不喘粗气。但怎么叫它们，也不回头。一家人心里沉重感伤得说不出话，这姊弟俩，怕是永远不会原谅他们了。

可是我想，赛虎、黑熊在心里还是把我弟一家当成了最亲的人。要是陌路人，它们哪里会有这么大的气性。不久后，两只藏獒都死了。从此，在我弟弟一家人面前，谁都不忍再提起它们。

2017年2月9日

菜菜小朋友

我头一次到老同学家，门一打开，跳出来一只浅棕色小狗，围着我转圈吵叫。看我谨慎设防，老同学赶紧说，它不咬人。

它果然不咬，而且我很快能感受到它的好客，从我一落座，它就脚前身后地围着我，小尾巴摇得很欢实。它叫菜菜，泰迪后裔，小板凳一样高，背阔臀圆，毛茸茸的脑袋和耳朵，黑溜溜会说话的眼睛。短小的尾巴，我以为就是一团柔毛，用手碰碰才知道也有短短的尾巴骨。我每唤一声菜菜，它就回头看定我，好像问我有什么事。同学夫妇几句话就会偏离到它身上，很快我就能意识到小家伙显赫的家庭成员身份。

我吃苹果时，菜菜站立起来，两前爪搭在我腿上，过一小会拍我一下，过一小会拍我一下。我忽然反应过来，它是不是给我要吃的。同学说是的。我知道小狗比人金贵，不能随便喂，请示它"爷爷"，它"爷爷"说不喂。它就一直前爪搭在我腿上，拍一下拍一下，拍得我都于心不忍。我本来就是个容易被小动物打动的人，菜菜能和我无障碍交流，很快就让我喜欢得不得了。

后来吃饭，还有两个同学及一个同学的夫人，菜菜却只围着我转，在桌子下边还是前爪搭在我腿上拍我。我问它"爷爷"这是为什么。老同学说，菜菜之所以不拍别人，是因为我进门早，又总逗它，便认为我喜欢它。我惊呼，它真把我给研究透了。

老同学说起菜菜，满脸的爱怜。他说菜菜就和小孩子一个样，很聪明，听得懂话。

饭前，老同学和我曾出去接其他同学，门打开，菜菜直直地站在客厅当间，眼巴巴看着。老同学说，菜菜，走，跟"爷爷"去接人。菜菜唰地抢先出门，冲到电梯口等着上电梯。

菜菜很想跟"爷爷"出去，但"爷爷"不放话，它就不出去了，很听话。"爷爷"出门不便带它时，也必定给菜菜招呼一声，说，"爷爷"去办事，你在家陪"奶奶"。它就乖乖地在家待着，不缠着要出去。

有时老同学在院子里，让老伴把菜菜送下来，老伴把菜菜送出电梯，就回家忙她的事。菜菜会一路小跑，先到乒乓球室看"爷爷"在不在打球，不在，又跑到棋牌室看在不在打牌，还不在，会找到他常和人闲聊的地方。万一还是没找到，它也不跟别人走，只找保洁师傅，保洁师傅把它送回来过好几次。

老同学的老伴叫它，菜菜，洗澡。它跑进卫生间就跳进盆里。洗完，不吹干不乱跑，等一吹干，一路小跑就到客厅里去玩了。

这小东西，除了不会说话，你说它还缺什么。简直就是神童。

在家里，菜菜和谁都好，但要说出门，它最喜欢跟"爷爷"，除非"爷爷"不在，它才跟其他人出门。

前一阵老同学两口子出远门一星期，让两个女儿每天轮流回家带菜菜在外边转一转，菜菜在楼下没看见"爷爷"，心情不好，稍溜达一会儿就自己先往家里跑。

有一次，老同学两口子开车出去买菜，回来时车开出一两公里发现菜菜不在车上，赶紧转回去找。它还在车场，也吓得够呛，在车场疯跑着，跑一跑抬头四处张望，好在没有远离。

老同学的老伴说，看不到它"爷爷"，菜菜跟丢了魂一样。我能感觉到，不见了菜菜，向来沉稳的"爷爷"，也跟丢了魂一样。

老同学一家在老家时养过小狗，来西安后本想不养了，累人。

但女儿要养，说让外孙女有个伴。六年前正好朋友家大泰迪生了小泰迪，就要了一只，外孙女小名叫饭饭，小狗就叫菜菜。

菜菜可真是没辜负老同学女儿的一片爱心。住五层楼时，女儿开车回来，它能在车来车往里听出女儿的车声。女儿停车时，菜菜就在家里欢闹，对着大门又是叫又是挠，过一会女儿就敲门回来了。如此这般几次，家人就明白了，只是不知道它是怎么练就这本事的。

菜菜和饭饭更是你是我的饭、我是你的菜，一对亲密的小伙伴。饭饭周六来姥爷姥姥这边，周日走，周周如此。这规律也被菜菜掌握了，平时它没事一样，跟"奶奶"好，跟"爷爷"亲，可是每到周六，它就兴奋起来，一趟一趟跑到门边听脚步声。饭饭一出电梯，它就欢叫着告诉"爷爷""奶奶"，老两口就赶紧开门把外孙女迎进来。饭饭、菜菜也开心地闹成一团。

你说，这一天一天，菜菜是怎么推算出来的？难道它在床下藏着一本犬文小日历？它小小脑袋瓜里，还有多少东西不被我们所知？

2019 年 11 月 29 日

邂 逅

就在今天晚上,我有一次邂逅,一次温暖的邂逅。

我着汗衫短裤理完发往回走,往南过了远大路十字,前边不远处是武警家属院。路灯下一条小不点棕色小狗和我同向往前走,再往前三四十步远,一对男女也往南走。我估计他们是小狗的衣食父母。

我满怀善意地吹响一声口哨。妻子总是对我的口哨不屑一听,我的口哨不聚气,而且不成调。可是积几十年生活阅历,我知道凡狗对口哨都有反应,凡猫对口哨都闻而不见。

果然棕色小狗驻足回望,想看清楚我是谁。我给他以温和而灿烂的笑脸。在路上逗猫逗狗逗小孩,是上年纪的表现。我充分意识到自己已经走在了人生的什么阶段。

小狗很聪明,知道我是生人,回头继续小跑往前。

我再次吹响走气的口哨,小狗也再次驻足,而且身子都转了过来,抬头望着我,好像在问:你,叫我干什么?需要帮助吗?许多狗弄明白打口哨的是生人后,就不再搭理,这只狗对我的好奇,让我也对它徒增好奇。

很遗憾,我没法向它进一步表达我的意思,我也没有什么意思。小狗大约觉得莫名其妙,赶紧转回身往前跑着去追主人,这时主人已渐走渐远了。

事后想起这件事有点后悔，但是当时我确实吹了第三声口哨。之所以吹第三声口哨，我大约是觉得小狗很可爱，对我很友好。当然也不排除恶作剧，看它好玩，一次一次逗它。我这个年纪的人，按说是不应该这样的。

这一次，差点就酿成大的过错。

听到口哨声小狗还是驻足转过身看定我，可能想问我到底要干什么。我还是嘻哈着什么也没说。小狗稍愣一下，向北跑去。我大吃一惊，几次转身，加上时不时有人走过，它是不是转迷瞪了。随即我还产生疑问：向南走去了的那对男女是不是小狗的主人，他们怎么也不招呼它呢？

不管什么情况，我影响了小狗回家，我得帮它。口哨急促地吹响，它回身跑到我跟前，没停又折身往北跑。我能感觉到它有点紧张了，其实我也有点小紧张了。

我用口哨夹杂着语言招呼它，它犹犹豫豫地到我脚下，我弯腰用双手接近它，它居然没有躲。我想它是把自己交给我了，让我帮它。它这么信任我，我感动了。

我没有抱小狗的经验，两手卡着它的前腿窝举起来。这时看到后边上来个姑娘，以为狗是她的，一问，女孩笑着摇摇手。

狗主人还是前边那两个人吧，他们可能会找回来，我想抱着小狗迎过去。我叫不上来几个品种的狗，觉得它有点像一个同学家的小布丁，但也不能确定。可能是夏天的原因，主人给它把身上的毛剪得短短的。它应该比较贪吃，肚子圆鼓鼓的。我想，两手卡着它会让它不舒服，就蹲下来重新抱它，它也好像认定我就该抱它，一动不动让我抱。我一只手搂在脖子下，一只手抱屁股，它实在太小，我怕一秃噜从怀里给翻出去，只好一只胳膊抱着，一只手搂着肚子。不料弄了我一手狗尿，这才知道这家伙是只小公狗，而且刚尿过。顾不了许多，权当是童子尿，沾上的是喜气。我惹的事，我得对它负责。

我抱着小狗往前走，它是什么心情我不知道，但我的心情比较慌乱。我经过很多事，但没经过这样的事。要找不到它的主人，我肯定要把它带回家，可是养狗在我家是大事，几次讨论过，都没得出养的结论。再说猛然抱回去，喂它什么我都不知道。而且，我对它再好，它还是会想它的主人的。找不到他们，它该会多么难过啊。

还好，往前走了不远，小狗的男主人一路叫着找回来了。我把小狗交给了他，给他说它迷路了，我隐瞒了它迷路的原因。小狗跟着主人欢快地走了，我没再打口哨。偶遇并有交集，就是邂逅。我会记得这个小东西的。

2019 年 7 月 20 日深夜

羊妈妈和它的孩子

深秋的故乡多雨,下午雨稍停,我和妹妹陪母亲在村口苇子壕边慢走。壕边杂草丛里,二十多只羊在埋头吃草,放羊的是新庄子一对老夫妇。

我童年时经常放羊,看到羊总有种亲切感。眼前这些羊是小尾寒羊,身坯高大,尾巴小小的,都不遮羞。我家以前养的是大尾巴绵羊,走起来尾巴一扇一扇的。羊越是肥壮,尾巴就越肥大,

两只小羊羔引起了我的注意,出生七八天的样子,小卷毛雪白,一只在草窝里磕磕绊绊跟着走,时不时嗅一嗅草叶,它还不能大口吃草;另一只卧在路边,眼睛时睁时闭,蔫蔫的,我觉得它是病了。放羊的说它的腿被大羊踩伤了,没事的,会跟着走的。

羊妈妈边吃草边咩咩地低声叫着,它在招呼它的孩子。羊妈妈没有跟上群羊,始终不远离这只受伤的孩子,草吃得也不踏实。它一会儿走近小羊,一会儿紧吃几片草叶,喉咙里不停地发出咩咩声。我听着会聒噪,小羊听着,却一定是安全感。

受伤的小羊站起来了,它的右前腿不能着地,一瘸一拐地往前挪,看上去让人心疼。才这么小,要是人类的孩子,刚睁开眼才几天,还在母亲的怀抱里享受深厚的疼爱呢。

它先颠瘸着走进草丛,但很快就意识到被草绊着,行走困难,便退出草丛,顺路边跟着妈妈往前走。

我惊讶地给母亲和妹妹说,它还这么小,却这么聪明!

放羊的妇女说,聪明得很,在羊群里被踩的,后来再不往里挤,晚上就卧在圈门口。我不由得更加爱怜这个小生命。

第二天上午,天空飘起细若游丝的雨,只有脸上能感受到。我有点担心受伤的小羊,一个人打着伞,再次来到苇子壕边。还好,放羊人和羊群果然都在。女的说,一天放两次,张口货,一顿不吃都不行。

健康的那只小羊还是在草窝里磕磕绊绊,腿瘸的小羊还是沿路边走动,羊妈妈还是边吃草边咩咩地叫,时不时看一看它的孩子。我忽然发现,草窝里的小羊在拱另一只大羊的奶,便问放羊人:它们不是一只羊生的?女的说,不是,这两只大羊没本事,都生了一只,别的羊三四只地生。

我往群羊跟前一走,群羊像炸了窝,呼地四散跑去,领头的山羊以及头顶盘着粗壮羊角的公羊也都吓得跑出去十几米,然后才站定看着我。男人说,它们灵得很,把你当成羊贩子了。

而跑离的那只羊妈妈,又仰着头朝我走来,嘴里咩咩地叫着。原来,它的孩子在我脚前。羊妈妈站定看着我,我看不懂它的眼神是哀求,是愤懑,还是反抗。可以肯定的是,为了它的孩子它义无反顾。

我赶紧往后退了几步,离受伤的小羊远一点,母羊才不再紧张,带着孩子走向群羊。湿冷的秋风秋雨里,羊妈妈和小羊羔都让我心生暖意。

2021 年 10 月 14 日

鱼命也是命

弟弟、侄女大约是觉得屋里还应该有别的气息，便买了鱼缸，买了鱼，好几种小鱼。家里果然平添欢快气氛。新鲜劲儿过去了，他们各自忙各自的事情，只剩下弟媳平时给鱼喂食换水。

鱼命脆弱，不知道什么原因，鱼是一条接着一条死去。死一条鱼本不是什么大事，但想到鱼命也是命，弟媳给大家报告不幸时，总能感到她心里的惋惜。

最后剩两条了，同一个品种，长不过寸，宽如窄韭叶，但也有头有尾，完整的一条鱼，也是一条命。窄条鱼很活跃，很灵活，在小鱼缸里窜来窜去，从不见它们歇着。不知道人睡去后，它们休息没有？单调寂寞的两条生命，有一天却突然给大家带来了惊喜，鱼缸里居然有了两条幼鱼苗。鱼苗长不过一公分，窄似几根发丝，浑身透明，却也隐约可见黑脊线，还有针尖大的黑眼睛。它们似乎更灵巧，会打挺，会扭动，有时一动不动停在水里，有时闪电一样突然窜逃。

两条鱼苗带来的欢乐，还不仅仅在于人丁兴旺，它们的父母何时谈恋爱，何时入洞房，怎么一点没看出来啊，让人很是遐想。还有，它们的母亲来之前带着身孕吗？如果是，问题还要复杂一些，母亲和另一位，是雌雄配，还是姐妹花？另外，怎么没注意两条小鱼就成形了，它们是卵生的，还是破例，直接胎生的？这么幼小的东西，很考验一家人的知识和智慧。

疑问归疑问，开心归开心。可是，不等幼鱼长大，有一天发现只剩下一条，仔细搜寻，还是一条。再过两天，一条都没有了，活不见鱼，死不见尸。大家猜想：被鱼父母或鱼姐妹吃了？这让人很是沮丧。随后又在想：这两条，还会生出小鱼吗？奇迹是在大约一个多月后出现的，鱼缸里又冒出一条幼鱼苗，还是浑身透明，会打挺，也会闪电一样窜动。它的出现，证明了它父亲的身份。

弟媳对这一家三口更用心了，可是太过用心反倒铸成大错。她一直在想那两个小生命到底去了哪里，如果真是被父母食掉，那这一条岂不随时会有危险？她要防备万一，便接了满满一盆水，在阳台上晒温，把鱼父母捞过来，与幼子分而养之。正是"人有千虑，必有一失"，盆水太满，等她转一圈回来，鱼父母大约是思儿心切，都跳出盆外，已经一动不动了。弟媳大惊，慌忙把它们捡回鱼缸，一条活了过来，另一条很不幸，坚持了一天，还是撒手而去。不知道它是父亲，还是母亲，总之家破鱼亡了。

两三天了，弟媳还在闷闷不乐，她在我妻子跟前懊恼自责：怎么这么大意，为什么没想到水太满，鱼会跳出来。她还在为死去的鱼和鱼缸里的孤儿寡母还是孤女鳏夫难过呢。两妯娌商量往后怎么保住一大一小两条鱼命的时候，我在翻看手机新闻，美国"黑人的命也是命"的街头抗争，似乎没有尽头。

2020 年 9 月 29 日

解救一只猫

庚子年开年，所有人的心情都被疫情毁了，有一只猫也没能幸免。

她憋闷在家躲病毒很多天，立春这天戴着口罩到空旷无人的公园散步。寒气凛冽，但天空晴好。

有人添加微信，问她能不能帮着上门去喂一只猫。

开什么玩笑，人都不敢随便上街，谁会去帮陌生人喂一只猫？

但她没这么想，只是说，喂没有问题，可是有的小区不让进啊。

随后又跟了一句，说，我去看一下吧。

对方说进不了小区那就没办法了，但可以先付费，不会让她白跑一趟。

她说不用付费，自己只是帮忙。

对方赠给她两枝红玫瑰，在微信上。

对方是个小伙子，权且称作猫哥吧。猫哥是在北京工作的外地人，春节前回老家过年了，走之前给自己养的猫放了一碗粮、一小盆水。他设想的是够猫吃喝一个星期，他也就回来了，没想到疫情把他封堵在了老家。这都超出原计划三天了，猫哥急了。他前几天就在春节上门喂猫平台上找人，但谁敢接这活！

她一听就知道猫哥喜欢猫，但仅此而已，猫哪知道每天按计划吃喝啊。

她一刻没敢耽搁，出公园，开上车，导航，十一公里，到了猫哥小区。果然戒备森严。

她给门卫说了情况，门卫想也是，不能把猫饿死在家里，就让她进去了。输入密码进得猫哥合租屋，还好，灰白色花猫还挺精神，但猫粮只剩几颗，盆里的水早就没有了。

她赶紧盛了点水，看着猫低头不停歇地舔水喝。喝完，花猫抬头也看着她。它大约知道了她是来解救自己的吧。

对视的那一刻，她决定把它带走。

她不仅喜欢猫，爱怜猫，还懂猫。猫绝对不是谚语里说的有九条命，而是生命很脆弱，三天不进食，肝就会永久性损伤，三天不喝水，对肾脏的损伤就不可逆，时间再长一点，就是肝黄疸，肾衰，必死。猫哥再要回不来，猫在这里就很危险。

她告诉猫哥，决定将他的猫带走。猫哥在微信上又送了她几枝红玫瑰。

她人生里有多少故事我不知道，但她伺候小区里的流浪猫的故事，我知道很多。她和一个因猫结缘的好姐妹，长年管几十只流浪猫吃的喝的，以及养老送终。光给猫做绝育手术，两人一年下来也得花几千块钱。

三年前，她把自己的信息放到一个春节帮助喂猫的平台上。平台上大都是志愿者，极个别是收点儿跑路费的有偿服务，按猫头、按远近明码标价。她不收费，她只是想着猫吃不上喝不上怎么办。与其说她是在帮人，还不如说她是在爱怜猫。

猫哥就是从平台上翻到了她的信息。

花猫带回来后，先关在地下室猫笼里隔离观察十四天，家里还有六只猫，要小心传染病。

家里的六只猫，三只是跟她好多年的，其中一只老猫满口牙掉光了，她得一直养着，放出去它就活不下去了。另外三只，都是她后来收养的；其中一只很可爱的猫，主人身体患病，实在没法养了，把它关在大门外，它天天守在门口不走，后来她收养了。这三只猫谁喜欢她就送谁，但有个前提，不光喜欢，还得爱怜，还得懂猫。

她认为不要因为寂寞，甚或只是有点喜欢，就心血来潮养一只猫。要想到这个小生命，是你未来十几年生活里的一部分。对生命的敬畏和热爱是渗透到骨子里的，并非附庸风雅可以做到的。

她刚刚带回来的这位"客人"可真逗，艰难的环境也没改变它的天性，她发现它发情了。她想，隔离期一过，就得把它带回家，家里有公猫，不能让它怀上孕。

这次她没和猫哥商量，她戴好口罩，提上猫笼到宠物医院去给猫做绝育手术。

花猫的伤口已经痊愈，已经和其它六只猫共同生活在她的屋檐下。猫们不喜欢群居，互相警惕地盯视、探寻，但也相安无事。

看得出这是只人工培养的家猫，温顺呆萌，在这屋里只和她熟识，自然和她更亲近，它视她为依靠。她也必须为它主持公道，不许别的猫对它不礼貌。

她在想，猫哥回京后带它走时，它和她会不会依依不舍。

由猫及猫，她甚至在想，这场疫情之后，流浪猫会不会多起来了啊。

2020 年 2 月 24 日

智斗老鼠

一想起这件事，我自己笑得都有点东倒西歪。

在西安初办公司时，一干人马租住邮政小区老房子，家具全不全没啥，但老鼠拖儿带女与我们同吃同住，让人不胜其烦。特别是到了晚上，嘎啦嘎啦、唧唧吱吱，实在忍无可忍。

我这人有个特点，凡不利的事情反复出现，我不会坐视不管，一定设法把事情摆平。我坐在客厅里琢磨对策。但还没想出成套的方法，就见一只大家伙偷偷钻进开着口的旧管道里。我不假思索，拿一块片石压到管口上，我知道它有去无回了。至于那头通到哪里，与我无关了。首战告捷。

对付老鼠和干别的事差不多，最好的办法是掌握它的行踪规律。我一般不用耗子药，毒死了臭在屋里怎么办？我也不用捕鼠夹或捕鼠笼，一个会夹得血淋淋，一个套住了还得再下一次手，而且这两种器具都得投资。

我很快发现有只老鼠和我们的生活习惯相当吻合，吃饭去厨房，睡觉回房间，客厅是它的必经之路。稍有不同的是，它来去都是一路小跑，不像我们这么悠然。还有什么比让对手掌握行踪更悲催的呢？我都有点替老鼠担心起来。

眼见一只老鼠跑去厨房，我立即拿起一根竹竿蹲在客厅地上，然后让别人去厨房惊动它。果不其然，老鼠慌不择路冲我奔来，我顺地扫竹竿，打了个正着，上去再重敲一下，簸箕铲走。

再一个重要窝点在阳台，一大堆旧报纸下边，这里成了老鼠们欢天喜地的夜总会，天天晚上闹腾。我坚信人只要动脑子，就会有好点子想出来。

我同样不做一点投资，拿了个空塑料桶，紧靠报纸堆放下，我要让老鼠自己失足掉进去。我又想，掉进去的要是一只大家伙，一猛子蹿上来怎么办？我给桶里倒上水，水位不高不低，让它既蹬不到底，也不能从桶里游出来。最理想的结果，是老鼠筋疲力尽自沉水底。我又在桶上盖了一张单层报纸，报纸中间放上美味。好，一切就绪。

翌日一早，我看到报纸下沉，就知道成了。往桶里一看，老鼠沉在水底，一切都符合预想的过程，完全没有走样。美食呢，老鼠也没顾上吃。这么缜密的头脑，给谁下套都受不了，幸好我这大半辈子不好与人作对。

智斗老鼠的战绩，还可以往前再推。我还是一身戎装时，有几年住在白鹿原下一所军校。那时刚结婚住筒子楼，厨房里有一只灰不溜秋的大老鼠老是吓我的新婚妻子，我有责任保护她，决定对老鼠动手。

没人时，老鼠尽情在厨房翻腾，谁要一开门，它嗖地跳上洗碗池，再嗖地顺墙蹿上小窗，钻到隔壁溜之大吉。就是这闪电般来去让人猝不及防，每次开门，心里都有点小发毛。

它的行动路线我很清楚了。这天我进门前，手里拿着一根细棍，也不长，我知道这足够了，太长还会影响施展。推开门，我直接站到水池墙侧，迅速占位。老鼠没有出现，我知道它一定在哪里盯着我，就看谁更能沉住气。稍一眨眼，老鼠蹿出，跳上水池，嗖地上墙。我不紧不慢，手起棍落，老鼠滚落到池子里。从此天下太平。

2017 年 3 月 14 日

戈壁滩记忆

我是去年八月重回鄯善的,一感受到火辣辣的气浪,一望到波光粼粼的戈壁,我就找到了熟悉的感觉。我的眼睛看啊看,似乎永远也看不够。我看似平静,但内心早已热流滚滚。沉在记忆深处,又时时浮在眼前的戈壁滩,让我总有一种亲切和感动在心里。

十八岁之前,我掌握的所有知识里没有戈壁滩这个词,印象里也没有听说过。从刚满十八岁后的第三个月末起,我在戈壁滩上没间断地生活了十年半。十年半啊,那是我整个的青年时代,天天足不离戈壁,目不离戈壁,再坚硬的砾石都能焐出感情来。

我是和同批新兵乘军列进入新疆的,军列运行时看不到外边,在哈密车站分兵时又是夜间,也看不见新疆的面目。等到了鄯善军营一眼看去,远处,再远处,一直望到遥远的天山,都是平展展光秃秃的石子地,无村庄,无树木,无庄稼地,我有点被惊住,天底下还有这样的地方!心随即就和戈壁一样的凄凉。那时正是隆冬季节,一心要跳离的关中东部农村,地里麦苗都还是绿的呢。

我们的营区、飞机场,就镶嵌在戈壁滩上,但不会有鹤立鸡群的感觉,只会觉得渺小。在戈壁滩上,一切都显得渺小,还会让人生出孤独情绪。新兵训练时,眼光会掠过机场和一望无际的戈壁,捕捉到红山后边钻出来的火车,冒着白烟徐徐东去,那是回家的方向。心也常常会跟着回去。

新兵训练结束后我被分在汽车连，我们连的停车库、停车场、营房、饭堂、院子、猪圈就在戈壁上。连里唯一一块水泥地是篮球场。饭堂外边一米宽的水泥路，其实是隔半步一块的水泥块，也是铺在戈壁上。房前屋后有几棵杨树、柳树，几年都没长成个样子。停车场两头有两行沙枣树，一到夏天倒是有点生机，但常常也是落满土尘。我们去机务队、警卫连、气象台会老乡，都穿行在戈壁滩，怎么近怎么走，果然是走多了就有了路。

心情郁闷的时候，就在营房西边的戈壁上走走，漫无目标，走不到头。戈壁上除了自己没有别的活物。空旷的戈壁有时能带来灵感，有时不能。有时能让人心胸开阔，有时会让人觉得愈加茫然。遍地是打弹弓的好石子，可是天空没有飞鸟，连麻雀都无一只。

戈壁上没有大石头，拳头大的石块也不多，只有黑色、灰色、深绿色的石子铺满大地，大都和小枣一样大小，圆的、椭圆的、扁的、长的，都有，不带棱角，都是浑圆状，很好的流线效果。这是千万年互相磨砺的结果。戈壁表面有点松软，一走过去，石子就被踩进薄薄的浅土层里。浅土层没被人踩过，像一层薄壳，踩上去发出咔嚓咔嚓的脆响。

那时我想象力贫乏得很，至今仍然很贫乏，无法理解无边戈壁曾是洋底，但是并不反对关于远古的这一学说。我对戈壁的深层认识仅限于连队的菜窖，这是谁挖的不知道，入口砌着一人高的小门，然后斜坡下去，储存白菜、土豆等过冬的菜，最深处约三四米，顶上覆盖木料和厚土层。本以为砾石沙土会很松，挖下去会塌陷，其实不然，菜窖四周结结实实，齐齐整整，不塌不陷。我才知道戈壁滩不光浩大，而且很坚硬，深不可测。后来知道不仅如此，就在我们脚下，还蕴藏着石油，而且是富油区，这一带已经叫吐哈油田了。

我所在的部队主要是培养飞行员，他们平时飞多远我不知道，听说往西能飞到艾丁湖上空。艾丁湖水无特别之处，但地貌特征可不一般。艾丁湖底低于海平面一百五十四米，是中国最低的地方。

我们汽车连的司机，则是随着汽车轮子，跑遍天山以南到库木塔格沙漠北缘这片广阔戈壁，往西穿过火焰山到吐鲁番，往东到鄯善火车站再东几十公里。戈壁滩地势北高南低，这倒是有利于天山雪水顺势南下，坎儿井和一些明水溪就借了这种地势。我开的牵引车主要在飞机场牵引飞机，主任务之外，也时常外出拉人拉物资。运输班的司机跑得就更野了，达坂城、乌鲁木齐常来常往，入冬时还会翻过天山到巴里坤、木垒、吉木萨尔去拉土豆。那里的土地和气候适合长土豆，而鄯善的戈壁草都不长。

从鄯善老火车站直向西南下来的国道，到我们营区三十九公里。国道从内、外场营区中间穿过，再下去几公里遇一东西向水渠，折向正西奔向火焰山、吐鲁番。这条国道就是相随兰新铁路一路入疆的唯一公路，那时也是戈壁上跑出来的天然路，估计是用铲土机铲去表面砾石浮土，两边清出沟槽，就成国道了。我们汽车兵管这样的路叫搓板路，车跑起来咣当咣当似乎要散了架。我们熟谙跑搓板路的窍道，越快颠得越轻，越慢颠得越厉害，不得已刹车时，车上的人颠得能跳起来。国道上也会有不是搓板的路段，这样的路面大多拥满砾石，形成两道车辙可以跑车。老司机喜欢跑这样的路，车轮刷刷地响，听起来很悦耳，新司机跑起来就不轻松，汽车时不时会滑龙，突然开进砾石窝里还会出危险。我一个老乡就在砾石堆里翻了车。但砾石堆里翻车没太大危险，戈壁是平坦的，砾石堆是松软的，人车都不会有严重的损伤。我的徒弟开车翻了个过，起来后车还能继续跑，他只损失了颗门牙。戈壁上的养路队都有刮路机，就是石子厚了，开刮路机刮到路外去。常跑这样的路，轮胎自然很费，崩边掉块是常事。有时跑着就是一声爆响，腾起一团尘烟，爆胎了。我跑火车站时就遇到过这种事，车上的人以为什么爆炸了，吓得不轻。我们差不多都练成了换胎能手。司机常做的事，就是停车时围着车转两圈，看轮胎瘪了没有，看轮胎中间夹石子了没有。

不像现在，鄯善戈壁上新添了北站和吐哈油田站两个火车站，还都是高铁站，那时只有鄯善老火车站，一个边疆小站。但鄯善站在我们心里差不多就是圣地，甚至会超过热闹而不繁华的县城。从锦州、烟台给空勤灶发来的苹果，从三道岭发来的煤块，不知从哪里发来的大白菜，都是我们一趟一趟从火车站拉回来。来来往往探亲的、归队的，都是我们到火车站接送。我们最后一次走出戈壁，就是在老火车站挥泪告别。多年后有一次我从内地出差去乌鲁木齐，半夜不睡觉，就等着到鄯善站，到站台上站一站、看一看。去年，汽车连老兵重聚鄯善，青岛籍战友老胡一行十几人，驾车几千公里，一看到鄯善东站（改名后的站名）路牌，老胡忍不住就流下眼泪。

记得我开车跑吐鲁番有三到四次，都是给空勤灶去拉菜，多是拉茄子、辣椒、豆角、韭菜之类的寻常菜，鄯善这边地少菜少。单趟过去九十公里，中间四十五公里外是火焰山。火焰山赤红赤红，每到这里忍不住就会想怎么会有这样的山。当然也会想到孙悟空和铁扇公主，会想到吴承恩，想他一定是到过火焰山。火焰山寸草不生，但穿山而过的国道两边却是一条不小的河流，有的地方还形成小湖泊，芦苇翠绿翠绿，生长得很茂盛。我们连的司机都会在水边停车，围车转两圈，踹两脚轮胎，看亏不亏气。再就是拧开水箱盖，缺水了就加一点。如果水温过高，也会提一桶水冲水箱，给发动机降温。

穿过火焰山，国道往西北方向去吐鲁番，照样四十五公里，照样笔直笔直。戈壁上就这样，一马平川，无村庄，修路不用绕，常常几十公里上百公里不打弯。路上没人，车也少，开车跑这样的路容易犯困。几十年前在这条路上盲开几秒，还是几十秒的事，我至今清晰记得。当然激灵过来还是会吓一跳。这条路北侧路边有一座砾石沙土堆起来的孤坟，坟前面南立一块简易小石碑，上边记载着二十世纪五六十年代在这里有过一次长途客车自燃事故，几十个进疆建设者遇难，他们合葬在此。我路过时下过两次车，一次是别人给我介绍这座孤坟，另一次是我给别人介绍这座孤坟。看着孤坟，我心想：这么偏远的地方，家人一定难得来看他们，而他们分别来自哪里呢？

　　快到吐鲁番时有个养路站，忘了怎么认识的养路站站长，他是汉族人，大高个，我会到他家坐一会，记得还吃过一顿手抓饭。油油的白米饭，里边有羊肉块、胡萝卜、皮牙子，用勺子吃的，很香。他对我很热情。戈壁滩上人少，看到一个人很容易当成亲人。戈壁上驻扎着一个地质小分队，有男有女，吃住办公都在帐篷里，我们路过时也拐进去坐一坐，互相都当亲人一样。

　　吐鲁番热啊！罗马尼亚制造的喀尔巴阡四轮二点五吨牵引车，驾驶室顶就一层铁皮，里边本就很热，但还比不了戈壁滩上的热浪。我摇起车窗玻璃，脸上发烫，流着大汗，驾车在戈壁上狂奔，心想跑过火焰山就好了。其实都知道，鄯善也是四十度以上的高温迎候着。

　　鄯善县城北边的国道丁字路口往西十几二十公里，我们一次拉羊粪还是干什么，下国道后走戈壁小道，一路往北，再往东，跑着跑着，哇，一条南北大沟突然横在眼前。要不是车到跟前，绝对想不到平坦的戈壁滩上，怎么会出现山谷一样的深沟。沟宽两三百米，深十几丈，东西两边沟壁齐刷刷直上直下。沿一条土道开下去，沟底有村落，有庄稼地，有河流，天山雪水淌得很急。高大的杨树、柳树、榆树遮天蔽日，杏树、桃树、核桃树、葡萄树挂满果子。维吾尔族老乡走出家门稀奇地和我们打招呼。茫茫戈壁上，这里真是别有洞天了。歇息时，我们掬起冰凉的河水喝，吃着从连队带来的白面馒头，就着咸芥菜块，很香。

　　前边提到的红山，东西走向，像一道天然大坝拦挡在天山和鄯善县城之间，在我们机场跑道西端北边几公里处戛然而止，齐茬断头，往西蔓延到哪里不得而知，是不是和火焰山顶上也不得而知。

红山并不高，几层楼高的样子，它总是让我产生疑问。它和火焰山一样赤红，寸草不生，更奇怪的是山顶是平的，平坦的山顶很整齐地向西延伸而去。最初我以为是飞行需要，用推土机把山顶削平的。后来知道不是这样，但还是时不时就想，它的顶为什么是平的。红山大约宽一二公里吧，我们没去过山后。总能勾起我乡愁的兰新铁路线，就在红山和天山之间的戈壁滩上。红山的黏土倒是有用，哪个连队开垦菜地时，我们连的车就拉几车红山土送过去，混上沙土，再施肥、浇水，就能长菜。我们连开垦出来的苜蓿地，用的就是红山土。入冬打煤饼，也会在粉煤里掺上红山土，省煤，烟少，不散，还耐烧。老百姓盖房脱泥坯，红山黏土是最好的土，晒干后结实得很，不亚于烧制的砖。

红山和火焰山是戈壁滩上的孪生兄弟，但名气没法相提并论，我甚至从没看到介绍鄯善的文字里有提到过红山，好像红山不存在一样。我很纳闷，弄不好红山的名字是我们自己叫出来的。

从天山向南铺泄下来的戈壁，和库木塔格沙漠北缘之间，有窄则几公里、宽则十数公里的地带，居然是土层很厚的良田，常年享受着天山雪水的滋润。鄯善县的火箭、前进、东风、红旗、东方红等七八个公社，还有国营园艺场，包括县城，从东往西，就排列在这一百多公里长的土层带上。村社有种棉花的，种小麦、玉米的，更多的还是瓜园和葡萄园。瓜当然是驰名中外的哈密瓜，当时的品种有夏瓜、冬瓜和红心脆，最好吃的是冬瓜和红心脆。西瓜也非常好，个不大，甜得不得了。葡萄以无核白葡萄、马奶子为多。我们经常助民劳动，入冬前帮着埋葡萄树，开春时再挖开。我们司机最喜欢干的就是到这一带给飞行大队、机务队拉瓜拉葡萄。有个维吾尔族中年汉子叫五小，挺幽默，汉语说得好，一笑两个酒窝，他和我们连长熟，连长常指使我开车找五小，买最好的葡萄干和哈密瓜。五小有时也赶着毛驴车到我们连来，来了就笑眯眯地和我们说东说西。也不知道五小现在怎么样了。有战友说他准确的名字可能叫吾肖尔尼亚孜，但也只是可能。

　　不知道是什么原因，戈壁滩缺雨，不缺雪（听说现在也缺雪了，今年的雪连戈壁都没盖住）。夏天下不了几场雨，下透雨就更少，总是天很高，云很淡，飞行行话叫可飞天气多，适合培养飞行员。可是一到十月下旬就会落雪，一旦下起来，铺天盖地。那时大家争着做好事，天还不亮就呼啦呼啦扫起雪来，睡觉的人就被扫醒了。几场雪下来，戈壁滩盖上了厚厚的雪被，加上零下二三十度寒冷的天气，雪层表面会被冻成晶莹的雪壳，一直到来年三四月才能化尽。戈壁那么大，下雪就下吧，烦不到我们，可是飞机场跑道、停机坪不能有雪。一下大雪，全团上千人去机场扫雪，分段包干，木锨、铁锨、推板、扫把全用上。令人震撼的是飞机发动机吹雪，给足油门，雪堆被吹上天，飞到近百米远。冬天飞行时，我们牵引车司机拉完飞机，下了车没事干，便在人、车压实了的雪道上滑雪，助跑几步，两腿一挺，唰地滑出二三十米远。有时会玩接龙，一个打头，后边跟一串，一倒压成一堆。摔倒了我们也不怕，厚实的棉衣裤，高到膝盖的反羊毛皮靴子，羊皮大衣，栽绒帽，我们盼着在雪地上打滚呢。

　　但是化掉的雪水再多，也经不起夏天高温炙烤，有个说法是，鄯善这里的戈壁，一年的蒸发量多过降水量一百零八倍，这就知道戈壁上什么都长不出来的原由了。这里最热时气温在四十五六度，四十度以上要维持一个多月。戈壁滩上空的太阳和别的地方本没有两样，但戈壁滩被晒得滚烫的石子，粒粒都会贡献余热，这就让整个戈壁的温度几乎翻倍。戈壁上的地表温度有七八十度，都说能晒熟鸡蛋，我没试过。一个人在戈壁上若没有水分补充，大太阳下倒下去是可信的。阳光下满地的石子会出现反光，远远看去波光粼粼，让人不由得产生幻觉。有一个故事，说羊群会不断追着虚幻的湖泊跑，等跑到跟前，水又在更远的地方，追水的路上群羊一个一个悲惨地倒毙下去。这只是臆想，戈壁上寸草不生，哪里会有羊群呢？

团里飞行时，飞行员穿着夏季飞行服，上飞机下飞机都是汗水湿透，他们飞到高空才可能舒服点。有个专业知识，说每升高一千米，温度会下降大约六度半。我的飞行员朋友老弓就说，刚一进座舱背上降落伞，系上安全带，浑身就全是汗了。皮肤直接碰到安全带和伞带，烫得像被蜂蛰了一样疼。我们汽车兵就说，看来空勤灶的饭也不是随便吃的。修飞机的更不好受，在机场道面承受着蒸烤，胳膊不小心碰到飞机外壳，会烫出泡来。最热的时候，团里只好停飞，安排飞行员到内地疗养，我们勤务连队就进行政治学习。那时候政治学习很多，一个理论接着一个理论。我的一点才干，就是在一次一次的政治学习中提高的。

戈壁上夏天跑车也很有学问。汽车水箱常常会"开锅"，温度表指针顶到头，车头前腾起白色水雾，发出嗤嗤嗤的响声，让人很是紧张。这时候你不能贸然拧开水箱盖，滚烫的水会喷射而出，不光伤到人，还会损失水箱里的水。水箱没水车跑不了，戈壁上前无村后无店，也是要命的事。发动机也不能熄火，那样会燃缸，发动机气缸、活塞会抱死。我们会在戈壁上把车迎风停下，掀开引擎盖，发动机低速转着，一会儿温度就会降下来。不管什么环境，人总是有生存的办法。

鄯善大戈壁还被称是百里风区，其实从鄯善到柳树泉再到哈密，几百公里都是风区。但这里的风不是常年刮，常年刮大风就没法飞行了。鄯善往西过了吐鲁番的达坂城，才是常年大风呼呼地，刮得树都没有头，而且一律都是向南倾斜着。

百里风区的大风大都在春季，年年都会光顾。大风袭来，飞沙走石，风速仪瞬间到顶，让人没法知道狂风的级别。大风不光吼声吓人，而且摧枯拉朽，破坏力极强。我第一次被大风拦在半道，是跟师傅在离县城不远的国道上，车开起来发飘，吓得师傅不敢再走，我们两个人蜷缩在驾驶室里等阵风过去。飞起来的沙石击打得车身噼啪作响。有一天飞行，突然遭遇大风，幸亏飞机都抢先落地了。但我牵引飞机时，大风掀得汽车和飞机忽悠忽悠，我也是赶紧停车，刹住不动。我在柳树泉经历过大风，第二天一看，地面被吹得干干净净，大院一溜几百米北围墙全部被掀倒，有的楼顶迎风面也被掀开。不要说人和汽车，火车到这一段，遇到特大风暴都不敢开动，否则也会被掀翻。大风裹着沙石会打掉火车漆皮，车窗玻璃被打得千疮百孔。有一次在柳树泉，风停了火车也开不走，铁轨被沙石掩埋了。部队上去几百人清理出轨道，火车才徐徐开出。每次大风过后，飞机进气道都会清出几十公斤甚至上百公斤沙子，这在我们机场是寻常事。

大风还往往伴着寒流，戈壁上春天来得晚，连里菜地五月份才出苗，要是被寒流袭过，那上半年吃菜都紧张。汽车连伙食标准低，不能都买新鲜菜，尤其不能买头茬菜，想吃头茬菜，就得自己种。气象台一说有寒流，全连一起上，捡来罐头盒、瓦片、砖头，严严实实把菜苗保护起来。如果菜苗都冻死了，就得重栽，吃新鲜菜就大大推后了。我们菜窖里储存有大量大白菜、红白萝卜、土豆，还有夏天晒的茄子干、豇豆干，这些菜不光要吃一个冬天，还得为春天预留。

戈壁上最恐怖的当属沙尘暴吧，我想是。沙尘暴我们叫"下土"。别的都可以躲，唯独无法躲避的是"下土"。沙尘暴来临时，并不伴随着狂风，它是悄无声息地就来了，一道几十里长的黄尘遮天蔽日，滚滚而来。一边是晴空，一边像是活动着的土山，泾渭分明。土山翻卷着逼近晴空，吞噬晴空。营房、机场、飞机、汽车、行人，包括辽阔的戈壁，都被沙尘笼罩了。沙尘暴有时是夜间来的，无声无息，我们被呛醒了，就知道下土了。我们会用报纸把窗缝糊严，但这也是徒劳的，屋里依然弥漫着土尘，灯光都是昏暗的。清早起来，人人像是被强行化了妆，头发、眉毛、睫毛、脸，均匀地敷着土尘，大家都成了土人。被子、桌子、地面，落厚厚一层土。扫地时班长会喊，先洒水、先洒水。炊事班对尘土也无可奈何，吃饭自然也讲究不得，最好的办法就是快吃。我当文书时和李连长住一个屋，沙尘暴来了，我除了糊严门窗缝，还出奇招备了两张大塑料布，连长一张我一张，晚上严严实实盖住睡觉，连长夸我很聪明。可是到半夜他就不用了，说宁肯呛死也不能闷死。记得我坚持用了，但也是闷热得受不了时，头就钻出来透透气，一晚上睡得不安宁。沙尘暴退去的时候，往往还会下点雨，谁要正好在室外，就成了泥人。

鄯善戈壁和哈密戈壁沿天山南麓东西绵延四百公里，无缝对接。我对哈密戈壁的熟识，其实比对鄯善戈壁要早。新兵连两个月训练一结束，我们学开车的新兵到汽车连报了到，随即坐火车到哈密柳树泉校部汽车教导排集训。整整有半年，我们的场地驾驶、坡道驾驶、道路驾驶，都在广袤的哈密戈壁上进行。山地驾驶是翻越天山，城市驾驶在哈密市区，但也都先要驶过戈壁。我们往东最远到过骆驼圈子，距哈密市八十公里，再往东就接近星星峡，快进入甘肃了。

和鄯善戈壁比较，哈密戈壁还是大有不同。鄯善的戈壁大都光秃秃的，而哈密的戈壁长着骆驼草。骆驼草也叫骆驼刺，差不多就是这片戈壁上唯一的绿色生命，小圆叶，新枝上长满长长的尖刺，干枯的老枝上尖刺依然锋利，让人不敢近前。骆驼草并不会长满戈壁，而是这里一簇那里一簇，稀稀拉拉，让人会想到在戈壁滩上生存的不易。但是快靠近天山时，会出现例外，骆驼草明显地密集起来，而且差不多要齐腰高。这不禁会让人深思：没有水，它们是怎么活的？它们的根会扎多深？每一簇骆驼草下都会聚起一堆细土，细土上有蚁穴和土鳖子陷坑，这是戈壁滩上互为食物的邻居。也会有蜥蜴快速逃过，不知它住在哪里。我们常常会珍惜地把尿撒在骆驼草上，希望能给它解一时之渴。但大太阳时，那点液体瞬间就没了踪迹。

有骆驼草就会有黄羊和野兔出没，听说早先黄羊都跑上了机场。我们的江西籍教导排长好玩枪，那时遇到黄羊会追着打。有一次在飞机场以北的戈壁滩上，我们见识了黄羊的速度，飞一般快。

哈密的戈壁也不像鄯善戈壁那么平展，洪水冲刷出南北向的沟槽遍地都是，而且大的鹅卵石、大石头也不少，可想洪水的汹涌。我忽然明白，哈密气温明显低于鄯善，这里雨水偏多，给了骆驼草充分的滋润。同时，天山上流下来的水自然也会多一些。

即便是这样，这里的水也是奇缺的。很多地名听着就让人嗓子发干，沙枣泉、一碗泉、苦泉、火石泉等等，你听听。

哈密的戈壁滩上还有几大奇迹——起码我觉得是奇迹，很是震撼。三道岭露天煤矿就是其中之一，这里的煤，煤质好，无烟，燃烧旺，而且易开采，推土机推去土层，就可以采煤了。大南湖戈壁还有煤层年年不停地自燃着，夜间远远看去，火光一片，烟雾滚滚。再就是南湖的剥蚀丘陵，一座一座石山居然全部瘫倒在脚下，石头被风化成一层一层片石，无一完石。踩在哗啦哗啦滑动的片石上，我感受到了大自然无所不摧的力量。

如果让我对鄯善戈壁和哈密戈壁做个总结，那么我说：前者平静、秀美，后者则粗犷、生猛。

那时候，我们教导排的车轮还曾驶过中蒙边境中方一侧的三塘湖、淖毛湖戈壁。我后来往南还到过托克逊、焉耆、库尔勒戈壁，往西到过昌吉、石河子、奎屯、博乐戈壁，但都是短暂的车来车往，没留下太多印象。

戈壁滩就是新疆古已有之的徽标。

初来新疆者，不进戈壁，等于没来新疆。对我来说，不进戈壁，等于没回新疆。

哦，亲爱的戈壁滩！

2019 年 3 月 3 日

库木塔格沙漠里的那次任务

一九七七年的七八月间，新疆库木塔格沙漠里的一支地质队发现一颗不明国籍的坠落卫星，他们逐级上报到了北京。国防部一道命令辗转下到我们团，要求我们配合鄯善县武装部和公安局，到沙漠里寻找并运回这颗卫星。

我们汽车连领受了这次任务，将派车前往。那时我刚卸任文书不久，在牵引班当副班长，开的是全连最新的一辆两吨半南京牌跃进牵引车，这次任务就落到了我的头上。和我同往的是比我晚一年入伍的甘肃籍战友张耀仓，他开着一辆罗马尼亚造的喀尔巴阡牵引车。执行这次任务，本来一辆车也行，挂上帆布帐篷，牵引车能拉东西又能坐人，但是进沙漠非比寻常，团司令部和连领导决定派两辆车，以便互相照应，并指令由我负责。

库木塔格沙漠北沿紧邻鄯善县城，平时就在我们眼前，沙波起伏，开阔而壮美。但是往南却无边无际，让人心生恐惧。它是世界第二大沙漠塔克拉玛干千里大沙漠的一部分，也是罗布泊的泊边，三者一体，藏卧在硕大的塔里木盆地内，人称死亡之海。维吾尔族人常说，这里是"进得去，出不来"的地方。

那时候，我们没有这么多地理知识，但却十分清楚沙漠里险象环生，万一迷路就可能有去无回。

领受任务后，我和张耀仓用一天的时间做准备。修理排给我们全面检查了车辆，备齐易损的零配件，再带上机油。尤其是喀尔巴阡，故障很多，我们平时叫"坑人不浅"，给它备的零配件更要齐全。我们还准备了几块长木板，万一车陷进沙窝后能垫车轮子。还备了两套能拖车的钢丝绳。最重要的，我们把半人高的两大桶汽油和两大桶自来水紧紧捆绑在车厢里。不知道几天才能回来，得为迷路做好准备。在沙漠里没时间支锅做饭，我带着团领导指示，开车到飞行员灶，各种点心装了几大包，足够我们吃一个星期。团领导还不放心，派了一个通讯参谋带着电台随车行动。最后，还向上级申请了运输团的直升机，我们进入沙漠后，在空中随时跟踪我们。

县武装部和公安局也很重视，派了一名副政委和一名副局长，联合组织这次搜寻行动。

那天我们早早出发，大有壮士一去不复还的悲壮和豪气，连长、排长、班长和很多战友在停车场给我们送行。从营区直线到库木塔格沙漠不足十公里，但这里无路进入纵深地带。我们先往西，再折向西南，穿越戈壁五十多公里，经红旗公社（今连木沁镇）和东方红公社（今鲁克沁镇），迂回到库木塔格沙漠西北侧，在吐峪沟一带进入沙漠。

不料刚过红旗公社就险些出大事。这里要下大坡，但全是搓板路，牵引车咣当咣当跳跃着下行，方向盘很难把住。到了坡底，是一座大桥，桥下水流湍急，飞泻而下，流向一百多米的沟底，沟那边是一座小型水电站。我的车过桥后跑了好几公里不见后车跟上来，便折回去接应。到了桥头，只见张耀仓的车后轮架在桥墩上，轮胎爆了，整个车险些翻进深沟。张耀仓脸色苍白站在一旁。这一幕让我直觉得头皮阵阵发麻。随车电台这时发挥了作用，我们赶紧向连里求援。

连长带着修理人员很快赶了过来，他们留下修车，早我一年入伍的老兵叶春来换下张耀仓，开另一辆喀尔巴阡，我们继续执行任务。连里为了更稳妥，还派了老司机马汉军加强到我们的行列。

大约正午时分我们进入沙漠，一路往东南方向开去。沙漠里本没有路，大约是地质队的车走多了，走出一条若隐若现的沙质路。车行进在沙海里，前后左右都是高高低低的沙丘、沙梁和沙窝，满目浅黄色世界。

这时正是新疆的高温季节，烈日高悬，远远望去，热流升腾，流光闪烁。细沙很可爱，均匀光洁，从指缝里流掉，手心不留一点土尘。但是我们不敢在沙地上久留，穿着高腰胶鞋脚都能感觉到烧烫，我们也很担心轮胎被烤爆。有人说在沙漠里人畜一旦倒下去，不会腐化，只会被烤干，这是可信的。

空中传来了轰鸣声，直升机在我们上空盘旋后飞去。我们兴奋地向空中招手，心里顿时感到踏实多了。

令人惊奇的是，在稍低的沙坡上居然会有几簇骆驼草，虽不很茂盛，但也泛着绿色。更惊奇的是，有的低洼处出现板结的碱地，应该是积存过雨水，竟还有几枝活着的芦苇。看到这点绿色，我忍不住就在想，它们的根会有多深。这么想着，嘴里就更觉得干渴。

我们计划当天要找到地质队，找到他们，我们晚上才能有落脚处，也才能知道下一步怎么进行。下午三四点起了大风，沙漠里无遮无拦，大风肆意狂卷。眼前的沙梁在大风里像水一样流动，呼呼呼就成了平地，或者堆出了一座新的沙丘。

我们在大风里迷失了方向，行进了两次，都绕回了出发点，这让大家很吃惊。在无边无际的戈壁和沙漠里，没有参照物，就会不断地绕圈，有的人就是这样永远消失了。

离开了硬实的路，车时不时陷进沙窝里。牵引车是前后驱动，平时行车和牵引飞机我们只用后驱动，现在终于用上了前后驱动。有时前后驱动还不行，带来的木板、拖车的钢丝绳都派上了用场。遭遇到大风，我们期盼的沙漠晚霞也没能看到。

好在天黑之前，我们终于找到了地质队。地质队员见到我们就像见到亲人一样，我们同样感到亲切无比。在这人烟罕至的地方，见到谁都会像亲人。他们有十多个人，男多女少，住着帐篷，吃水吃菜都得出沙漠去拉。他们忍受着孤独和艰辛，常年在茫茫戈壁为国家探寻"宝藏"。这里什么都不方便，但唯一方便的是如厕，男女到下风头不同的沙梁后边就行，既不担心有人，也不担心有狼，没人能到这里来。地质队员给我们腾出一个大帐篷，床上都是厚得叠不到一起的大被子，这让我们很惊讶。他们笑着说，到半夜就知道原因了。果然，夜里盖着大厚被子都没觉得很暖和。沙漠一日，是外边世界的一年四季，我们算是见识了。

第二天在地质队吃完早饭，一个队员开着车带路，我们继续向纵深地带行进，直奔目的地。

几个小时后，我们终于见到了这个"天外来客"。

大家齐力把这个金属体抬上车，再捡了一些碎片。听说直升机还要来现场，我们给直升机做了引导标识，就沿原路回撤了。

太阳西落前，我们人、车满身征尘地回到连队，我按响喇叭，自豪地就像当了一回英雄。

2019 年 9 月 4 日

鄯善的瓜

我头一次见识的新疆瓜，是鄯善的红心脆。当兵第一年的九月下旬，我刚开车跟师傅，头一次出车就是给飞行员灶拉瓜，在库木塔格沙漠北侧的一大片瓜田里，刚成熟的就是这种叫红心脆的瓜。红心脆种植和西瓜差不多，也是瓜秧一道道拉开，一根秧子育一个瓜。成熟了的瓜呈椭圆形，有的是橙黄橙黄的颜色，有的是土青色或者是土白色，颜色有异，却通身都一样布满粗糙的纹络，摸上去刺刺拉拉。我很快就知道，纹络越是密越是粗糙，瓜就越甜。

维吾尔族老乡热情得很，和我们相互道完"尧尔达西，亚克西"，就切瓜吃瓜。老乡把瓜放在纸板上，一把短匕首从这头划到那头，均匀地划了八九道，每一块瓜二指宽，他的功夫是切完后，瓜还是一个整瓜，不散架，然后一块一块拿下来吃。或者左手向上托着瓜，右手拿短匕首，刀尖朝上，从外向怀里勾着切，也是一块二指宽，切一块送给你一块，边说："吃嘛，甜得很嘛！"

红心脆真是甜得没法形容，我只能说我从来没吃过这么甜的瓜。以前以为我们大荔西瓜很甜，但和红心脆比，简直不能比。以至于后来探亲时再吃大荔西瓜，觉得一点甜味都没有。师傅一再提醒我，红心脆吃多了会烂嘴角，第二天早晨果然嘴角溃疡，是被糖汁腌着了。红心脆再就是很脆，吃起来又脆又甜，清香爽口。我想，如果这还不算天底下最好吃的瓜，那还有什么瓜能算是？

后来知道，红心脆还很能存放，不碰不损，放在屋里，一两个月不腐不烂，而且吃起来仍然脆口如初，真是奇瓜。

大约十天半月后，成熟的是冬瓜，这可不是菜冬瓜，也是甜瓜的一种。冬瓜个大，大都在十多斤以上，长长的，一头尖，屁股圆。大的冬瓜能顶两三个红心脆的重量。冬瓜呈深绿色，也是布满纹络，而且纹络比红心脆更粗糙。当地老乡也有把冬瓜叫黑眉毛的。刚摘下来的冬瓜，吃的时候也很甜，但口感偏硬，不脆。冬瓜更能存放，可以用麻绳做套吊起来，也可以放在软布片上，一直能放到春节前后。这时候的冬瓜外形不变，瓜瓤却软了，一道一道切开，流出来的都是甜汁，吃起来糯软甜腻，甜度超过红心脆，更容易渍腌口角。我们如果赶在春节探亲，再重都会背上两三个冬瓜，欣慰地看着老家亲友边吃边惊叹的样子。家人也就以为我们从军的地方是天底下最好的地方。

在红心脆和冬瓜之前成熟的，还有一种瓜叫夏瓜。夏瓜表面纹络少，有的甚至没有，光光的，淡青色，除了熟得早，让人们能早早尝到瓜味，没有特别之处。夏瓜也甜，但是比不了红心脆和冬瓜，但比起内地瓜果，那还是要甜得多。夏瓜存放期最短，一个月到顶了。

这些瓜，内地人往往都叫哈密瓜，但鄯善人不这么叫，统称甜瓜。谁叫哈密瓜，鄯善老乡听了"肚子胀（生气）"，甚至"肚子胀得很嘛（很生气）"。不光老乡，驻军老兵也不这么叫，而且都会给新兵讲述一段故事，哈密王如何带着鄯善瓜给皇上去进贡，朝廷如何把鄯善瓜误称为哈密瓜云云。我就无数次听说过这句话：吐鲁番的葡萄鄯善的瓜，新疆的姑娘人人夸。这是说新疆最好的瓜就出在鄯善。事实上，新疆瓜果普遍好，但鄯善这地方独特的日照、温差，再加上沙山蒸烤，天山纯净的雪水滋润，使得别的地方的瓜还真是没法和鄯善的比。新疆人吃瓜，都会首推鄯善甜瓜。这不服不行。

鄯善除了几种甜瓜以外，西瓜甜得也让我至今难忘。鄯善西瓜个不大，足球大小。这种西瓜，皮薄，很脆，刀子轻轻一碰，嘣一声就炸裂了，红瓤黑籽，又沙又甜，十分诱人。有时没带刀子，瓜在地上轻轻一磕，嘣一声裂了，一人掰一块就吃起来。我调到团司令部后，汽车连的战友拉瓜时给我带上大半麻袋，塞在床下，慢慢吃。上班前我从门前小溪里端一盆冰凉的天山水把瓜泡上，下班回来吃半个，凉甜凉甜。剩下的半个晚饭后消灭。我大约有两个夏天都是这么消暑的。

别离新疆后，我时常想起鄯善的瓜，这在谁都难免。朋友或寄或带也吃到过几次，但总是不能痛快地解馋。在超市买过几回标有产地新疆的哈密瓜后，就不再买，也不正眼看，来路不明的瓜骗不过我这张嘴。倒有过一次例外，看到一堆黄澄澄的瓜，布满粗糙的麻纹，我想该不会是真的吧。买了一个，回家切开，黄亮黄亮的瓤，脆甜脆甜，我知道错不了，即使不是鄯善的瓜，也是新疆别的地方的瓜。我当即折回超市，又买了两个，回家马上再切开一个，还是脆甜脆甜。我没耽搁，开车再到超市，把瓜台上十几个瓜一扫光。我没有吃独食，把这些瓜送给了众亲友，喜滋滋地给他们说，这是真的新疆瓜。

去年甜瓜成熟的季节我回了次鄯善，走到哪里切的都是二十来斤重的长西瓜，很沙很甜，一问都是来自石河子、昌吉那边的。我还是想我们鄯善的瓜，但留在鄯善的战友却说鄯善不种瓜了，早不种了。我惊得合不拢嘴，一连问了几遍，边上的人都说除了连木沁那边还种一点，鄯善没瓜了。那一刻我失落、伤感得连声叹息：鄯善怎么能没瓜呢？听他们说，也不知什么原因，后来鄯善的甜瓜秧都坐不住瓜，到结瓜的时候，瓜秧子就渐渐枯死。有的撑得时间长一点，但不等瓜大，秧子也难免一死。小西瓜也不行了，甜度差了，慢慢也没人种了。

瓜是鄯善的符号，鄯善怎么能没瓜呢！我们回鄯善，不就看戈壁，看沙山，看维吾尔老乡，下瓜田吃瓜吗？这一年多来，我一直不能释怀。不知道农业科学家能不能给咱们鄯善培育些新品种瓜，鄯善这方水土，一定不会负人的。

2019 年 9 月 20 日

汽车连纪事之藏族兄弟

当兵来到新疆，认识维吾尔族兄弟之前，我先认识的是一批藏族兄弟，我们同年兵，也都分在汽车连。

说是同胞兄弟，我相信连里很多人都是第一次面对面见藏族人。连长点名时念到藏族战士的名字，开始时也是磕磕巴巴，但藏族兵的答到声却是一点不含糊，他们都经过了新兵连训练，也能听得懂自己的名字。可是除了响亮的答到，他们那时还不能用任何一种语言和我们交流，藏汉兄弟间看到的只是友善的微笑和眼神。

成为战友的初期，我们汉族兵好奇地审视着对方，相信他们也在思量着我们。在高原上长大的他们，皮肤黝黑，但看不出想象中的高原红，只记得身体更粗壮的洛布，脸上有点明显的血丝。从他们身上能感受到珠穆朗玛峰般的力量和耐力，这在后来的联欢中很快得到了证实。他们人人会跳锅庄舞，手舞足蹈十分到位，轻盈时很轻盈，激越时脚下的戈壁都会震颤起来。如果不说停，就没有停下来的可能，从轻盈到激越，一波过后又一波。

他们来自西藏昌都，上级说是给拉萨机场培养后勤人员，都是带着任务来的，有的分到油库，有的分到汽车连，有的学汽车修理，有的学开运油车、加油车，有的学开飞机牵引车。

藏族兵里只有彭措会讲汉语，但识汉字不多，这起码有了沟通的通道。藏族兵有个头疼脑热，都是彭措陪着去看病，否则军医也没法开药。彭措还有个汉语名字叫彭兴文，而且他长得也像汉族人。

我们一批学开车的汉族兵，被安排到两百多公里外的校部教导排去受训。藏族兵不识汉字，语言不通，他们留下来在连里学开车，连里抽出几名老司机专门教他们。半年后我们结业回连跟车，他们还不能结业。再半年我们陆续放单飞，他们才开始跟师傅。再一年后，开牵引车的布穷和四郎顿珠由晚我们一年入伍的司机继续带。牵引飞机不是小事，连里希望他们技术越熟练越好，他们自己也不急不躁很有耐心。

藏族兄弟的语言天赋出奇得好，一年多相处下来，我们没学会他们半句话，他们却几乎毫无障碍地能和我们说汉语了，互相逗乐、调侃，都能无缝对接。

不管说什么，从藏族兵的眼神里，永远看到的是真实、纯净和友善，没有常见的讥讽、冷漠或者莫测。这让我一直不得其解，难道他们不会遇到世俗里的一切吗？连里对藏族战友会多一些宽容，汉族兵也能理解，没有二话。一个湖南老兵和修理班尼扎逗笑打闹，尼扎从后边抱起他往地上一蹾，蹾得他尾巴骨疼了好多天。连长点名时批评了老兵，也提醒大家和藏族兄弟开玩笑不要没轻没重，大家哄地笑了。

运油排宿舍前有一块不小的石头，足有三百斤重，汉族兄弟们没人尝试抱起石头。洛布到石头跟前弯腰试了试，没抱起来。洛桑顿珠上去，抱起来了又放下，脸憋得通红。还是嘎布最厉害，呼地抱起来，居然往前挪了几步，就地放下。从此，嘎布的大力士地位在连里没人敢挑战。

我最熟悉的藏族兵当数开牵引车的布穷和四郎顿珠，当时我是牵引四班副班长，布穷和我一个班，四郎顿珠和我们住对门。我和布穷结成一帮一对子，教他学汉字，四郎顿珠常常来凑热闹，但他尖屁股，认几个字就溜了。学习汉字可不比学汉语，布穷学了好几个月还不能读情书，更不能写情书。

　　一天，他憨笑着让我给他念一封来信，我才知道老家给他介绍了对象，是中央民族学院的大学生，一个漂亮的藏族姑娘。布穷让我给他读一遍，再读一遍，然后又让我帮他写了回信，我和布穷一起沉浸在幸福里。此后，布穷只要收到来信，就让我给他读信、写回信。他还让他对象给四郎顿珠也介绍了一个大学生对象，我读信、写信的机会就更多了，那一阵我经常和他们一起沉浸在幸福里。后来，记不清是他们两个谁，探亲时带了一个牦牛尾送给我，用来扫床。

　　我离开汽车连的前一年十月，藏族兄弟们一起复员了。不知什么原因，他们没去得了拉萨机场，而是全部回了昌都地区，有的分配在外贸局，有的分配到粮食局，有的开车，有的干修理，都有了好的着落。

　　时间已去久远，那些藏族战友的名字，有些还记得，有些已然忘却了。而他们的容貌，有些还很清晰，有些也已经模糊，那些清晰的容貌，都是当年青春的模样。我想，他们现在也和我一样满脸沧桑了吧。他们也应该都退休了，他们现在在哪里呢？我很是想念他们，他们也一定会时时记起汽车连的汉族兄弟们。

2019 年 6 月 17 日

汽车连纪事之围剿臭虫

　　写这个小动物之前，我稍微踌躇了一下，因为很容易就想到另一个小动物——虱子。这等于会把我光鲜体面的形象，让这两个猥琐的小东西给玷污了。

　　到汽车连之前，就像我从来没见过戈壁一样，也从来没见过臭虫，甚至没有听说过。我是从关中农村出来的，与臭虫攻击方式一样的虱子，我倒是熟悉的，而且很不好意思地说，不是一般的熟悉。

　　在遭遇了臭虫一夜又一夜的伤害后，我得出结论：这两个同样见不得光的小东西，论战斗力，虱子比不了臭虫；论讨人嫌，臭虫比不了虱子。

　　虱子呈白色，臭虫是黑褐色。虱子小，吃饱了滚圆；臭虫大，顶好几个虱子，吃饱了也是扁的。虱子随身，不分时间，饿了就叮。臭虫不跟身，昼伏夜出，不影响你工作，只让你没法睡觉。虱子祖孙几代可以专伺候你一个，而臭虫居无定所，逮谁咬谁，是大家的公敌。虱子随身，就会给你平添恼火，尤其在人窝里，特别是还有女同学在，被虱子咬，还得忍住不挠不抓。最怕的还不是痒，是怕它爬出来自己招摇，被人看见。

　　我们汽车连住的土木结构的平房，墙是土墙，沙浆找平，刷上白灰，屋顶是用橡子和木板搭建，上边再糊满厚厚的泥巴，只在檐口有几道瓦。这样的房子，不知什么原因，专好滋生臭虫。晚上熄灯号之后，人刚睡着，一批一批的臭虫从板缝里钻出来，沿墙而下，扑向我们。臭虫嘴长，力道猛，咬起人来痒里带疼，有钻心的感觉。班长招架不住时，会下令开灯，突袭臭虫。臭虫也很精，好像早有预备，四散逃窜，或者上墙，或者钻床板缝，我们稍微慢一点，它们就无影无踪了。臭虫飞快的逃跑速度，让我印象很深。

我比较佩服的是蓝田小老乡双学，每天早晨大家叫苦连天时，他坐在床边憨憨地笑着，问他昨晚痒不痒，他摇摇头，说没觉着痒啊。我们半夜开灯抓臭虫，看到臭虫在他光背上疾跑，他照样睡他的。

我是个坚信凡事总有解决办法的人，坐在床边果然就想出了办法。我到县城买来一大张塑料布，晚上铺在褥子下，四面耷拉下去，床板缝里的臭虫有天大的本事，也没法从下边爬上来。我再把床拉开，既不靠墙，也不靠邻铺，让臭虫也没办法从上边爬过来。这很见效，我每晚都能睡安稳觉。也有半夜被咬醒的时候，我迷糊中都明白，要么我的被子搭到邻铺上了，要么他的被子搭我这边了，给臭虫搭了个桥。还有例外的时候，屋顶有臭虫会失足，正好掉在我床上，不过那只是小概率事件。

终于等到了团里的统一行动，团里每年都会有两三次围剿臭虫的大行动。

战斗打响的时候，团里会安排澡堂停止洗澡，但热水照烧，而且大池子水要放满，温度要高，确保臭虫即便不能被烫死，也一定要被淹死，不能有漏网的。

一切就绪之后，由汽车连派车，各单位按指定时间，轮流把所有的床板、床腿、桌椅等拉到澡堂里去泡。看到无数的臭虫漂浮到水面，让人很解气。

在水淹臭虫的同时，连队会封严所有宿舍门窗，在屋里点上火盆，火盆上架着洋瓷碗，里边倒上杀虫剂，蒸发杀虫剂熏臭虫。这一招不能说不狠。明知道这对人体也有害，但也顾不了那么多。熏上一整天，到晚上开窗通风时，看吧，地面上也是无数倒毙的臭虫。

连里还会在厨房烧几大锅滚水，一瓢一瓢浇在容易藏臭虫的物件上。

头一次参与围剿臭虫的行动后，我们新兵都想着这下没问题了，从此"天下太平"了吧。但不过三五天，最多不过一星期，臭虫晚上就又来造访。我之所以把这个不入流的东西写入纪事，也是因为受它的伤害太深了。

2019 年 6 月 26 日

我和两个老头

我第一次去北京,是个寒冷的冬天,住在前门打磨厂空军招待所。那天走廊门里边的公用电话响起,我幸运地正好走到边上,顺手接听,随后扯开嗓子喊,王中印(音)——接电话!

和我一样穿四个兜空军服的王中印接完电话,问我:你哪个部队的?

空军八航校的,在新疆。我答。

你做什么的?

新闻干事。

哪里人?

陕西大荔。

他接着说:我是空军工程学院的,在西安,你愿不愿意调回来?

我听着这声音好像是从太空中飘来的。

十多天后,我结束探亲假如约来到西安东郊这所空军高等学府,王中印(已确定是这三个字)带我去见政治部羊雷主任。羊主任简单问了我的情况,同样简单地给我说,多年前在东北,他和我们八航校杨英昌政委在一个飞行大队搭过班子,他随后会给杨政委写信,把我调过来。看上去他是话不多的人。面对眼前这位副军级领导,又想着太空中飘来的这块加热了的馅饼能不能吃到我嘴里,我表面上平静，内心拘谨忐忑。直到羊主任和王中印带我到他们的食堂吃完饭，我这颗不安的心才慢慢恢复了自己的韵律。

此后，熟悉我的朋友都知道，我马拉松式地调了两年，奇梦成真。那时的新疆异常艰苦，部队要稳定，我又光杆一个，没太充足的理由，杨政委也不能轻易放我。其间，羊主任怎么给杨政委写信，信里是怎么说的，我是一概不知。现在只是想，依羊主任老政工的眼力，他不会一见面就把我当成稀世奇才，那时我大多只能给军中小报写"豆腐块"和"火柴盒"，嫩得能掐出来水。王中印是异常的热心，让我每有小稿见报就寄给他，他就拿给羊主任去看，让我调动的事一直保持着温度。现在回看那些小稿，我自己都一眼晃过，逃避脸红。他对我这个偶遇人，到底看中了什么？面善？长得白净？真是不得其解，可惜以前也是没想过问他。

总之是馅饼也好，热狗也好，被我接着了。

报到后我很快进入了角色，自然在宣传处负责新闻报道。

王中印是干部处副处长，我这才知道他并不负责干部调配，他其实没有给领导推荐干部的责任，把我调进来，完全是他分外的事。我对他心怀感激，走得也就很近。他妻女在杭州没有随军，路边69号楼被茂密梧桐掩映着的他那间宿舍，就是我们经常东拉西扯的地方。他这人很随性，但绝对正直，看见不平必骂几声。天热时，他一把躺椅我一把躺椅，他一把扇子我一把扇子。实在没什么说的，就静静地看他养花。他好养花，也好喝茶，剩的茶梗子糊到花根上。养的花我大都叫不上名字，君子兰当然认识，他的君子兰叶子又宽又厚，绿里透黑，花就像爆开的，怒放着。君子兰身价暴涨时他也不卖，跌得一文不值时也不懊恼，他养花不是为卖，就图喜欢。

妻女来探亲，王中印就叫上我，和他们一家到灞河滩看灞水西去，看灞柳依依。

我调到西安，大龄光杆成了优势，长得又算体面，忽然就被异性围猎。我当然不厌其烦，盼着被一箭射中，最好直接射中心脏。

我们处长给我介绍了一个女孩，我先告诉了王中印，他嘿嘿笑了，说，让你等着了，这女孩，大院里最漂亮的，人又好。交往期间我们产生了点小误会，他着急地在小房子里转圈圈，教导我该这样该那样，拉上我一起上门去化解，后来事情就顺了，我们结婚了。

王中印对我的关爱，一直延续到他离休回到杭州。

那时，我已到上海上军校，暑假时新婚妻子来上海，王中印知道后说杭州很近，力邀我们过去。到杭州后，又让我们随他们一家去旅游，一路过绍兴、宁波、奉化，到温州雁荡山，再折回到杭州，就住在文一路他们家。这是我和妻子第一次旅游，王中印和老伴及女儿悉心照顾我们。他知道我工资不高，不仅旅游费用他包了，连路上买西瓜都不让我出钱，这让我多少不舒服。我就觉得，他把关爱不洒在我身上，睡觉都不会踏实。

内弟把家安到杭州后，我和妻子带儿子也去过一次，住在内弟家。王中印不同意，要我们住他家，僵持不下，最后折中，妻儿住内弟家，我住他家。他心里得到宽慰，满脸的笑。

一次，我竟不小心伤害到他。我做生意后有次路过杭州换乘交通工具，不能停留要直接去西安，那边有急事等着。我打电话问候他，他一听就生气了，说，几年不见，你都不能停一天？我顿时就后悔给他打这个电话，我知道他对我的心很重，他会受不了。我想我应该瞒他一次。果然，我再到杭州看望他时，他拉着脸，故意不热不温。等我告别时，他却从医院病床上下来，送我到大门口，我都要拐弯了，他还在那里站着。这是我最后一次见他。

大约一年多后新年的第一天，王中印的爱女清早给我打电话，说："大哥，爸爸昨天走了。"什么？走了！我僵在座机前。她哽咽着说："妈妈说远，你就不要来了，明天追悼会，想以你的名义给爸爸灵前放个花圈，代表你送送他。爸爸一定希望你能送他。"我把眼泪吞进了嘴里。

放下电话，我找人拿到当天夕发朝至的直达车票，第二天一早赶到杭州，直奔西溪路杭州殡仪馆。亲友们还没来，我径直走进化妆室，他静静地躺在化妆台上。我快步走过去，握住他的手，手冰冷；抚摸他的脸颊、额头，也是冰冷。我的心，也一样冰冷。从偶遇到成为故交的这个老头，就这么没了。我忽然想起，我们第一次相见不也是在冬天吗？

话说到这里，该说另一个老头了。

尽管从新疆调到西安这件事，把我和王中印、羊雷主任连接在一起，但我们并没有形成三结义的关系。我们都不是那种走到一起就要造点事的人。我和羊雷主任当时也没有像和王中印走得那么近。羊雷主任属于堂堂正正类型的高级领导干部，他个子不高，话也不多，声音偏低沉，人随和，但总有股威气如影相随。

我负责学院新闻报道，没有让他失望。那时，学院和全社会一样处在热能聚变中，"国际领先""填补空白"的成果不时冒出，成果背后必有人物，我觉得就像掉进了新闻库里，伸手随便抓。天时地利齐备，我很快和各家报社电台电视台混得很熟，可以和记者编辑商量写什么，哪一天见报，排在什么位置。在中央级报纸上也常有露脸，新华社时不时也会冒一篇。偶尔中央电视台新闻联播要播，羊主任会让通知全院收看，尽管只是十几秒的简讯。他会给别人说，小贺是我从新疆调来的，调了两年呢。哪里还有比领导为你骄傲更让你骄傲的？我心无旁骛，干得更卖力，工作中也越来越自信。

羊主任是做领导的，知道怎么扶持部下，我干满一年时，他给我说，大家对你反映不错，我想，是给你记功呢，还是给你提前调级？这我都没想过。他接着说，提前调级吧。政治部把我从副连级调到了正连级。后来，我知道了调级对我多么重要。在陆军，在空军机关，我的级别比同兵龄的都要快半年到一年。第一次授军衔时，刚好够上了少校。

有那么几年军队推行年轻化，机会好的连跳两级三级。羊雷主任给我也有考虑，一天对我说，我想让你下学员队。我说，主任，您调我来是为了学院报道新闻，我还是好好写稿子吧。学员队政委是副团级，我即使刚下去当副政委，也跳两级了啊。几十年后老主任提起这件事，反倒自责当时没有坚持。

我们三人最后的相聚，是新世纪后的一年，王中印从杭州来北京，我们一起去南苑看望羊雷主任，他们大约已是二十年没见了。说起一些往事，王中印依然义愤填膺，我是随声附和，羊主任呢，还是呵呵笑几声，不置可否，不失堂堂正正的风范。

那一天，我们必须多坐一会儿，中午我们吃的主任老伴杨老师包的饺子。看着两个老头说话，我的思绪有过瞬间游离。我清晰地知道，他们俩，这是战友间的生离死别了，不可能会有下一次相见，自然，也不会再有我们的三聚首。我心里泛起一丝哀伤。

时光匆匆，短短几年时间，一个老头先走一步，另一个老头89岁，在北京一家军队医院重症室昏迷不醒，不知道他是不是已到了油尽灯枯的时候。我这个新入列的老头，站在玻璃窗外凝望着随呼吸机剧烈颤动的他，心里是多么疼多么悲戚啊！我非常非常希望他拼过九十，奔向百岁。谁能助我如愿呢？

就在每天隔窗探视羊主任半小时的这些天，我随时会想到我和这两个老头传奇又寻常的经历。我会生出负疚感，就像子女对父母那种负疚感。与两个老头所给予我的相比，我给予他们的太少太少。我很自责那次途经杭州而没有停留，惹老头生气。我对他们的了解也太少太少，甚至没有想过应该更进一步了解他们。比如说吧，我长时间都以为王中印是浙江人，或者山东人，其实他是江苏邳县人。羊雷主任十二岁随家人从山东迁到辽宁旅顺，那是闯关东吗？他原名杨永础，为什么改叫羊雷呢？

最让我不能原谅自己的，就他们的年龄，我应该想到他们是从战火硝烟里走过来的老革命，是我从小到大一直仰慕的英雄。这些天找到他们的履历来看，他们都获得过解放奖章和功勋荣誉奖章。

王中印的父亲是地下党员，大哥抗战牺牲，真正的一门忠烈。王中印比羊雷小两岁，却早两年参军，十五岁抗战胜利那年跟部队走了，但他可能没打过仗。羊雷一直做战地记者，哦，我似乎找到了他锲而不舍调我两年的些许原因。羊雷是经过枪林弹雨的，参加过辽沈战役的锦州战役和营口追击战。平津战役打天津外围的灰堆战斗时，羊雷和同是记者的刘子轩分别在两个壕坑。冲锋时没见刘子轩冲出，战斗结束后才发现他头部中弹牺牲在壕坑里。我在想，这两个老头无私地给我呵护给我关照，就是因为他们经历过战争，最为珍重战友情吧。战友才是不分年龄不分职务不分生疏不分你我的啊。

这让我想起王中印上次来北京时的一个怪异举动。他除了和我一起去看望羊雷主任，没有再去任何别的地方，只让我陪着他，漫无目的地在天安门广场游走。在这里，有毛主席纪念堂，有人民英雄纪念碑，这是中国革命胜利最具象征意义的地方。我想他知道自己可能不会再来北京了，因此他要在天安门广场寻找属于他属于他们的感觉。我想是的。

羊雷主任曾为自己的人生之路写过的一首诗我很喜欢，我觉得也可以是王中印的人生写照，因为他们走过的路相仿。我把这首诗抄录在这里，是我对两个老头永远的怀念。"少小从戎行，成长在军营。时近六十载，历历记忆中。引路共产党，马列指航程。领导教诲好，同志手足情。战火炼我胆，艰苦锻作风。曾经过五关，也有走麦城。政治风浪急，理想弥坚定。工作尚勤恳，名利都不争。无愧又无悔，革命路走正。白发逢盛世，欢乐度余生。伏枥心未老，欲睹腾飞龙。"

其中的"领导教诲好，同志手足情"，不恰恰就是我们仨的写照吗？

2017 年 9 月 23 日

我的中将战友

在我们人民军队里，只要是一个部队的，不管官大官小，都是战友。即使不是一个部队的，相互认识了，也不管官大官小，一握手还是战友。我就有这么一位中将战友。和他初次接触，已经是非常遥远的事了，那时他是航校政委，离晋升将军还很远，我当然也不是如今这么老。

36年前，我从团司令部军务参谋任上调到航校政治部宣传科当干事。报到后不几天，校政委带上我一个人下三团了解部队情况。

下团后前两天，我跟着政委找人谈话，政委记我也记，相安无事。第三天，政委给我说，两天后他要在全团大会上做一次讲评，要我给他准备一份讲评稿。我顿时蒙住了，讲评稿，我从来没写过啊！

我茶饭不思昏头昏脑熬夜赶出了一沓讲评稿。三团大会那天，政委在上边讲，我紧张地在下边看，看政委用没用我写的讲评稿。政委一页也没翻我的"大作"，只是偶尔翻看他的本子，对部队进行讲评。几十年过去了，那一刻浑身的燥热，我至今还能感受到。

部队里，在政治机关任职的差不多都是耍笔杆子的，尤其是宣传口、组织口，笔杆子就是枪杆子，笔杆子不行，就没你的立身之地。

那时我还概括不了这么精辟，只是羞愧得不知该怎么面对政委。政委微笑着给我说，不要紧，慢慢来，慢慢来。没有一丝责备、一丝轻蔑，他的笑容里满含真诚和鼓励。

直到现在我都不明白，政治部有的是笔杆子，为什么政委就带我一个新干事下团呢？唯一的解释可能是，政委要亲自看看我的"两把刷子"怎么样。

很快我就在政委面前扳回了一局。记得当时是政委提出的，全校要组织一次先进人物巡回演讲。这个任务不知道怎么又落到了我的头上。各团和校直推荐上来四个先进人物，有打过日本侵略者的老顾问，有安全飞行老标兵，有会带兵的指导员，还有一个志愿兵。我独揽策划、写稿和组织的工作，和他们一个一个深聊，然后给每个人写出讲演稿，再让他们熟记并口语化。二十多天后，准备停当。第一场汇报演讲在校直机关举行，在坐满官兵的大礼堂，演讲大获成功。校领导都参加了大会，政委还热情地讲了话，那一刻我知道了春风得意的感觉。

我和政委之间的职务差着几个层级，这就决定了政委和我工作上的接触到此为止，他不可能隔层直接给我下什么指令。倒是有一件事，让我和政委起码保持了两年之久的不间断联系。

那年我第一次出差到北京，住在前门打磨厂空军招待所，我在走廊上顺手接了响起的公用电话，并热心地叫人接电话，就认识了西安空军工程学院干部处副处长。他听我说是新闻干事，又是陕西人，就把我介绍给了学院政治部羊主任，羊主任和我们政委恰好在一个飞行大队搭过班子，这不巧了吗！羊主任比我们政委资格要老，也是一个十分惜才的人，那时学院的新闻干事刚调走，因此他不管我到底有几斤几两，直接给我们政委写信要调我去西安空军工程学院。想着将要从遥远的新疆回到家乡，而且是在西安，我无比激动和兴奋。这做梦都没想到的机缘巧合，后来一直影响着我。

可是，政委没有放我走。一天晚饭后，政委让我陪他在学校宽阔的马路上走一走，他对我说，小贺你不要走，你要知道，航校对你是寄很大希望的。这在我记忆深处又是一个永不消失的镜头。

我没有细想政委的话，满脑子都被调回西安的念头占据着。

后来政委调走,升任军政委,我也基本没有调走的想法了,一切归于平静。没想到一年后的一天,学校干部科接上级通知让我办调动手续,这让我感到很意外而且十分惊喜。我到军里办一个手续时,碰到了政委,我们是在一个会场遇见的。我这个人是这么实诚,从未因想调往西安而跟领导走动。当然就我对政委的了解,他也绝不是因为我没走动而不放我。大家都说政委是"三正"领导,正统、正直、正派。政委一看见我就说,走吧走吧,羊主任又写信来了,他那里确实需要人吧。

之后,我告别航校,告别戈壁,踏上了东去的火车。一个调动办了两年多,我对政委没有任何不满,最后成行之时,我依然对政委充满感激之情。

我一直有句自鸣得意的玩笑话,我走到哪里,政委也到哪里。我调到西安工作,政委第二年也调到西安别的单位任职,记得还是羊主任告诉我的。在西安期间我和政委只见过一面。几年后我调到北京,不多久政委也调往北京,这时他已衔至中将,肩上挑起的担子自然也更重了。还有更神奇的,那一年我复员经商,老政委也恰在这一年结束戎马生涯,光荣退休。

在北京机关时,走在路上时常会碰到已是中将军衔的老政委,算得上是低头不见抬头见。当然,我只是一个普通军官,没有资格对将军的功绩做任何评价,只能在直接接触中感知将军的点点滴滴。

一次,老航校的一个飞行教员找到我,说来北京开会,很想看望一下老政委。他还怕我为难,刻意给我说,没有什么事情求老政委办的。

我们普通军官和首长们在一栋楼里办公,但办公楼除了大门口警卫森严外,首长办公区还有楼层警卫,我们因工作去面见首长,都是提前约好。外边来人非工作面见,一般先要通过电话和首长秘书联系,但秘书往往视情况会替首长挡驾,否则首长每天要应付很多琐事。

我立即联系了将军的秘书，秘书很快回复我说，将军让我们去，说要见一下新疆远道而来的同志。我陪着飞行教员去见了老政委，时间不长，也就二十分钟左右。我至今仍记得这个飞行教员告别老政委出来后那种激动和满足的神态。

后来，我还三番几次地陪昔日战友看望过老政委。我不怕吃闭门羹，因为我曾经有过一次类似的经历。

那时我已调到总参西安军队院校协作中心当参谋，编制在第四军医大学。有次因事去兰州，我想看望一下在兰州任职的老政委。我出发去兰州时走得仓促，身上没带钱，找熟人借了点钱给老政委买了两瓶五粮液酒。晚饭后，我先通过总机打电话通报过去，我心想，老政委如果不想见我，随便一个理由就让总机把我打发走了。但老政委并没有拒绝我，一见面他就拉住我的手连连说，小贺，老战友，老战友。我也没有待太久，临走时老政委对我带去的酒坚辞不收。随后，他把我送到门外路口，和我握手告别。

在机关我听到过将军下部队时的一件事。有一次，将军带人下部队，路过河南兰考县时遇上道路拥堵，部队保卫处的车辆马上鸣笛开道。将军立即命令停车，大家都不知道他有什么事。他下车制止了鸣笛，对大家说，兰考是焦裕禄同志工作过的地方啊，我们有什么资格在这里耀武扬威！随后，他们一行几辆军车缓缓通过。工作完成后，将军返程时专门参观了焦裕禄纪念馆，毕恭毕敬地给焦裕禄像鞠了三个躬。

今年春节后，几位在京的老航校战友和老将军一起聚餐。上楼梯时，将军步伐有点蹒跚，大家赶紧扶一把，将军也自然地接受搀扶。饭桌上将军说话明显见少，更多的是在听其他人神聊。廉颇老矣！我心里生出一股感伤。

2017年6月12日

那个会拉手风琴的飞机机械师

在铺天盖地的微信新年祝福里，突然出现一条讣告，一个战友走了。

他是凌晨三点走的。大东北的凌晨三点，他走得多冷啊。一整天我都在想，他多么想和大家一起走进新年，刚跨进一只脚，又被无情地拽回去了。他往前迈那一步，该是使了多大的劲。被生生扯回去，他会有多么不甘。

我给妻子说，他比我早两年当兵，也就大两三岁，不到七十，正是说老不到，说走就走的年龄。妻子过一会儿说，想着都心疼。

这个战友是东北鞍山人，我们在新疆服的兵役，我开汽车，他修飞机，他是老兵，我是新兵，那时并不熟，只是互相都有印象。想一想，我经常开车拉他们上飞机场，或许是那时见面多点；或者他来汽车连会老乡，常会碰面。在荒无人烟的戈壁上战备训练之外，我们常干的事就是会老乡。

让我印象比较深刻的是他东北人的身坯子，高大壮实，会拉手风琴，团里联欢时经常有他的节目。那时候，会乐器就是文艺骨干，手风琴独奏就是一个节目。

与他再见面是在几十年后的战友聚会上。前年在西安，几百名已显老态的战友中我们互相认出了对方。他把妻子拉到我跟前，说他俩都爱看我写的文章。我想他是个战友情重的人。我和他们夫妻合影，和他互加了微信。

他微信的名字叫龙的传人。分别后，龙的传人每天早晨给我发一个"早上好"的表情，我给他回三个字"上午好"，有时上午比较忙，就给他回"下午好"，如果白天没顾上回信息，晚上回一个抱拳或握手。他天天发，我天天回。他天天发那个，我也天天回这个。简单，但没中断。我发现他每天起得早，都是六点左右给我发。有时我想，他是坐在床上，还是已经晨练回来？但从没问过。

我翻看微信，他最后一次的"早上好"是12月27日。我心情愈加沉重。

和龙的传人一样，还有几个战友天天给我发信息，我也天天回。同样发的简单，同样也极少中断过。

在龙的传人之前，我微信朋友里已有两个军校同学去世，一个男的，一个女的，我们也是战友。我没有删除他们。我不指望他们有一天突然出现，但一看见他们的头像，他们在我眼前就会活起来。龙的传人也会一直珍藏在我的微信里。

一个飞行团长说，战友就是没有血缘关系的亲兄弟。这你就知道战友情会有多深。

2021年1月1日

想起了彭文华

早先我和彭文华在一个飞行团服役，那是在鄯善戈壁上，很遥远的地方。他早我一年入伍，都是陕西兵，但他是北京人，是在陕北插队的知青，从陕北当的兵。他们那批北京青年年龄都偏大，看上去彭文华比我大两三岁。还没提干时他是放映员，我在汽车连开车，没什么交往，偶尔拉他们去给老乡放过电影，或者到县城取片子。后来他成了放映组长，我成了收发员，都是二十三级，排级干部；再后来我当了参谋，他当了干事，都在团机关，每天见面，一个灶上吃饭。他常半认真半玩笑说，咱们是老乡。其实我们没什么深交。那时候人简单，关系也简单，所谓深交无非就是串门多，一般没什么大不了的事。我和他互相没串过门，只是见面都打招呼，说话都热情，友好。

四十年了，彭文华的五官在我脑海中时而清晰时而模糊，无法定格。只记得他中等偏高身材，方脸盘，白净，长得大方，人也大气。他说话语调慢，字正腔圆，看上去自信持重，人缘又好，在团里呼啦得开，属于场面上的人。相比起来，尽管只差一年兵龄，但我显得要嫩得多。我们农村兵看到他们北京青年，多少都心存羡慕。

我调往上级机关时，没有刻意去向彭文华告别，我们的交情没到那个份上，他自然也没有十里相送。送我的是陕西老乡，一送就是三十九公里，那是离我们最近的鄯善火车站。

我辗转调到北京时，听说彭文华早已转业回北京了。各自都在忙，互相没有联系过。我自然也有顾虑，不知道返乡的北京人好不好交往，这个"乡"毕竟不是一般的"乡"。

再次和彭文华相见，是分别十五年之后，他在一个区人大任办公室主任，我们已经可以无愧地互称老彭老贺了。那时我正准备脱军装下海经商，没钱，没经验，也没社会关系，我只能先联系故旧，看谁能帮我做点什么。第一次到他的办公室，他正在安排事情，又是车，又是人。我心里说，还是老样子，呼啦得开。

老彭说，你想做生意，得多认识人。此后他有大的聚会，只要他觉得是机会，就打电话叫我去，老彭认识的人可真多，一年里叫我去过四五次。每次去他不是让我默默陪坐，总是先把我介绍给大家，也把大家一一介绍给我。真是可惜，我那时还搂不住那些机会。

有一次，老彭和几个人在一家餐馆吃饭，把我也叫去了。就是这次，我得到了一位得力的干将，而这个餐馆也永远被我记住了，东三环长虹桥边上的团结湖大董烤鸭店。那是大董烤鸭店最早的店，紧邻使馆区，当时名气已经很大。记得我还是穿着平时穿的黑色粗皮旧猎装，所不同的是我已经有了两个人的小公司。我去得早，坐在过道等餐馆亮灯营业。高挑漂亮的领位小姐正在修指甲，捯饬自己，一条鱼跳出来，她走过去捡起来。我说，小姐，你愿不愿意做销售？她问，销售什么？我说建材。过了两天，她跟我去了一趟机场路苇沟，我正给一片别墅区供涂料，韩国公司给西门子公司建的。我告诉她，这样的项目拿下来能挣很多钱。她没犹豫就加入了我的公司，先做销售，后来做到副总，在公司干了八年。我常给人说，公司的N桶金都是她挣来的。连后来的销售副总经理都是她带出来的。她离开公司之前，自己也买了一套近百平方米的房子，三环里边的品牌小区。

这是彭文华最后一次约我赴宴。我忘了后来给他说没说过挖人这件事，大约是没有说过，也许没有来得及说。

　　过了大半年，一次战友小聚，有谁说彭文华去世了。我惊得目瞪口呆，站起，又坐下。那位战友说，彭文化是出差时一觉睡过去的。我悲从心来，一阵神情恍惚。那时距彭文化去世几个月了，为什么没人告诉我？慢慢地我想明白了，我从没见过老彭的家人，而每次赴宴，没有熟悉的战友在场，没人知道我和他的关系，也没人知道他在帮我啊。

　　去年，我家附近开了一家叫"局气"的饭店，老北京菜，很火。局气是什么，我细看介绍，原来是说北京人的脾性，仗义，豪爽。我一下子想到了老彭，他正是这样，他身上的战友情，就带着一股很重的局气。

　　天堂无限好，只是邮路不通，没法把我的思念和我的后况告诉老彭。

2021 年 5 月 6 日

告别爸爸

大漠的烈士陵园里安卧着她的爸爸。

她爸爸是个老革命,抗日战争时参的军,打了十几年仗,新中国成立后又奉命到大漠深处搞导弹,最后就永远留在了大漠里。爸爸还不到五十岁去世的,被组织上评定为烈士。她先是军人的女儿,后来就成了烈士的女儿。

她跟着爸爸在大漠里长大,是爸爸献了终身献子孙给献到基地的,长大后的她也在搞科研。爸爸走的时候她才十几岁,现在都齐四十了,组织上已批准她转业,她就要告别熟悉的大漠,她忽然意识到,也要告别爸爸了。

她一直没有婚嫁,别人都以为她条件高,只有她自己明白,开始是有一点挑,也不是挑别的,就是想找自己喜欢的。可是大漠里不允许你挑啊,一耽误就错过了花季,再找就困难了。爸爸走后留下她和妈妈,前些年妈妈回了老家,她一个人留在基地,还好,还有爸爸。

大龄了不便到处走动,慢慢地她感到自己变得孤冷起来。孤单的时候,她就骑着车子去看爸爸,和爸爸说话。她站在有点粗糙的石碑旁,一站小半天,有时默默地给爸爸诉说自己的心事,有时静静地回想和爸爸妈妈在一起的时光,或者擦洗一下墓碑,清扫一下周围。每次去看望爸爸之后,她心里就觉得轻松很多。

遇到伤心的事,她也是去给爸爸说。那次职务没调成,她觉得委屈，在爸爸墓前泪流不止。她知道爸爸如果在世，说的还是那句老话，闺女，要正确对待啊。从小到大，她都习惯了让老革命的爸爸开导。

这么多年，爸爸在地下，她总觉得他们父女还在一起，一天也没有分开过。她有爸爸就不孤单，爸爸有她也不孤单。她是幸福的女儿，爸爸是幸福的亡魂。可是，自己要转业走了，爸爸怎么办？忽然没了她，爸爸的坟前会冷清的。以后相隔千里，自己会想爸爸，爸爸也会想她，爸爸该多悲凉啊！

她给组织提出个惊天的要求，要把爸爸的遗骨带回去。基地当然不干，但她执意要迁，谁的话都听不进去。

曾是她爸爸那一辈的老领导火了，拍着桌子训斥她："你这孩子咋不懂事！你爸爸在这里睡得好好的，为什么非要惊动他？他是一副遗骨，不是一个盒子，你说带就带走啦！再说老部长活着时是基地的人，死了是基地的——魂，你离不开他，基地也离不开他。"老领导声音哽咽了，说："孩子，你放心走吧，过年过节，我们会看望老部长的。"

她没有再坚持，只是心痛得不行。走的前一天清早，她来向爸爸告别，给爸爸鞠了七个躬。她说，爸爸，您想我了就给我托梦吧。

原想着第二天走时忙，不一定能再来看爸爸了。但她早早起来，收拾好零碎东西，腾出时间，又来到爸爸墓前，禁不住就号啕大哭，泪如雨下。守陵的老汉哽咽着不知如何劝她，在一旁陪着她落泪。临走时，她又给爸爸鞠了十个躬。

临去火车站前，她恳请送她的司机绕道去烈士陵园，她要最后看一眼爸爸，也让爸爸看着她走。这次她没有下车，只是远远地看着爸爸的坟堆和墓碑。她向爸爸轻轻地摇手，脸贴着车玻璃，任由泪水顺着玻璃往下淌……

2019 年 6 月 28 日

一个小人物的历史记忆

在八达岭长城停车场,鹤发已非童颜的表叔掐了一棵小草让我认,我当然认识,说是灰灰草。他乐呵呵地说,当年在朝鲜战场上,那次是在东线战区潭岗里(音),十几个人,粮断了,吃了十几天灰灰草,没油,没盐,有水,煮熟了吃。那时他十五岁。

表叔周志明是我妻子的表叔,上海人,人老了脑子里装的尽是陈年旧事。三十年前我和表叔认识后就一直谈得来,他也认为和我谈得来。人一上年纪老得更快,他这次来北京,走路不稳,耳朵更背了,即使戴着助听器,给他说话都要大声说,他也习惯性把右耳朵朝向你。他摇摇晃晃让女婿陪着出来,其实就为两件小事,一件和抗美援朝有关,一件和抗美援朝无关。

表叔到北京的第二天,就和女婿去了复兴路军事博物馆,在地下展厅挨个看展出的八辆坦克。这八辆坦克,是表叔和他父亲当年所在的中国人民志愿军战车抢修连抢修过的美式坦克。其中一辆M36坦克,是美军当时最新型的坦克,六十七年前他匆匆看过它一眼,还用中指拐当当当敲击了几下。差不多十年前,他来看过这些坦克,那次他是一个人,有点仓促,没相机,没拍照,没用笔记,后来一直觉得心思未了。这次又来了,而且是专程来的,有足够的时间,给坦克拍照,给他自己拍照,给他和坦克拍合照,还记下一些相关的文字。他整个人处在兴奋的状态中,不禁想给参观的人或者讲解员说一说他和这些坦克的关系，但没逮住太好的机会。

八辆坦克里，表叔在 M36 边上停留最久。表叔说，为了它，志愿军临时上去了一个战车抢修连，加强的，四个排，一百八十人，包括他和他的父亲周加业。

志愿军一开始是没有坦克部队的，后来在战场上缴获了几辆美军坦克，苏军情报部门得知美军还派了最新式坦克到战场，请求志愿军司令部设法弄几辆运回，以便研究。1950 年底，志愿军上去了唯一一个战车抢修连，表叔的父亲是一班班长，表叔是七班钣金兵。

表叔十三岁时（1948 年），从苏北辗转逃难到上海，第二年七月找到父亲，当时他父亲在解放军三野特种纵队战车六团修理连任班长。他父亲的经历比较复杂，国共合作时先在国军宣传队，后在二十五军当中尉汽车教官，台儿庄打过鬼子，淮海战役和大儿子一起被"解放"，后参加过渡江战役和解放上海的战斗。

表叔本来找父亲想上学，他读过几年小学，他父亲的领导说，你父亲只拿几块津贴，才能买几斤肉，没法供你上学，小鬼当兵吧。他就当了兵，和父亲一个连。没想到当兵快，上战场也快，十五岁时背上一把比三八大盖短的长枪，跟着连队很神气地从辽东辑安（现集安）入朝了。

志愿军里父子兵、兄弟兵不少，像他这么小的应该不多。我好奇他怎么会上去，他说不知道。问他在国内打过仗吗，他说没有，刚学会钳工活儿和钣金活儿。问他个高吗，他说不高，一米六几。问他要父亲照顾吗，他说不用，也不在一个班，只是副班长对他好，但也不是特意照顾他。

大约 1951 年秋，抢修连在东线战场铁原一带，发现了三辆美军 M36 新型坦克歼击车，美军已被志愿军击退，但离去不远。入朝后才调来的副连长乐群（上海人，高中文化），带人上去修好两辆，一辆损坏严重，无法修复。美军大概知道了他们的企图，开炮又打坏了一辆。晚上副连长再带人上去，用无炮塔的坦克牵引车把这辆M36拖到隐蔽地带。第二天，他们全连人都去看这辆坦克。后来还是副连长把坦克开走的，之后是怎么运回国内的，他就不知道了，只是心里很佩服副连长。我两次问他，上去抢修坦克带你了吗？他说没有。我们哈哈笑起来，我说，可能觉得你小吧。

他们到朝鲜后，连队一分为二，分头执行任务，他跟连长王彬这一部分，他的父亲跟指导员李人成那一部分。表叔只见过这一辆M36型坦克，其余那七辆坦克是指导员他们修好的，表叔说他听说过，从没见过。

表叔说，十几天吃灰灰菜，还有桑树叶，是四次战役末还是五次战役中，他记不确切，总之那时天也暖和山坡也绿了。在潭岗里，修好了作战部队缴获的八辆坦克，隐蔽起来准备运走，他们十几个人就地待命守候。粮断了，连长和他们天天清水煮野菜树叶，那些天是饿惨了。挨饿还没换来好结果，后来战局需要，大部队撤退，诱敌深入，他们也只好撤了，八辆坦克和两辆汽车，丢了。说到这一段，表叔连声叹气，说真丢人，真丢人。

挨饿和受冻比，肯定是挨饿时说不如受冻好，受冻时说不如挨饿好。表叔说，在朝鲜，还是挨饿比受冻好。朝鲜的冷，冰彻刺骨。这话题是我提起来的，我问表叔，听说朝鲜冬天很冷是吧？他倒吸一口气，说，冷啊！

1951年春节后，东线惨烈的长津湖战役、黄草岭阻击战刚打完，志愿军宋时轮指挥的九兵团，把美军将领阿尔蒙德指挥的军队赶到了"三八线"以南。长津湖下碣隅里有缴获的美军坦克，连长带表叔他们去抢修。冰天雪地，气温降到了零下三十度，后来才知道这是朝鲜几十年来最冷的一个冬天。表叔他们是华东部队，从南方过来，发的棉衣薄，没有棉鞋，没有手套，被褥叠起来一小块。大家白天跳着暖和身子，晚上两人一对抱着睡觉，铺上干草，盖着两床被子，牙齿还得得得打架。

到下碣隅里要翻过黄草岭，七十里上山路，越往上越冷。保管组长王建一开着小 JMC 六轮汽车，到半山上没油了。车上有一桶汽油，老兵将细长管插进油桶里，用嘴吸出汽油，抽到五加仑铁桶里，再给油箱加。拿铁桶去给油箱加油时，让表叔用食指插进管子这一头堵住，等铁桶再拿过来，手指和管子都冻硬了，差点拔不出来。冷啊！表叔说着又倒吸一口气，仿佛回到了黄草岭。

到了目的地，坦克钢板冻得如同金属冰，没法施工，他们无功而返。后来指导员又带一拨人过去，采取了一些措施，把坦克修好了。真丢人，真丢人！没完成任务，表叔一想起就自责。

表叔说，和华东来的作战部队相比，他们受的冻不算啥。作战部队面对的是"联合国军"和天寒地冻双重强敌。很多人扣扳机，扣着扣着，扣不动了，手指僵硬了。拼刺刀，拼着拼着，拼不动了，胳膊腿冻得不听使唤。扔手榴弹，开始能扔几十米远，最后手冻僵了，扔不远，几步之外就炸了。耳朵冻掉的，鼻子冻掉的，手指冻掉的，太多了。有个连一夜冻成了冰雕连，全部牺牲了。说到这里，表叔神情凝重地长叹一口气。

到了 1951 年冬天，给抢修连官兵发下来皮大衣、棉鞋和毛毯，大家开心得像过年。这时候，他们的连队也分成中国人民志愿军装甲兵指挥部汽车活动修理厂和战车活动修理厂，他分在汽车活动修理厂。

几十年后浙江湖州的一封来信，才让表叔和他父亲周加业知道，他父亲的大外甥、他的大表哥，也就是我岳父的大哥胡寿文，就牺牲在长津湖一带。当时胡寿文是志愿军 58 师医政股长，营级干部，他的战友、未婚妻李进目睹了他的牺牲。未婚妻回国后一直在打听他的家人，终于打听到了，写信来联系，把长眠在朝鲜的胡寿文的遗物交给了他的家人。那次是胡寿文的七弟和弟媳乘长途汽车去的湖州，李进在车站接到他们，大约是终于见到阵亡亲人的家人了，也大概是七弟和大哥长得很像，一见面李进泣不成声。用家人的话说，他们的感情很深很深。江苏灌云县烈士纪念馆里，有着胡寿文的生平介绍。

我问表叔，这么久远的事了，那时年龄又小，人名地名怎么会记得这么清楚。他说他就是记性好。我觉得，他可能把战场上的经历，当成一生中很辉煌的事情。那些人和事，让他刻骨铭心。

他们从辽东辑安入朝后，第一站到熙川（音），再到咸兴郡（音）、新幕月农里（音）、岱洞（音），最远到金化、华川、杨口（音）一带。我很纳闷：这些地名怎么都是汉字？我问表叔：是咱们这么写的，朝鲜人不会这么写吧？他说，朝鲜那时用的都是汉文，但发音不同，叫音变。如同日本，也用很多汉字，但发音和我们不同。

他说朝鲜人把汉字叫"汉们"（音），他们也有唐诗宋词千家诗，字一样，发音不一样。那时，朝鲜凡是有点文化的人，很多都会读中国古诗词。

抢修连一开始住在朝鲜人家里，后来老百姓躲战火，空房子多，他们就自己住了。他曾认识一个有点文化的朝鲜人，他拿着汉字书跟这个人学朝鲜话，居然半年就能给连领导当翻译了。他说他朝鲜话说得很好的。

1952年底，志愿军坦克六团从抢修连手里接走了任务，表叔和他父亲周加业，以及全连人马，结束了一段奇特的战争经历回到原部队，他们叫归建。整整两年，父子俩收获都不小，他父亲在朝鲜提成了排级技术员，他长了两岁，也长了个。

最初我没想过写表叔，他也没想让我写。他想起来那段经历时就说几句，我慢慢听出味道来了，有的事就反复地问。他的上海普通话加耳背给我们交流增加不少难度。他感觉到我是想写他，前后两次说：你写我这点事，我感谢你，但我给你说，我就是个普通一兵，你懂我意思吗？他说，上战场就是要打仗，但我们只是战场保障……你能写一写我们这个连，倒挺好。他怕我把他写过头了。我笑着说，表叔，我最大的特点就是不会吹，放心吧。我其实是在写这个连，他说的有名有姓的人，我都提到了。哦，还有一个人，是他的排长，叫康成周。

表叔专程来北京的第二件事，他也一样觉得无比荣耀。整整六十年前，他作为坦克二校军官学员，和同学们一起参加了两个月的十三陵水库建设劳动，毛主席也参加了。表叔的排长作为模范代表到过毛主席跟前，表叔没有，但他也做了一件了不起的事。毛主席题写的"十三陵水库"五个大字，用白色大理石镶嵌在水库大坝的北坡上，"陵"字的耳朵旁，是表叔一个人镶嵌上去的。他这次顶着大太阳走到坝底，仔细看了看那一行大字，尤其仔细看了那个陵字的偏旁。

小人物，也可能会触摸到历史的。

2018 年 6 月 11 日

在蓝天上

在北京远大路一家银行等着叫号时,我在手机新闻上得知海军两名飞行员遇难,一看到标题,我长叹一声,又沉重地摇一摇头。随后才意识到自己叹了声气,还摇了头。我闷坐着,脑子里闪过一些认识和不认识的飞行员的名字,眼眶潮湿了。

我的经历让我对空军飞行和飞行员比较熟悉。我开牵引车时,常常会到飞行大队拉飞行员。有时会接上飞行学员去拉降落伞,飞行收场时,再拉他们把伞送回伞房。再后来,我做新闻工作,也采写过很多次飞行训练和飞行员。

面对蓝天,寻常人可能会赞叹,诗人想作诗,可是飞行员,蓝天是他们拼杀的战场。不要说实战,就是训练,只要升空,飞行员就是在上战场。天天飞行训练,他们就天天在上战场。

我脑子里一直有一个问题:飞行员在空中到底害怕不害怕?我知道有很多人会和我一样这么想。我以前从没有和飞行员们说过这个,也从来不和他们探讨生死,说的都是阳光灿烂的事,我不想给他们心里带来一丝阴影。

飞行员不是孙大圣,不是钢铁侠,和我们一样是肉身凡胎,他们也会突生紧张,甚至害怕。但不能不承认,飞行员有着过人的胆量和意志。他们不会让害怕蔓延成抹不掉的恐惧,他们可以天天升空历险。寻常人担心的是万一,他们明知道有万一,仍然昂着头登机起飞。

我还知道，飞行员也有铁汉柔情的一面，而且，那是天底下最撼人心扉的柔情。

在试飞基地一个战友给我说，没结婚的，光棍一条，没什么负担。结了婚的，就知道自己不再属于自己一个人，飞夜航，飞仪表，飞空中加油，或飞别的新科目，先上的飞行员只要紧握一下好友的手，或者一个眼神，对方心里就明白。那是在说，如果我回不来，替我照顾好我老婆和孩子。

平时，飞行员不是在天上，就是在飞行大队；不是在练习场，就是在篮球场。只有节假日才能和妻子团聚。飞行这个特殊职业，飞行员没法不亏欠妻子。

我认识一位母亲，一面为儿子当上空军飞行员骄傲，一面又忍不住东想西想。她都不能像常人一样看空难消息。新闻上有什么不好的消息，家里其他兄妹，都封锁着不让她知道。

一个人在空中飞，付出的是一大家人。

世界尚不太平，强盗时不时会露出獠牙。我们可爱的祖国的领空上，还需要一批又一批舍生忘死的勇士们。

飞行教科书里有一项明示，出现意外紧急迫降时，应该避开城市和村镇。万一来不及时，允许飞行员随时弃机跳伞。我们却一次又一次地在新闻里看到，一个又一个飞行员在生死关头还是选择了操控飞机飞离居民区，而失去了最后跳伞逃生的时机。

每当看到这样的消息，我的心情就非常沉痛，尽管我知道，他们的名字将被写在我们祖国和民族的英雄谱上。

我在空军二十几年，不管到哪里都会有人问我，你是空军的，你会飞？我赶紧澄清说，我不会飞，但开过拉飞机的牵引车，天天都和飞机、飞行员打交道。我是说我可没法和飞行员比，同时也想说，我有很多飞行员战友和朋友，我很骄傲。

2019 年 5 月 20 日

追 星

　　那一天，原航校的老团长神秘地给我说，过几天有一个与杨利伟见面的活动让我也参加一下。听到这个消息，我早已迟暮的心脏咚的一声被激活了。

　　活动前一天，我从西安赶回北京。晚上给手机定上闹钟，第二天一早提前赶到我再熟悉不过的京北大牛坊航天城。在航天城外神舟商旅酒店大厅见到杨利伟时，大家拥过去握手，轮到我时，虽然早已退役，我还是啪地敬了一个军礼，然后与杨利伟握手致意。第二次与杨利伟握手时，我们已经来到航天城综合楼大厅。大厅里摆放着照相用的金属台阶，大家照完合影，每个人又单独和杨利伟照相。杨利伟随和亲切，微笑着和每个人合影。就是这时，我和杨利伟有了张握手照。

　　再过两天，杨利伟要随代表团赴香港，这么忙的时候我们还能见到他，是因为我们与杨利伟是校友。有人可以亲热地直呼"利伟"，但我没这个资格。诚恳地说，我以前从没当面见过杨利伟。当年，我前脚调往西安，他后脚来到新疆八航校学飞行。

　　一九八四年八月，杨利伟开始在八航校学飞行，初教机、高教机学下来前后三年多时间。他的代号是"75"，空中无线电呼叫起来叫"拐五"。领导和教员们的印象中，杨利伟飞得不算拔尖，但一直在最优秀的行列，每个科目都是第一批放单飞，而且不少科目都是在最短的时间内飞出来。杨利伟的飞行教员叫赵承良,是个很有个性的人,干什么都要干到顶尖。他业余喜好钻研篮球比赛规则和裁判的场上要领、动作,平常在防空洞里挂一块镜子,对着镜子边吹哨边比画,结果达到了国家一级裁判的水平,号称"西北第一哨"。他的终极目标是考取国际裁判证,但英语关让他遗憾铩羽。他二胡拉得好,想要争取拉到西北第一。笛子吹得好,也想要吹到西北第一。赵教员对"拐五"他们几个也是心思用尽,那时还没有飞行模拟器,他做了辆平板车,不管天冷天热,他自己推着,"拐五"和同学们或坐或站在上边,在运动中练左蹬舵右蹬舵、左盘旋右盘旋。今年教师节那天晚上,在央视一档节目里,杨利伟把已经走路颤巍巍的赵教员介绍给了全国观众。

在综合楼左边展览大厅的一排火箭模型前,杨利伟给我们说,巨大的火箭里边其实都是燃料,火箭顶端是航天员舱。如若在空中出现故障,航天员乘顶端的逃逸塔逃生,逃逸塔会自动与火箭脱离。听到这里,我身上有点发麻,这不是坐在火山顶上吗?我们走到一套洁白厚实的航天员服跟前,杨利伟说,这套衣服价值3000万元。大家不由得连声惊叹。航天服上布满了玄机,有各种控制阀和测试表,看上去厚实笨重,有几十公斤重。

我们顺着展厅的旋梯往上走,一侧忽然现出一个大型圆体建筑,建筑外壁一人高的地方有几个飞机舷窗一样的小圆窗,我们朝里看去,哇,原来是航天员在做深水训练和测试。这个水池大约有几层楼深,一池清水清可见底,航天员们穿着黑色潜水衣,戴着潜水镜,蹬着脚蹼,像在蓝天上飞翔。有几个航天员看见了我们,隔窗向我们打招呼。我开心得笑脸绽放,也向他们摇手打招手。

杨利伟招呼大家乘电梯上行。电梯门在四层一打开,大家又是惊叹不已,这里是潜水池顶部,航天员们正从水下一个一个钻上来。他们摘下潜水镜,景海鹏、聂海胜、翟杰刚、黄俊龙、刘伯明……一池的英雄好汉。这时我才知道,从八航校毕业的一个飞行员，后来也入选了航天员，只是他没上太空，现在负责新航天员的训练。我忽然想到怎么没看见女航天员，问杨利伟，他说，她们属于第二批，今天没来。

同行的战友们有所不知，我今天是有备而来。来之前，我在网上看了杨利伟写的《太空一日》，以及他的传记《天地九重》片段，我心里不禁慨叹，太空第一人绝非我辈凡人能够做到。"神五"发射那天，我守在电视机前看飞船点火升空，看发射成功，看科学家们喜极而泣。我在当天日记里郑重写下：航天员杨利伟首飞太空。那时我知道飞天险象重重，成败都有可能，但想象不出他会经历怎样的九死一生。从书里得知，就在飞船上升到三四十公里高度时，飞船开始急剧抖动，产生剧烈共振，他的每一块肌肉也跟着共振起来，感觉五脏六腑都要碎了。这个时刻，这位航天英雄心想：我恐怕要牺牲了。还有什么比此刻更让人惊恐的，地面指挥大厅里所有人的心也紧紧揪在一起。当强烈的阳光让他的眼睛眨了一下时，指挥大厅有人急喊："快看啊，他眨眼了，利伟还活着！"顿时掌声欢呼声响成一片。对于飞船的抖动，科学家们找到了原因，"神六"以后再没有发生过。杨利伟不足一天的太空行，他让自己尽量少睡觉，让自己醒着，给科学家带回来几百个问题的描述。返回舱落地时，带棱角的话筒割破了他的嘴唇，后来换成无棱角的，其他航天员再没被划伤过。作为中国"飞天"第一人，杨利伟清楚两组数字，截至他升空这一天，人类载人航天已有22位航天员献出了宝贵的生命，其中11人是在返回过程中丧生的。但他义无反顾。杨利伟的使命就是冒死去验证成功，他用生命为祖国的航天梦铺路。他就是我国航天事业的一块特种钢。在我曾经十几年的军事新闻经历中，接触过很多空中英雄，他们为祖国、为人民，为事业、为信仰，随时赴汤蹈火，视死如归。我早年采写过的一位飞行员，18岁时冒死把起落架放不下来的战机飞回来，一周后又升空飞行，腿一点不打软。别人问他怕不怕，他说从穿上军装那天起，就把自己交给了国家。

  是谁说过,我最大的遗憾是只能为祖国牺牲一次!我听出来了,是我们人民军队空天勇士们同频共振的心声。他们和杨利伟一起,一直是我心里仰视的群星。

2017 年 10 年 10 日

喜遇《毛泽东诗词鉴赏》

晚上快六点时开车去远大路金源购物中心，一是去五层餐饮区，想给母亲订祝寿餐；二是去四层"字里行间"书店，看有没有合适的书，给妻子的侄子买本书。小伙子中考成绩不错，进了当地名校，我想不能光有物质礼物，应该有点精神食粮。先到四层开放式书店，在书台前第一眼就看见顶层摆放的红彤彤的《毛泽东诗词鉴赏》，大开本，红塑料封皮，金黄色书名，和"红宝书"一样光彩夺目。这装帧用心了。编著田秉锷，不认识，不熟悉，不知道，那不要紧，肯定是要看介绍的。最关键要看出版社，是上海三联书店，熟悉的繁体草书社名，这就得了，没问题了。打开封面，没有编著者的介绍，直接翻到后记，看到介绍说，"我社特约请研究毛泽东诗词的专家田秉锷先生编纂"，名社特约名家，我踏实且喜出望外，是我长时间求之不得的书。早就看到消息说有人在编纂毛主席的诗词和诗词书法，我很想得到一册，但总没有碰到。现在这一版本，是不是以前消息上说的，那倒不要紧，关键是这一版本出自名社、专家就好。

我捧着红彤彤的《毛泽东诗词鉴赏》心里热乎乎的，是的，心里热乎乎的，感觉到一股热流在涌动。我翻开这里看两眼，又翻开那里看两眼，都是很熟悉的词句，一时却看得不太专注。我知道一定有毛主席的照片，果然目录后是一幅毛主席气宇轩昂高山一样背手而立的油画像，再下来是那幅风华正茂的青年像。我看着照片，心里也是一阵热乎乎。一对母女走过来，我真想给她们推荐。两个女学生在翻书，我希望她们能注意到我手里的红书。我觉得心里这股热流与几十年前得到"红宝书"时的感受相同，但也有不同。那时是被潮流席卷着，现在是自觉自愿的。那时对很多事情一无所知，现在是明白了很多事情。过去是崇拜敬仰毛主席，现在是更加崇拜敬仰毛主席。

  毛主席的著作这些年读得不多，倒是想过什么时候到西安，把岳父保存的"毛选"四卷本拿到北京来。也曾经在网上搜读过"老三篇"和《论持久战》等，但总之是读得不多。不过毛主席的诗词可以说是时时读，这得益于神州处处都有仿毛体和非仿毛体的毛主席诗词书法作品，每每看到，我都要反复吟读，百读不厌。既读书法，也读诗词，自然是《沁园春·雪》《沁园春·长沙》读到的最多。我这个不写书法的人，对毛体笔画都熟稔于心了。湖南长沙县开元国际大酒店我住过几次，大厅里、走廊里，到处悬挂着毛主席诗词书法作品，除了大幅的《沁园春·雪》和《沁园春·长沙》必不可少之外，《西江月·井冈山》《七律·长征》《七律·到韶山》《清平乐·会昌》《菩萨蛮·黄鹤楼》等等，几乎应有尽有。在酒店进进出出，饭前饭后，只要有空，就面壁拜读欣赏。我不会写诗，对毛主席诗词也无研究，但就是喜欢读，读起来总是热血沸腾。

  我终于能静下心来短暂翻看手里这本《毛主席诗词鉴赏》。目录里分《正编》《副编》《毛泽东对联精选》和《附录：毛泽东关于诗词的书信》四部分，我想《正编》可能是过去常读到的毛主席诗词，《副编》是没读到过的。我从后往前翻，想先看毛主席怎么说诗，他写得那么好，看他是怎么论写诗的。毛主席没有长篇大论，只是五封信，而且都很短，我看最后一封是《致陈毅》，毛主席写道："你叫我改诗，我不能改。因为对五言律，从来没有学习过，也没有发表过一首五言律。你的大作，大气磅礴。只是在字面上感觉于律诗稍有未和。因律诗要讲平仄，不讲平仄，即非律诗。我看你于此道，同我一样，还未入门……"看到这里，我心里又是一阵热乎，毛主席的谦虚，毛主席和战友间的友爱、直言不讳，陈毅元帅对毛主席才情的敬佩，都让我感受到了。还有一封五行字短信《致胡乔木》，是毛主席自荐将《七律二首·送瘟神》在《人民日报》上发表，其中写道："诗中坐地、巡天、红雨、三河之类，可能有些人看不懂，可以不要理他……"让我深切感受到毛主席的自信和霸气。我想起很早很早以前学习这首诗时，的确总是琢磨"坐地"和"巡天"，想着想着就被毛主席的气魄和浪漫还有知识面所感动。在《对联》篇目里，有一篇是何长工看到老农推磨磨谷，遂出一联：谷磨磨谷，谷随磨转，磨转谷裂出白米。毛主席说有点难，容他想想，但看见警卫开锁推门，马上给出下联：门锁锁门，门由锁开，锁开门敞迎故人。毛主席赠叶剑英元帅的联句"诸葛一生惟谨慎，吕端大事不糊涂"，六言诗写彭德怀元帅的"谁敢横刀立马？惟我彭大将军"，都让我非常感动。还有七律吊念罗荣桓元帅的"君今不幸离人世，国有疑难可问谁"，看得我眼眶发热。

书台上一共八本《毛泽东诗词鉴赏》，下边并列平放着六本，最上边两本斜倚在有机玻璃书架上，我买了两本，一本自己留着，一本送给过两天要见到的妻侄。小伙子长大了，正是时候让他读毛主席的作品。付款的时候，边上有一对看上去比我年轻的中年夫妇，女的注意到我手里的书，给先生说，哎，有毛主席诗词，你去看看。我主动指给男的，在那边，书台上。他们也买了一本。我拿着两本书上到五层订餐，办完事心里仍然兴奋着。我忽然想起，我曾拿了我外甥一本高中时的选读书《朝花夕拾·呐喊》，现在我也送他一本《毛泽东诗词鉴赏》吧，他正准备出国读研，也需要读毛主席的著作。我又想，我应该再多备一本，防止哪个好友把我的这本书拿走，不如我大大方方送他一本。这样想着，我又到书店再买了两本。我忽然注意到，这本二零一二年九月第一版的书，到今年六月居然印刷了三十四次，原来很多人都走在我前边啊。

离开后，我一路都沉浸在兴奋中，我想我要把喜遇《毛泽东诗词鉴赏》这件事告诉朋友们。

2020 年 8 月 19 日

隔洋看"大戏"

美国那边弹劾大戏正在上演。

12月18日，嘈杂了多时的弹劾总统案，在美国国会众议院有了结果，议员们分别以230 :197和229 :198的票数，认定特朗普"滥用职权"和"妨碍国会调查"，应该革职查办。

众议院民主党议员以人多势众的优势，手一举一放间，让自称史上"最伟大总统之一"的特朗普先生，成为第三位载入史册的遭到众议院弹劾的总统。

报道称，六个多小时的众议院辩论会上，民主党议员慷慨激昂，历数总统之过。共和党议员则使出浑身解数，试图阻挠弹劾表决，最终还是没能抵挡住民主党人的凌厉攻势。投票表决，民主党议员几乎清一色赞成弹劾总统，而共和党议员则清一色反对弹劾，比民主党议员心更齐，虽败犹荣。

总统到底有罪无罪？说无罪，有人匿名举报特朗普后，众议院除了没让举报人露面（出于保护目的），组织过一场又一场指证会，似乎证据确凿，不弹劾不足以平民愤。说有罪，为什么众议院共和党人齐刷刷反对弹劾？难道美利坚合众国仅凭票数就能给自己的总统定罪，多了三十几票就有罪？少了三十几票就无罪？

特朗普总统本就是"老子天下第一"之人，当然更不承认有罪。那边众议院一出投票结果，这边总统金毛倒立，推特跟进开骂，并再次告诉民众，他们是在弹劾你们最棒的总统。这符合特朗普的性格。

不足为奇的还有总统的白宫团队，白宫强势认定弹劾是一场"骗局"，是美国"历史上最可耻的事件之一"，并且替特朗普打包票说，"总统绝对没有做任何错事"。但在我等外国人看来，白宫的表态说服力差了点儿。众议院几次要求特朗普近身幕僚包括蓬佩奥国务卿出庭作证，都被白宫喝止。如果总统没有做错事，白宫怕什么呢？当众替总统澄清，不是更好吗？

人民群众的眼睛是雪亮的，我们寄希望于广大的美国人民吧，不过还是让别国看客很失望。该不该弹劾特朗普，路透社和益普索调查机构很快就公布了民调结果，百分之四十四的民众赞成弹劾特朗普，百分之四十一的民众不赞成。那么，是百分之四十四的民众的眼睛是雪亮的，还是百分之四十一的民众的眼睛是雪亮的？

我们回头捋一捋纷乱的剧情，有一个细节虽小，但也不可疏忽。众议院表决时，共和党是清一色反对弹劾总统，民主党只能算是基本一致赞成弹劾。因为民主党议员里出现了两个不同的声音：一个民主党议员站在了共和党一边，和共和党立场一致，反对弹劾；还有一个民主党女议员塔尔西·加巴德投了弃权票，她说自己出于良知而不能投赞成票，也不能投反对票。这两个不同声音很快遭到民主党谴责，而塔尔西·加巴德则很快受到特朗普总统的"尊重"。

美国举国弹劾大戏才到中场，但是后半场必定稀松平淡，毫无悬念。参议院正催着众议院佩洛西议长快快把案子呈上来，准备采取"简短弹劾审判"，不再传唤任何证人，快速表决结案。参议院一百个议席，共和党占了五十三个，不要说弹劾总统需要三分之二票数，即便是简单的少数服从多数，民主党都必败无疑。共和党压着不让更重要的证人作证，同时又讽刺民主党"只有第二、第三、第四手证据"。这让民主党到哪里去说理？

佩洛西人老脑子却不乱，她不急于呈上案子，她要参议院共和党领袖麦康奈尔表态，让白宫代理幕僚长麦克·马瓦尼和前国家安全顾问博尔顿等重要人物出席作证。人所共知，以他们所处的职位，会知道更多特朗普的秘密。但佩洛西知道共和党不会陪她共舞，她只能拖一天算一天，多臭一臭共和党和特朗普，也不枉忙活一场。

正当"大戏"要草草收场时，谁都没有想到，突然杀出一员"悍将"——《今日基督教》杂志，强烈要求特朗普速速下台，还敦促福音派信徒不要支持他。真是神助攻也。

该杂志主编马克·加利在专栏文章里写道："下次选举，不论特朗普是被谁赶走，我们认为，他都应该从总统之位上下来。"

毕竟马克·加利主编比别人离"主"更近，也许他听到了"主"的声音。

作为别国的百姓，我们并不是像美国人那样要谁下台要谁上台，我们只是想知道，被弹劾的特朗普总统，到底有罪无罪？

2019 年 12 月 25 日

北京的蓝天

人们大约不会忘记，2008年北京夏季奥运会时，有四名前来参赛的美国自行车运动员在飞机落地时戴上了口罩，这迅速成了国际新闻。运动员称不想把霾吸进肺里。中国民众认为是给我们难堪。最后国际奥委会说了话，运动员确实也看到了蓝天白云，也就不再戴口罩，好像还表达了歉意。好客的中国民众自然也给予了谅解。

当时人们都知道，北京奥运会那一段时期的蓝天，并不是天然蓝，当然也不是染蓝的，而是北京及其周边提前半个月车辆单双号限行和工厂、工地停产停工换来的。在此之前准备奥运会的几年间，北京还迁出了几百家大小工厂，显赫几十年的首钢就是那时动迁的。我是一个在北京的小老板，有工厂，也有工地，停工停产几个月，心急火燎自不必说。

这一年的奥运会和残奥会结束后，雾霾随之而来。那时常常几十米开外人车模糊，坐在车里或待在家里时刻能感受到呛人的气息，空气里弥漫着怪味儿。空气净化器从此热卖，还有一些人去了国外。我也曾想过逃到哪里去，想来想去无地可逃。逃回关中农村？但我知道，受西安等大城市环境污染的影响，农村也早已不是清朗的天空。我印象里，西安的空气似乎比北京还要糟糕，古城仿佛永远被扣在昏暗的大锅下，身在秦岭脚下，却难见秦岭清晰的样貌。那些年由于工作的原因，我几乎跑遍了全国各地，让我心情沉重的是，很少有空气干净的地方。曾看到过一篇文章，说雾都伦敦治霾用了三十年时间，中国想让北京的空气变得干净，需要四五十年时间。对此我坚信不疑。我在想，神州大地，遮天蔽日，治霾如同老虎吃天，从哪里下嘴啊！我想我这后半辈子是要活在霾里了。

让人惊喜的是，说不清从哪一年开始，北京的蓝天一年比一年多起来，空气一年比一年干净起来。前三四年，人们已经常常赞叹北京的蓝天了，我有一次忍不住说，北京蓝得要掉到海里了。去年忽然又出现了数日雾霾，人们已不再惊慌，知道这不是当地的"土产"，也不会久留不去。很快弄清楚，这次雾霾来自蒙古高原，不多久便随风而去。

北京的空气质量变好了，风沙天也有了明显变化。过去人们说北京的春天风沙大，秋天最好，秋高气爽这个词就是描写北京的。早先我到北京出差，见识过北京春天的大风，我的大檐帽在长安街上飞快地滚动，我狼狈地追着，追了几十步才摁住。我夫人刚到北京工作时，上下班骑自行车，遇到大风沙，只能猫腰推着车子往前走，脸上包着纱巾，眼睛还是睁不开。但近几年，北京春天的风明显柔和了许多，沙尘也不那么厉害了。不过，若仅仅只是北京的天空变好了，那肯定长久不了，现在很多地方的天空都变得让人不由得要赞叹了。特别是西安，已经彻底改变了我对它的印象。我曾一个人漫无目的地开车往秦岭里走，那苍翠的山、清爽的气息，简直要把人融化了。我说不清楚这一切是怎么改变的，但我知道这些变化不是一阵风吹来的。

2022 年 2 月 18 日

阿龙，侬好！

很想和你握握手，但我知道那是遥不可及的事。

今天是你离开家人、朋友和我们这些战友一年多的日子；今天，是2015新年第一天，你知道的，咱们一直叫元旦。我晚上没睡着，打开电脑，再打开八校网，凑近你的照片和你说说话。

哦，差点忘了，阿龙，新年快乐！

顺便告诉你一件很不幸的事，就在昨晚，就在立马要跨年的时候，你熟悉的外滩发生了非常惨烈的灾难，37个鲜活的生命戛然而止，最小的才12岁。你看看，生命就是这么脆弱无常，一如你，才到花甲，就怎么离大家而去呢！你要知道，你的亲人，你的朋友，我们这些战友，心里是多么不舍。我知道，离别的那一刻，你也是一千个一万个不舍吧！

时间快得总是让人感慨。我们相识是从我调到宣传科开始的，一晃30多年过去了，许多事情依然清晰，也有许多事情已经模模糊糊了，只能记个大概。比如，法林、宏兴他们那时叫你阿龙还是阿祥，我都记不准了，只记得生活在戈壁深处的大家，是多么友好多么快乐。

当时你们保卫科在葛科长治下，是政治部最强最让人羡慕的科，强在人心齐，如铁板一块。再就是精兵强将，个个独当一面，出来进去风风火火。而且，人人性格鲜明。葛科长不苟言笑，不怒自威。法林眼睛眨巴，点子多，好热闹。宏兴慢条斯理，浑身上下都是笑。有次他说，出差在北京过马路，他硬要绕很远走斑马线，一起出差的同事都笑他。我也笑他。我来自农村，身在戈壁，从来没见过斑马线，只知道哪儿近走哪里。倒是同事戴慧莹很认真地告诉我，王宏兴是对的。记忆中的你，身材削瘦，总是一脸谦和的笑。给你说吧，这会儿我又凑近看你的照片，严肃的面容下，我看到的还是当年那张年轻的脸和一脸谦和的笑。

回想起来，那时我们很艰苦。不说别的吧，每天的太阳都要晚两小时出来，内地的报纸晚两天才能看到，春天晚两个月到，但是寒冬呢，它一点不耽搁，总是早早就来问候我们。那时我们正年轻，有时熙熙攘攘的人流和熙熙攘攘的热闹就会让我们倍感幸福，但戈壁滩上少的恰恰是人。我就常常站在高高的土包上，默默注视东去的列车，心里时时升起乡愁。我现在想，我都如此，那你这个从霓虹灯辉映下的大上海来的人呢？幸亏心中有理想和目标支撑着我们。

呵，想起那时，我们玩的，便忍不住笑了。互联网，嘉年华，卡拉OK，这是现在年轻人玩的。相比之下，我们玩的似乎更原生态。咱们一帮单身汉住在老政治部楼斜对面的平房里，前面是大白杨掩映下的小片空地。空地上寸草不长，却活跃着精干矫健的红蚂蚁，还有土鳖子精心打造的巢穴。土鳖子巢穴是个锥形小坑，坑壁坑底是细细的土末，土鳖子就潜伏在坑底细土里。茶余饭后，我们蹲在地上看土鳖子蚂蚁大战。玩法简单，无成本，先用小树棍逼红蚂蚁跳下土鳖子坑，蚂蚁知道处境凶险，急欲出逃，但坑陡土松，哪能轻易逃出。而时刻等待捕猎的土鳖子，绝不放过机会，一跃而出，钳住蚂蚁，绝不换口。往往几个回合，蚂蚁就被拖入坑底土里，细土微微震动几下，一切便恢复平静。那时我们不知道野生动物保护法，当然，红蚂蚁也不属于要保护的动物。在单调枯燥的戈壁上，我们让自己快乐着。

杏子熟了的季节，是我们的味蕾和胃快乐的时候。戈壁深处物资匮乏，飞行员吃水果都得从内地运。维吾尔族老乡那里为数不多的果树，正好填补我们的需要。周末早饭后，咱们几个一人一辆自行车，出南门，像武工队，一溜烟消失在沟沟岔岔里。那时候，老乡友好得很，交一点钱，就帮我们摇树打杏子。大白沙杏，甜核的，一咬一口蜜，现在好像都能想起那个味。

阿龙，你和法林他们几个做的那个沙枣核帘子，可真是巨大工程。你们的妻儿要是知道那有多么不易，一定会感受到你们对家的爱有多热烈、有多深，一定的。也不知道谁先提出，给家里做个沙枣核帘子。又是周末，又是自行车，这次不是出南门，而是穿过机场，往北再往北，便是一片一片的野沙枣树。沙枣吃着甜甜的、沙沙的、面面的。你们顾不上多吃，也顾不上沙枣刺扎手，每人采回来几大袋干沙枣，泡在水盆里沤。几天后，用手一搓，小小的沙枣核就搓出来了。接下来，才是真正的考验。沙枣核比一般枣核小好几号，但更坚硬，先从两头用粗针穿透，再用细针引过细而结实的尼龙线。开始时用手捏住沙枣核，很快手指尖被针扎得血淋淋。拿针的手指也肿得捏不住针，戴手套又不得劲。后来摸索出办法，一只手用钳子夹住沙枣核，另一只手戴顶针穿针引线，但偶尔被针扎和手指肿疼还是免不了的。那几个月你们最怕的是和人握手，更怕的是太过热情的握手，总是露出似笑似哭的怪异表情。一根线上要穿几百粒沙枣核，一条帘子要几十根沙枣串，你们像做针线活的女人，一粒一粒地穿帘子。终于穿完了，买来清漆，把帘子浸在里边，然后拿出来挂起来，晾干。哈，一串串沙枣核晶莹剔透，美极了！你们得陇望蜀，有了落地帘，还想要半身帘。于是，从头再来，采沙枣，沤沙枣，穿枣核，过清漆……阿龙，来自戈壁滩的沙枣核帘子现在还挂着吗？还是被家人收藏着？

上海男人精明顾家爱老婆，差不多人人都知道。记忆里还有一件事，足见家在你心里有多重。那时你新婚，但生活条件有限，你的新房也只是上海弄堂里的一间阁子，而且当时还没流行装修这个词，但是你把新房弄得像宫殿。你用了很多玻璃材料，洗漱池前的玻璃镜自不必说，短隔墙是玻璃的，墙上放小东西的格子也是玻璃的，让人恍如进了水晶宫。你心满意足的神态被我捕捉到了。那一刻我也被震住了，我想这应该就是城里人家的幸福生活。现在想，用那么多玻璃，可能因为玻璃最不占地方吧。

就是这件事，多少天来让我抓耳挠腮，亦真亦幻。我不能确定的是，你的新房，是我亲眼所见，还是看的照片，抑或是视频？视频是最不可能的，那时连这个词都没有。看的照片？但我怎么会有身临其境的感觉？前两天看一个人的文章，才知道你曾回上海学习两年，那时我恰恰也在上海。是我们在上海相遇了，我去你家欣赏的你的杰作？但这也是很恍惚的印象。

好嘛，只顾说话，这会儿早过午夜了。外边夜色漆黑，也很冷。阿龙，你现在哪里？在上海，还是又回了戈壁？你远离温暖的家和深爱的家人，远离我们这些一起奋斗过的战友，遥不可及。总之，你要照顾好自己，多多保重。即使再过百年千年，我们依然是战友。战友战友，亲如兄弟！

阿龙，晚安！

2015 年 1 月 1 日深夜
2022 年 6 月 28 日修改

和气生财

天黑前出门溜达，妻子交代，买一斤多猪肉，绞成馅。又叮嘱，肉皮带回来。她已经攒下些肉皮，冻着，想和黄豆、咸菜一起做肉冻酱菜。岳父传下来的厨艺，我们都爱吃。

去年元旦那天妻子跌伤过，后来又是疫情，我从主外彻底转向协助主内，专事采买。我一般溜达兼采买，常去的是易初莲花超市。买肉只去易初莲花。

摊位上两个卖猪肉的女师傅老远就给我打招呼，别人看了，以为我能买走半扇猪，其实只是师傅们和我熟悉。我给一个女师傅抱歉说，对不起，我买她的。那师傅说，没事没事，买谁家的都一样。

边上卖"壹号"品牌土猪肉的师傅问我要多少，我带着歉意说，我家人少，买一斤多点，绞馅，皮带走。师傅给我切下一块前腿肉，有瘦有肥，瘦多肥少。妻子交代过，带点肥的香。师傅称重后，去皮，切块，冲洗，绞馅。在她忙着时，我给边上的师傅说，你们互相很友好。师傅说，是的，都是同行嘛。

女师傅的刀快，人也利索，三两下给我绞好馅。这一斤多肉上的皮少，巴掌大。这时，师傅拿出一小袋肉皮，又从边上翻出来一大块，都是别人不要的，足有四两多，一起搭给我。这时候，我该怎么办？我能说，别的肉上的皮我不要？能说，别人不要的皮我不要？谁的嘴还认肉皮吗？还是能说，我有钱，我不占这便宜！吃口肉皮，谁又会笑你没钱。我只能笑纳。可是我笑纳，这是不少的钱呢。"壹号"土猪前腿肉，一斤五十八元，买肉带皮称，皮也是钱，四两皮二十三块二角钱哩。当然，师傅不能一块肉皮卖两次，我是坦然笑纳。

我和这里的师傅很熟了，和"壹号"的师傅更熟，只是互相不知道对方姓什么，买她的猪肉也不过四次。听人说吃牛肉好，吃牛肉长肌肉，不长肥肉，运动员都吃牛肉，我平时也是买牛肉多，买牛腱子肉多，炖着吃。妻子说吃肉还是猪肉香，我偶尔也会买点猪肉。

第一次买猪肉，看到"壹号"两个字，问什么意思。就是这位女师傅，她说，北大毕业生卖的猪肉，就是我们这个牌子的。我说，那我清楚，卖猪肉的是我们陕西人，最早他在老家卖猪肉，你们这个牌子，是北大另外的毕业生养猪创的牌子吧。师傅笑了，说，你比我还清楚。那一次我买了几斤猪排。

那次之后又一次去超市，一进入口，远远看见肉摊上女师傅冲我招手，我纳闷，走过去问她：认识我？她说我买过排骨。我想了想，那是半年前的事了。师傅说，你和气，我记住了。

再以后，进超市，我先远远看女师傅在不在。她在，我主动走过去打个招呼，免得她觉得我绕道走。走过去多半也是说，今天不买肉。师傅会说，没事。师傅看我手里拿着东西，会递给我一个塑料袋。我说，不用。师傅说，提着方便。我就接了。

算上这次买肉绞过三次馅了，我认准了只买"壹号"土猪肉，师傅每次都翻出别人留下的肉皮搭给我。看看，和气还真是能生财。她和气，拉住了我买肉；我和气，多吃了多少猪肉皮。

2021年6月8日

回光返照

　　我从心里敬重的一位老人，在医院里躺了八九年，要不是在医院，人恐怕早就没了。起初好一点就想回家，可是一离开救护就病危，就又住进去。后来五六年再没回过家。他老伴是肾衰竭，他住院之前，每天骑着三轮车拉着老伴上附近一家医院做透析，来来去去好几年。三年前老伴去世时，他住在医院命若游丝，过几天明白，过几天糊涂，怕他经不起悲伤，家人和陪护商量好就一直瞒着他。起初他还问老伴身体怎样，问怎么不来，后来也就不问了，好像生命里从来没有过这个人。生命的蜡烛就要熄灭时，有一段时间却忽闪忽闪亮起来，不管糊涂还是清醒着，总叫出老伴的名字，还老把别人叫成老伴。老人忽然反常，我曾暗想，该不是回光返照吧。果不然，后来他就在深昏迷里走了，去追和他相濡以沫几十年的老伴了。

　　我在西安军校时有位同事，个子不高，人很好，和我也好，但不幸却偏偏落在他头上。多年前军校确定他转业，还在联系工作时，一天晚上在西安高新区马路边拎包独行，一个混蛋以为他带了很多钱，从后边搂头一闷砖，要了他的命。他死后，全家人瞒着他在唐山的老母亲，但每到过年过节，老母亲就问儿子怎么没回来，家人编各种理由瞒她。大概瞒了三四年，老人不再问了，大家都感到纳闷，心想她怎么把儿子忘了。再过了几年，老人病重将走，有一天清醒过来,大哭起来,说想儿子,说怎么让她白发人送黑发人。家人诧异,忙问她怎么知道的。老人说,年年这个回来那个回来,哪有儿子不回家看娘的?这些年不问不说,是不想让心里的一点希望给灭了。老人大概是哭痛快了,想念儿子的话也说清楚了,再撑了两天走了。

有个女人刚过四十,得了绝症,归乡后陷入昏迷,医院诊断后认为治疗已无任何意义,家人只好将其接回家。她昏迷在床,家人和亲友悲悲戚戚,忍痛准备后事。到了第三天,女人忽地坐起,目光明亮,左右一看,一手抓住女儿的手,一手抓住弟弟的手,嗷一声出口长气,向后倒下去,然后咽了气。一屋子人吓一大跳,随后感叹不已,明白了这位可怜的母亲是鼓了多大的力气,在给女儿和弟弟做最后的交代啊。

另一位濒临死亡的母亲,却是另一种情况。她忽然意识全无,昏死过去,在家人的惊呼中才又缓过神来。就在这一瞬间,她把要走的信息,传给了几千里外的女儿,女儿赶忙打回来电话,问她妈怎么啦,女儿说自己心很慌。而这位母亲痴呆了多年的老母亲,似也接到了她的信号,一下午都在喊她的名字。老母亲多年都没叫过她的名字了。冥冥之中,不知道她是怎么给母亲和女儿告别的,不几天,她沉睡过去再没有醒来。

西方人临死前的回光返照是什么表现,没看到过记载,但西方人濒死时的心理活动是有记载的。濒死和回光返照有区别,前者可能复活,也可能活不过来,后者是一去不复返了。万幸,死而复生的许多西方人告诉科学家,那一刻他们看到的是在穿越隧道,隧道尽头是耀眼的曙光,那是天堂和上帝的光芒,让人心向往之。中国人大多不信教,重亲情,回光返照大都和亲情有关。中国人到死放不下的还是家人。

2022年5月18日

火车包厢里的年轻渔夫

和我一样对碧海渔夫生活一无所知的人,可能会对我这次在火车上与同行者聊天的内容感兴趣。我自己就是感到好奇,才和这位年轻的渔夫聊起来的。

一个周六,我从黄海岸边的柘汪镇假道日照回北京,下午两点四十乘上K字头的1902次火车。同包厢的是一对年轻夫妻带个一岁大点的小女孩,我礼貌地给小人物问了好,她妈妈忙教她回叫老爷爷好。她妈妈一眼就认出我是比爷爷还要老的级别,这让我彻底知道自己老成什么样子了。

起初,我没有把小人物的爸爸当成白领,但也没想到他是个老资格的渔夫。行李归置停当,我随口问了一句:是日照人吧?他说是,日照乡村小镇上的。我便暗想,他就像北京郊区很多青年一样,近水楼台,一定也是在日照打工,或是做小老板。他有相貌娇好的妻子和小女儿,拖着时尚的大行李箱,一家三口享受着火车软席,这也符合小老板的身份。我冒昧问他:你在日照工作,做什么的?他说了一句,有口音,我没听懂。再问,他又咕哝一句。日照在海边,我大胆猜问:下海?他说是。我放开想象,再问:下海打鱼?是。我的天!这是我第一次面对面和渔民说话。

在我根深蒂固的印象里,渔夫大都头发蓬乱,脸堂瘦削黝黑,光着不怕瓦砾的脚板,胳膊青筋暴露但很有力。没有力气遇到大鱼怎么办？遇到大风怎么办？被卷到海里怎么办？眼前这位渔夫，个子不高也不低，不胖也不瘦，不黑也不白，头发不长也不短，看上去帅气精神。我注意他的眼睛，属于很聚神的那种，我想，这是在广阔无际的海面捕捉动静练就的吧。

对方渔民的身份让我好奇心大发，不能不多聊几句。早年一上火车和谁都能聊，后来不知道是年龄缘故，还是有了万事不求人的心态，和陌生人就很少搭话了。今天想说话的冲动忽然袭来，我自己都觉得有点诧异。

小伙子说他读完初中就跟着下海，已经七八年了。既然是下海，我就不能不问到安全，但又不能给年轻的渔夫凭空造成压力。我婉转地问：你们去的地方海水深不深？他说，十几米二十几米，越远越深。我脑子里盘算着这相当于几层楼房，还有船底下涌动的海水有多深。平时穿救生衣吗？他说，要求穿，但都不穿。我说，嫌麻烦？他说是的，穿着不利落，天热时还不舒服。我对大海从来都深怀恐惧，接着问道：那起风起浪时会穿上？他说，是的，那就得穿了。

我知道我问的事情显得很小儿科，因为前边说过，我对大海从来都怀有恐惧感。从南方到东北，我也去过多地海边，不论是初次去，还是后来再去，我从来没有过一见大海就想从心里呼喊一声"大海啊，母亲！"从来没有。有的只是恐惧。我曾无数次设想，万一船翻进海里，我该怎么求生，我竭力往岛礁上游，如果没有岛礁，我就保存体力，慢慢地游。我想过衣服该不该脱掉，衣服会增加浮力，还是会让我游起来更沉重。衣服的御寒作用是不用考虑了。遇到快如利剑的鲨鱼怎么办？我想只能孤注一掷，对着它的眼睛雷霆万钧般狠命一击，或者我恰好手里握着一把利刃，在迎面袭来的瞬间，唰地划开它的肚皮，让它一下子没了攻击的能力。想得我浑身兴奋的时候，我完全忽略了我在游泳池里边的记录，游五十米就要站着休息半天。看了《泰坦尼克号》后，彻底浇灭了我所有的幻想，更加重了我对大海的恐惧。

我接着和小伙子聊天，重点依然是与安全有关的。我说，可能会听天气预报吧，起大风、台风就要躲？他说是的，每天听天气预报，还有北斗导航，天气不好赶快躲，出事的都是太大意的。他补充说，现在在海上，手机、对讲机、北斗导航，应有尽有。果然是现代渔民。

小伙子说，渔船很多，他们村就有四十多条船，一条船一个老板，船上七八个人，老板和大家一样干活。出海时一般三四条船一起，都是亲朋好友，互相照应，有故障了，能给拖回来。老板也是村上人，给大家一个月开一万元工资。每年四月，鱼多了开始出海，半个月回来一趟，歇个两三天，再出去一趟，一年能干到阴历腊月。

他说打鱼的多，鱼就少了，跑得越来越远。我问，海里有污染吗？现在人谁不憎恨污染，污染无处不在。小伙说，海边肯定污染多，海边都打不到鱼了。

年轻的渔夫说在海上见过辽宁舰，远远看上去不太大。我想，当然啊，在海上，看什么都大不了。

我绕回来还是问和安全有关的：白天打鱼，晚上睡觉吧？他说是。那要有人值班吧？否则船漂到哪儿去也不知道。他说是的，但有的人瞌睡了也就睡了，有时会出事，船相撞。会撞翻吧？对头撞都没事，就怕拦腰里给撞过来。

问他们都去哪里打鱼，会去韩国那边吗？韩国海警开枪、抓人，这在新闻上常看到。他说他们就在黄海，东北渔民和威海那边渔民会去韩国附近。那去南海吗？他说，广东、广西、海南人去南海吧，南海鱼大，但没有黄海鱼好吃。

说到鱼，自然就说到在海上吃什么。他说会带上粮油菜面，还有无论如何都不会忘的淡水。他说我平时吃到的海鱼都是冰冻的，他们在船上当然都是现打的。

渔夫也聊得兴起，他想了想，说，渔网有这一列火车长。我没听清，问：有一节火车长？他和媳妇估了估，确切地说，一列火车。这大大出乎我的想象。对渔民的海上活动，我的想象力总是差得很远。他说，下网时船只顾往前开，收网时机器往上收，不用人，人只是分鱼，虾、蟹、乌贼和各种鱼都要分开放。我调整思维，紧跟上来，问：打上来的鱼马上冻起来，还是放水里养着？我想起了钓鱼和鱼篓子。他说，冻起来。他似乎明白了我的意思，说，打上来的鱼都是死的。这也是我想不到的。常见的渔网捕到的鱼不都是在网里挣扎，到船舱里还活蹦乱跳吗？他说，海里拖网，上来的鱼都闷死了，只有螃蟹、海龟会活着。我又问了几次，他说的话我连猜带蒙，还是想象不出来，鱼怎么都会闷死呢？

　　你们半个月往回送一趟鱼？是的，海上也有专门收鱼的船，也会卖给他们。社会化大分工，达到大合作，真是干什么的都有。市场化了，你想不到的职业都会冒出来。很有意思。

　　小伙子说他们也会打到鲨鱼，没打到过大的，打到过小的，上来也都闷死了。

　　在海上很晒吧，你们会戴草帽？戴着大帽子，不是草帽，他说。我想象不出来，也不好什么都问到底。小伙子说，冬天远海不冷，海水是温的，大家都穿着单衣单裤，夏天反而海水冰凉。这是为什么？他大概意思说，经过一个夏天，海水温度升高，直到冬天都是温的。再经过一个冬天，到了夏天，海水温度已经降下来了。这正好和陆地上湖泊的水温相反。满大海都是知识啊！但我还是将信将疑，不是怀疑年轻的渔民小伙子，而是因为他的日照口音，使我一直听得不太明白。但也只好打住，今天已经是大长见识了。

　　火车咣当咣当前行，大家都陆续安歇，我坐在上铺，开着小灯翻看旧报。不经意间往斜下一看，温暖便弥漫心头。下铺，渔夫幼女已睡着，侧偎在妈妈怀里。渔夫妻子呢，则侧睡在铺边。她怕挤着女儿，或者不仅怕挤着，她还在不宽的铺面上给女儿腾出能翻身的空间，而自己小半个身子都悬在铺外。也不知道她会不会掉下地。她这么年轻，第一次做妈妈，怎么就会照顾孩子呢？母爱是女人的天性，母爱是与生俱来的，母爱是自然流淌出来的。

  渔夫的女儿睡前目不转睛盯着我看，毫不回避我的目光。但她一句也没和我交流，因为她还不会说话。她一晚上不哭不闹，安安静静。整日里迎风踏浪的年轻渔夫，这会儿也是一脸的安详和满足。

2017 年 6 月 21 日
修改于 2022 年 6 月 21 日

旗袍和旗开得胜

旗开得胜和旗袍联系到一起，又是国人的一大发明。

我估计首先是发现。可能前几年有母亲穿旗袍送子女高考，果然金榜题名，以至母亲们纷纷效法，子女们也纷纷榜上有名。量变到质变，这一发现便成了一大发明。上升到发明，便宜推广。今年高考，郑州一中学的几名女老师和男老师，也穿上了旗袍助考，足见旗袍的神功和老师们的殷切之心。

但是男老师穿旗袍，我很担心会有问题。比如腿骨粗硬，会不会有"粗心大意"之嫌；一腿黑毛，会不会让人想到"毛毛草草"。这都是考场上的大忌。男老师们大约意识到了先天不足，所以没敢露腿，统统长裤上套着旗袍，倒是更见心诚。可是问题还不止于此，男老师穿不了高跟鞋，没有前凸后翘的身材，走不出风摆杨柳的样子，如此，是寓意"阔步向前"，还是"大煞风景"呢？也很容易产生歧义。再有，男老师腰身上下一般粗，加上啤酒肚，又算什么？是"满腹经纶"，还是"嘴尖皮厚腹中空"？大考当前，考生们都很敏感，稍一多想，心里就没法踏实了。

思来想去，男老师穿旗袍，总觉得容易帮倒忙，还有点近于献丑。我忽然想到，他们为什么不骑马呢？"马到成功"和"旗开得胜"寓意一样，男老师骑马，高大威猛，所向无敌，岂不更好？可能难在买马或者租马，还要喂马，是要高成本的。另外，弄不好半路会被警察拦下来。

  妈妈们和女老师们穿旗袍助考，又清凉，又绽开一片风景，又旗开得胜，按说算是美上加好。于是我想，如果男女生统统穿上旗袍进考场，"旗开得胜"岂不来得更快捷？当然也还有问题，今年一千一百万高考生，如果人人"旗开得胜"，政府建大学恐怕是来不及的。

  一切都不说了，现在最最关心的，还是郑州这个中学考生们的成绩了。

2022年6月12日

给鲁迅先生挑一处笔误

小满这一天翻看《范爱农》,被鲁迅和范爱农这对死对头重逢时的对话吸引住:

"哦哦,你是范爱农!"

"哦哦,你是鲁迅!"

鲁迅接着写道:不知怎地我们都笑了起来,是互相的嘲笑和悲哀。

以前每读到这里,我忍不住和鲁迅一样都笑起来。他们两人在日本留学时,秋瑾和徐锡麟在国内被杀,为要不要发痛斥清政府的电报,鲁迅和范爱农争起来。鲁迅主张发,徐锡麟的学生范爱农却不主张发,话说得还很难听:"杀的杀掉了,死的死掉了,还发什么屁电报呢。"之后他还和鲁迅为谁最应该起草电文死顶死杠,鲁迅"主张这一篇悲壮的文章必须深知烈士生平的人来作",范爱农坚持谁主张发电谁做。鲁迅那一刻对范爱农恨得牙根疼,"……总觉得这范爱农离奇,而且很可恶。天下可恶的人,当初以为是满人,这时才知道还在其次,第一倒是范爱农。中国不革命则已,要革命,首先就必须将范爱农除去"。

这么一对死硬冤家,三年后却在绍兴共同熟人的酒桌上相逢,互相熟视了两三秒,又同时叫出了对方的名字。鲁迅和范爱农能不哈哈大笑吗?读者能不为鲁迅的描写笑出声吗?

我今天却没笑，而是愣住了，范爱农当时怎么知道鲁迅叫"鲁迅"，他应该知道和他争执的这个人叫周树人，或者周豫才。我们知道，鲁迅在南京水师学堂时，已经改名为周树人，字豫才，在日本一直用这个名字。以他们两个的"交情"，范爱农对鲁迅别的不了解，但对周树人这个名字必须是熟悉的。

"鲁迅"是有着开天辟地意义的白话文小说《狂人日记》上的署名，而且这个名字是第一次问世，之后名字连同小说如雷震天，这已尽人皆知。鲁迅的挚友和同乡许寿裳，也是看到小说，"觉得这很像周豫才的手笔，而署名却是姓鲁"，心疑："天下岂有第二个豫才乎？"于是写信问他，鲁迅回信自认"拙作"。许寿裳在《亡友鲁迅印象记》之《笔名鲁迅》中写到，一九二〇年底，鲁迅当面又对他说："因为《新青年》编辑者不愿意有别号一般的署名，我从前用过'迅行'的别号是你所知道的，所以临时命名如此，理由是：（一）母亲姓鲁，（二）周鲁是同姓之国，（三）取愚鲁而迅速之意。"

《狂人日记》最初发表在一九一八年五月《新青年》第四卷第五号。鲁迅和范爱农重逢在"革命的前一年"，"大概是春末时候罢"，指辛亥革命前一年的大约春末。鲁迅一九〇九年六月从日本回国，这时在老家绍兴当教员。范爱农比鲁迅早一些回国，这时在绍兴乡下"教着几个小学生糊口"。他们在朋友的酒桌上再见的时间，比《狂人日记》发表的时间早了八年，范爱农自然不会知道周树人将来会取笔名叫"鲁迅"。

《范爱农》中写到武昌起义、绍兴光复后，范爱农兴奋得不得了，说："老迅，我们今天不喝酒了。我要去看看光复的绍兴。我们同去。"这里的"老迅"，是指"鲁迅"，还是指鲁迅另一个笔名"迅行"？一九〇七年，鲁迅在日本时，曾在中国学生办的《河南》杂志上发表论文《文化偏至论》，用的笔名"迅行"，取奋发前行之意。范爱农知道这个名字吗？也许知道，也许不知道。从《范爱农》中两人一见面范爱农直呼"鲁迅"看,"老迅"多半还是指"鲁迅"。

范爱农再一次明确提到"鲁迅",是他被学校辞退,穷困潦倒,情绪低落时。这是一九一二年,应该在六七月份。这一年是中华民国元年,临时政府先在南京成立,随后迁往北京。鲁迅先受邀离绍到南京,同年又随政府北上。范爱农时常给人说:"也许明天就收到一个电报,拆开一看,是鲁迅来叫我的。"这段时间,距离"鲁迅"名字的出现,照样还很遥远。这年七月十日,范爱农与友人饮酒后一同乘船,他掉进水里溺亡。人说他失足,听到消息十分悲伤的鲁迅总疑心范爱农是自杀。鲁迅写了四首诗,深情悼念这个曾经气得他肚子疼的人。

可见,直到范爱农去世,《狂人日记》都还没有问世,也没有"鲁迅"这个名字,这里显然是鲁迅的笔误。

那么,鲁迅何以这么粗心,连自己的名字都会时空倒置呢?

鲁迅会不会认为纪实散文有的地方不必太较真,比如他总把绍兴写成"S城",把绍兴会馆写成"S会馆"。他把动员他写文章,向他约稿、催稿,亲手从他手里拿走《狂人日记》手稿的钱玄同,有意写成了"金心异"。"鲁迅"已经尽人皆知了,就让范爱农提前叫也无妨?这样讲似乎有点勉强。

会不会还有一种可能,范爱农逝于一九一二年,《狂人日记》发表于一九一八年,《范爱农》写于一九二六年,相隔多年,鲁迅写作时确实出现了记忆错乱。《范爱农》被收入集子出版时,鲁迅在小引里就写着:"这十篇就是从记忆中抄出来的,与实际内容或有些不同,然而我现在只记得是这样。文体大概很杂乱,因为是或作或辍,经过了九个月之多。"

不管怎么说,即使笔误,也仅仅是笔误,无关宏旨。周树人就是鲁迅,鲁迅就是周树人。

最后让我纳闷的是,当年《范爱农》在《莽原》上发表,后来又结集于《朝花夕拾》，审稿的编辑怎么也没发现这个问题？还是发现了，鲁迅有解释，就过了？至于鲁迅逝世后一而再、再而三地再版，只能尊重历史，将错就错了。

2022 年 5 月 22 日

戈壁上的两头驴

这是西北戈壁上的两头驴，是一对母女。戈壁缺水，树木都不好好长，驴长得都没有我们关中驴高大。关中驴差不多赛骡子，戈壁驴却小得多，一闪腿就能骑上去。驴女儿还在驴妈妈肚子里但看不出迹象时，驴妈妈作为肉驴被分发到航测五队。快过元旦了，上级发给他们这头黑驴改善伙食。但黑驴体瘦毛长，没有多少肉，队里没杀，说先养着吧。

航测员陈重建，一半积极一半觉着好玩，自告奋勇当起了业余饲养员。他捡了一堆菜叶子犒劳驴，驴看一看，闻都没闻。他又盛来半盆玉米面，驴嗅了嗅仍不动嘴。驴是汽车拉来的，小陈起初以为它晕车。但第二天它仍拒食，这下子小陈犯了急，晕车也不能晕成这样啊，真是头怪驴！无奈，他解开缰绳，在戈壁上遛起驴来。

前边有堆干驼粪，驴一看见，头抵着地拽着缰绳扑过去就大嚼起来。小陈看得目瞪口呆，这是啥生活习惯？但很快他就明白过来，这头驴以前常和骆驼混在一起，习惯了食驼粪。

于是，班长张德坤每天带着大家四面出击捡驼粪。陈重建琢磨，戈壁上过往骆驼少，哪有那么多驼粪可捡？他打定主意要改变驴的怪习惯，便将草料拌在驼粪里给驴吃。一个半月过去，驴也就渐渐恢复了该有的饮食习惯，菜叶、麸皮……凡牲口吃的，它都不再拒绝。

躲过了元旦，又躲过了春节，时间到了四月，正是戈壁滩上蔬菜少的季节，驴命又悬了。果然，队领导在支委会上提出把驴杀了。可是会后给大家一说，顿时炸了锅，齐声反对杀驴。

有的说："戈壁滩上本来活的东西就不多，咱们队除了人就是猪和狗，再就是一头驴，杀一样就会少一样。"

有的说："宁肯不吃肉，也不能杀驴。"

陈重建更是激烈反对："杀驴还不如杀我！"

教导员一看这阵势，乐了，说："真是驴命关天，众心难违。既然大家都为驴请命，这驴啊，就继续当咱们的特殊公民吧！"

航测五队是茫茫戈壁上孤零零的一个小单位，相邻几十公里无人烟，官兵们常见沙尘暴，但见不到生人，见不到花草树木，连飞鸟也见不到。这就懂了他们为啥宁肯不吃肉，也不让杀驴，他们希望身边多一些活物。

自打有了驴，除过陈重建，就数班长张德坤最忙。他自诩从小在牛圈驴棚边玩大，三天两头给陈重建侃养驴经。

张德坤每天有事没事围驴转三圈，像给驴相面一样看不够。一天他愣住了，眼睛瞪得溜圆，这驴怎么奶头也大了，肚子也鼓胀起来啦？他兴奋地一声怪叫，转身就跑去给周队长报喜："哎呀，驴肚子有货！""有啥货？"周队长没回过劲。"怀孕啦！""你净瞎扯淡，咱们这里孤单单一头母驴，连个公驴的影子都没有，怀个鬼胎。"张德坤说："肯定是买来前就配上了种。"

经张德坤这么一咋呼，大伙儿都围着驴看究竟。大家纳闷，以前只看这是头驴，怎么就忽略了它的性别呢？

陈重建的原则是宁可信其有，不可信其无，从此对驴更用心，谁遛驴都得请求他，谁要骑驴他就翻脸。战士小朱牵驴逛了一阵戈壁滩，小陈发了火，小朱不服："孕妇都讲究散步哩，让驴溜达溜达防止难产。""那你也得报告嘛。""遛驴是做好事，做好事还用报告吗？"说得陈重建忍不住笑了起来。

一个星期天，黎明时分，五队养的大黑狗叫起来。戈壁滩上很少有人，狗叫是很稀奇的事，徐教导员翻身下床冲向门外。狗在驴棚里冲着他叫，他跑过去一看，呀，一头湿漉漉的小灰驴正在地上挣扎呢！"生小毛驴啦！"徐教导员连呼带叫把大家喊出来，驴棚里顿时就热闹起来。

张德坤早就估摸出预产期在最近，叮嘱陈重建不上阵地就守在驴棚，队长、教导员晚上查铺，也都会到驴棚看一看。但没想到让大黑狗抢了个头功。徐教导员没忘了口头嘉奖大黑狗一番。

陈重建高兴得手忙脚乱，他端来大半盆玉米糊喂驴妈妈。不知他从哪里打听的，毛驴吃麸皮不下奶，吃玉米糊下奶最好，他几天前就开始给毛驴催奶了。

周队长一高兴，回头对炊事班长说："今天喜得千金，是咱们队人丁兴旺、事业发达的好兆头。晚饭加菜，上啤酒。"

这一天，据说是五队最快乐的一天。

生了小驴，驴妈妈在陈重建的侍候下出落得更加肥硕健美，毛色黑里透亮。而且像是个有功的产妇，渐渐地倔驴脾性也显露了出来，谁到它跟前冷不防就是一蹄子。战士们却觉得更开心，说这样好，这样有个性。

大伙儿起初把驴崽昵称为"驴孩"。驴孩自落地睁眼，看见的就是这群穿军装的人，只和他们亲。驴孩越长越可爱，和战士们在戈壁滩上追着玩，撒开小蹄子嗒嗒嗒地飞跑，好快乐好自在。大家推举队干部给驴孩取个学名，教导员建议叫"晶晶"，大伙儿说听起来像个男孩，没通过。队长说那干脆叫"珊珊"吧，大家齐声称赞，说像个小姑娘的名字。

大家也像对待新生儿一样，吵吵着要给珊珊过满月。这天清晨，碧空徐风，大伙儿簇拥着驴母女坐在戈壁滩上。小驴孩好像知道自己最受宠，跑到这个跟前嗅一嗅，跑到那个跟前蹦几下。周队长致开场白："同志们，今天咱们珊珊满月，大家都挺高兴。在咱们戈壁滩上，多一个生命就多一份欢乐。这'母女'俩，给戈壁滩带来了欢乐，带来了生机，对咱们的事业，也算有贡献。大家今后要更多地关心它们，祝珊珊健康成长。"班长张德坤点燃一挂鞭炮劈里啪啦一阵爆响，珊珊吓得直往娘肚子底下钻。新来的大学生小彭抱起吉他弹起来，琴声、歌声、欢闹声，一阵一阵随风在巴丹吉林大沙漠上飘向远方。

  我曾把戈壁战士和毛驴的故事写成文字，介绍给了《北京晚报》和《空军报》的读者们。已经多年过去了，不知道这两头驴后来怎么样了。

2022 年 7 月 27 日